Ángela Becerra

Ella, que todo lo tuvo

Premio Iberoamericano Planeta-Casa de América
de Narrativa 2009

Planeta

Obra editada en colaboración con Editorial Planeta – España

© 2009, Roncal del Sueño, S.L. / Ángela Becerra
© 2009, Editorial Planeta, S.A. – Barcelona, España

© 2009, Editorial Planeta Mexicana, S.A. de C.V.
Avenida Presidente Masarik núm. 111, 2o. piso
Colonia Chapultepec Morales
C.P. 11570 México, D.F.
www.editorialplaneta.com.mx

Primera edición impresa en España: mayo de 2009
ISBN: 978-84-08-08681-9

Primera edición impresa en México: mayo de 2009
ISBN: 978-607-07-0143-6

Impreso en los talleres de Litográfica Ingramex, S.A. de C.V.
Centeno núm. 162, colonia Granjas Esmeralda, México, D.F.
Impreso en México – *Printed in Mexico*

A mis hermanas y hermanos,
unidos por el amor y la sangre

Me lo invento todo, con el fin de que todo ello me invente.

J. M. COETZEE

¿Cómo saciar esta hambre, como acallar este silencio y poblar su vacío?...
¿Cómo escapar a mi imagen?
Sólo en mi semejante me trasciendo. Sólo su sangre da fe de otra existencia.

OCTAVIO PAZ

Y nada será tuyo, salvo un ir hacia donde no hay dónde.

ALEJANDRA PIZARNIK

Otra vez. Un ejército de hormigas amarillas, con aquel olor dulzón, subía hacia ella en cuatro rigurosas filas indias. «¡Maldita sea! —gritó su madre al verlas—. ¡LUCÍAAAA, CLARAAAA, rápido, que se comen a la niña!»

Los ojos desbordados de Ella observaban desde la cuna el ir y venir desesperado de sus hermanas y su madre. Lucía y Clara acababan de sumergir las patas de la pequeña cuna en cuatro ollas llenas de agua. Al cabo de unos minutos, una espesa sopa de hormigas ahogadas flotaba en los cuatro recipientes. De nuevo se salvaba de ser devorada por la plaga ambarina.

Llevaba 365 días soñando el mismo sueño, pero esta vez no estaba ni en su cama ni en Cali. La oscura pesadilla se le había colado por la ventanilla del coche en el que viajaba a Roma con su marido y la pequeña Chiara. Aunque luchó con toda la fuerza de sus párpados por no dormirse, al final su conciencia se había diluido en las arrugadas tinieblas del sueño.

La despertó un golpe seco, brutal, y el sonido enloquecido de un aletear rojo. En el aire, el corazón de su marido escapaba con furia de su cuerpo. Lo atrapó con sus manos y sintió entre los dedos la tibia humedad de sus últimos latidos. Después, un dolor helado en la garganta, el *Réquiem* de Mozart aún aullando en el amasijo de hierros retorcidos, aquel *Confutatis* a coros que tanto amaban, y ese olor a muerte chamuscada enmudeciéndola, sepultándola.

Negro, negro, negro.

No supo cuánto tiempo pasó. El ulular de la sirena reventaba sus tímpanos. Trató de levantar los brazos pero eran dos hierros inertes. Sentía cristales pulverizados entre los dientes. Oía voces lejanas dando órdenes. Quiso abrir los ojos pero sus párpados habían quedado sellados por una cortina negra, viscosa y compacta. De repente lo recordó todo, la noche cerrada, aquella niebla helada que no le dejaba ver, el vidrio empañado, la maldita somnolencia que la dominaba, y un vacío intenso ocupó su abdomen: CHIARA, ¿dónde estaba su pequeña? Trató de llamarla pero su voz se había astillado. Y él, ¿dónde estaba Marco?

Negro, negro, negro.

La luz sobre sus iris. De nuevo la conciencia y el dolor absoluto.

—Bienvenida a la vida, señora —le dijo un rostro desconocido.

Chiara, Marco, necesitaba preguntar por ellos. Sus labios trataron de pronunciar sus nombres.

—Doctor —dijo el enfermero—, creo que la paciente quiere decirnos algo.

—No hemos podido contactar con ningún familiar. ¿Quiere que avisemos a alguien?

El médico acercó su oreja a los labios de Ella y oyó unas sílabas ininteligibles.

—Tranquilícese. —Al ver la imagen desesperada de la paciente, acarició sus cabellos—. Seguro que podrá decirnos lo que quiere.

Los ojos delirantes de Ella buscaban asirse con urgencia a las palabras.

—Lleva una semana con nosotros y no hemos encontrado ningún documento que la identifique. El coche se incendió, se ha salvado de milagro.

—...mi ni-ña... —susurró Ella.

El médico volvió a inclinarse. Ahora la voz de la paciente se oyó con nitidez.

—¿Cómo está mi niña?

—¿Usted viajaba con alguien?

—¿Y mi marido? Dígame cómo están ellos.

—Señora, no había nadie más. Cuando la encontraron, usted estaba sola.

Negro, negro, negro.

2

Había pasado un lento y doloroso año. Un año removiendo cielo y tierra; preguntando, rastreando, buscando con desespero y esperanza. Agarrándose con fuerza a un hilo de imposibles. Un año de investigaciones, informes y expedientes policiales, párrafos oscuros, callejones sin salida. Días eternos de incredulidades, incertidumbres y falsas pistas; de apariciones carroñosas en telediarios basura, periódicos amarillistas y emisoras reventadas de audiencia. Un año en el que lentamente se fue desvaneciendo la espera hasta hacerse un fantasma. Un año que la dejó íngrima, en un silencio largo y afilado que la mataba sin prisas.

La acompañaba un conejito de peluche maltrecho y degollado, un muerto en vida como ella, el otro sobreviviente: el peluche de Chiara.

Jamás había derramado una lágrima. Ni siquiera aquel dolor sordo logró el pseudomilagro de romperla. Era como si su río interior hubiera nacido seco. Vivía una aridez desértica, de tierra cuarteada: una desolación milenaria.

A partir del accidente, de sus dedos no volvió a nacer ninguna sílaba: muertos los sueños, muerta la palabra. Vivía embalsamada en su dolor, sonámbula despierta, pisoteando residuos de sueños desaparecidos que ya jamás volvería a tener. Culpándose hasta decapitarse el alma.

Sentía el peso de una nada omnipresente, esa levedad de muerte en vida convertida en un amasijo de huesos y músculos podridos, indiferentes a cualquier orden, que la arrastraban sin piedad al agujero negro sin permitirle siquiera oler su propia descomposición. Todos sus sentidos quedaban suspendidos en la vaguedad de su absoluto desconcierto. ¿Por qué a ella? ¿Por qué?

Se negó hasta la saciedad a hablar con su familia a pesar de la continua insistencia de los funcionarios de la embajada colombiana en Italia. Impidió a su madre y a sus hermanas que viajaran y se acercaran a compadecerla y consolarla. Era demasiado tarde. Llevaba demasiado tiempo resolviendo sola sus tristezas. ¿Quién de ellas le había preguntado a sus dieciséis años, cuando de verdad las necesitó, cómo se sentía en esa cárcel edificada por su padre que le destruyó su adolescencia, obligándola a desaparecer un día sin dar explicaciones cuando aún le faltaba saber lo que era en realidad la vida? Su padre había sido la negación de su alegría. El gran verdugo de sus palabras recién nacidas y de todo cuanto su imaginación ansiaba alcanzar en forma de escritura. Sus ojos de inquisidor siniestro se clavaban en ella siempre justicieros. Se había erguido como el juez de sus actos y deseos con esa presencia gélida y amarga que dejaba a su paso frustración e incomprensión, un terror negro y la eterna inseguridad de pisar suelo firme. Ésa era su gran herencia, la única.

Por eso había huido con su música a otra parte. Con ese enjambre de palabras zumbonas que bullían por salir de aquel panal sin miel. Sola, infinitamente sola, cayéndose y levantándose, empujándose y dándose ánimos cuando ninguno se los daba. No, ahora ya no era el momento de abrir su alma a nadie, ni siquiera a su madre. Su dolor era lo único que le quedaba, su patrimonio, aquello que la acercaba al mundo de sus muertos... o desaparecidos, lo que la obligaba a seguir con vida.

—Señora —el enfermero la interrumpió—. Hoy no ha hecho sus ejercicios. De seguir así, me temo que su pierna no volverá a la normalidad.

—Por favor, déjeme sola.

—Tengo una carta para usted. La enviaron desde Colombia a través de la embajada. Un mensajero me ha pedido que se la entregue.

Ella pareció no oír.

—¿Me permite que se la abra?

—Tírela.

El hombre hizo caso omiso y decidió abrirla mientras le aconsejaba.

—No es bueno que permanezca tan aislada. Debería dejarse ayudar... ¿Por qué no intenta volver a escribir?

—La escritura me abandonó.

—Pero usted puede ir en su busca... Conozco un músico que perdió una mano y...

Ella lo interrumpió:

—¿No entiende? No sólo es que ella me dejó, es que yo también la abandoné. No hay posibilidad de encuentro.

—Perdone si la ofendo, pero usted no es la única persona que ha perdido a un ser querido. La vida debe continuar.

—¿Por qué? ¿Para qué? ¿Por qué todos lo dicen? Eso es una frase hecha. ¿Sabe lo que es la pérdida? No tener a nadie por quien luchar, nadie con quien discutir cosas tan tontas y superfluas como si el día amaneció gris o soleado, qué libro vale la pena leer, qué hacen en la tele, qué cena preparar; preguntar y no obtener respuesta. Despertarse sin objetivo alguno. Sentir la presencia invisible del ser amado en todos sus objetos, en todos los lugares, y no poder acceder a él de ninguna manera porque su cuerpo ha desaparecido.

El hombre desplegó la carta y la dejó en la mesilla junto a la ventana. Antes de salir, volvió a preguntar:

—¿Está segura de que no hará los ejercicios?

Ella negó con la mirada y clavó los ojos en el papel rayado que descansaba abierto con la letra inconfundible de trazos largos y oblicuos de su madre.

Cuando la puerta estaba a punto de cerrarse, el enfermero volvió sobre sus pasos.

—Olvidé decirle: ha llamado la señora Miriam de la embajada, dice que con la carta también llegó un paquete, pero olvidó enviárselo. ¿Le digo algo?

—No.

Cuando el hombre se alejó, cogió la carta, la arrugó entre sus dedos y la lanzó a la papelera. Una hora después, mientras observaba a lo lejos la piscina en la que otros convalecientes —algunos paralizados de por vida— volvían a reír entre el chapoteo feliz de aquellos que por fin lograban mover un dedo, evocó las carcajadas de Chiara. Esas cascadas de frescura en las que se sumergía feliz cada mañana. Su fragancia de inocencia blanca revoloteando como una mariposa recién nacida. No podía ni imaginarla siquiera: se le rasgaba el alma. Llorar... cuánto hubiera dado por llorar y desatar por fin ese nudo que la ahogaba.

El sol, zarandeado por el viento, desgarró la hilera uniforme de cipreses que delimitaba el jardín hasta colarse de lleno en su habitación, iluminando con su luz dorada la papelera. La carta arrugada la llamaba. La recuperó y alisó con sus manos.

Mi queridísima hija:
Ya no sé cuántas cartas te he escrito. La bondadosa señora de la embajada me confirma que todas han sido entregadas y tú las has devuelto sin leer. Ésta va acompañada de un paquete con algunas cosas que ojalá puedan servirte para paliar tu honda pena.

¡Han sido tantos años sin saber de ti! Lloré todas las lágrimas que tuve cuando desapareciste de nuestras vidas sin dejar rastro. No sabes cómo enloquecimos tratando de encontrarte. Tu padre murió convencido de que habías fallecido; tal vez ésa fuera la única manera de sobrevivir a tu ausencia. No alcanzas a imaginar cuánto te quería. Aunque su desmesurado amor en algunos momentos te ahogara, sólo buscaba tu bien. No pienses que a estas alturas de mi vida esté tratando de disculparlo. Es la verdad, te amaba muchísimo, quizá de aquella forma tan obsesiva y agobiante porque te le parecías demasiado. Sí, eras el calco de lo que hubiese querido ser y las obligaciones de su orfandad prematura le impidieron.

Cuando nos comunicaron la noticia de tu terrible accidente, tus hermanas y yo ignorábamos que estuvieras en alguna parte de este mundo, que hubieras formado una familia y, menos aún, que hasta hubieses hecho abuela a esta triste vieja en la que me he convertido. Hemos pasado de la inmensa alegría de volver a saber de ti a la honda tristeza de imaginar cuánto debes de estar sufriendo.
¿Por qué no dejas que nos acerquemos? ¿Cómo pudimos hacerte tanto daño sin darnos cuenta? ¿Tienes idea de cuánto te amamos? Tus hermanas quieren ayudarte. Aunque ya sabes lo costoso que sería para nosotros viajar hasta allá, empeñaríamos lo que

fuera, haríamos lo que hiciera falta con tal de hacerte compañía y abrazarte.

No tengo palabras de agradecimiento con Miriam Bolívar, la amable secretaria del embajador de Colombia en Roma, quien se ha tomado tu caso con mucho cariño. Ha sido un ángel con nosotras. A través de sus cartas nos hemos ido enterando de tu larga convalecencia, de tu lesión en la pierna tal vez agravada por tu problema de infancia. No sé si recuerdas los primeros años en los que no querías salir de casa por no tener que ponerte aquellos aparatos que te hacían parecer poliomielítica... Tu pie luchaba por mantenerse dentro y nosotros por enderezarlo. Lo conseguimos. De patito feo pasaste a convertirte en un hermoso cisne de andar celestial y paso firme.

Me cuentan que escribes desde hace años (siempre supe que te saldrías con la tuya). ¿Sabes?, aún conservo tus primeros cuentos, ¡eran tan ingenuos y bellos! Nunca te lo dije; ¿no te parece ridículo que habiendo podido hacerlo con un beso y un abrazo, te lo diga por carta treinta años después? No quería que te hicieras ilusiones y que tu futuro fuera tan precario como el nuestro. Deseaba algo mejor para ti. Siempre vi a tu padre frustrado, haciendo de escribiente en la plaza de Caycedo con su vieja Olivetti cansada de escribir cartas de amor ajenas, desahucios, minutas y amenazas. Llevaba en su mirada de cristal opaco la herida de su propio vacío. No, yo no quería eso para ti. Ahora ya sé que los destinos son únicos, que entre éstos y los seres humanos existe una unidad indisoluble, un vínculo muy difícil de romper. Tú terminaste abriéndote camino, te dejaste llevar por tu libre albedrío, y fíjate... te convertiste en lo que querías.

Me han dicho que publicas con otro nombre. ¿Acaso te avergüenzas del tuyo? No me cabe duda de que tu padre hubiese estado orgulloso de que llevaras el suyo.

También me cuentan que a raíz del accidente no has querido volver a escribir, que comes muy mal y pasas las horas y los días delante de una ventana con tus ojos perdidos en la nada.

Mi amor, debes cuidarte. Tienes que seguir viviendo; yo, que he tenido varias pérdidas, quiero decirte que la vida, a pesar de todo, se yergue por encima de nosotros desplegando todo su esplendor, nos cuestiona continuamente, hurga en lo más hondo de nuestros anhelos tratando de que tomemos conciencia de nuestra verdadera esencia. Seguro que dentro de ti hay algo grande para dar. El escritor no se hace, tiene una vida subterránea a la vida, va por dentro. La gramática y los sueños son su alma. Tienes un don, no lo condenes a la muerte.

¿Recuerdas la historia que, cuando eras pequeña, cada noche nos pedías a tu padre y a mí que te contáramos? ¿Aquella que al vernos tan pobres nunca creíste que hubiera existido? A raíz de enterarme de que vivías en Italia, he vuelto a pensar en ella.

Es increíble saberte tan cerca de tus antepasados. Jamás imaginé que una de mis hijas pudiera volver al lugar de donde partieron mis abuelos. Tal vez terminaste en Italia porque una parte de ti lo pedía. La sangre urgía regresar al manantial de donde partió.

No sé si ya has estado en Firenze. Si todavía no has ido, deberías hacerlo. Estoy convencida de que te alegrará el alma. ¿No era la ciudad que ansiabas conocer?

Allí te espera más que todo el arte, tu pasado remoto. Encuentra aquello de lo que tanto te hablé. Estoy convencida de que mi madre no mentía. Via Lungarno Acciaiuoli, el palazzo Bianchi. Te he hecho un paquete con todo lo que encontré de aquella historia. Es muy poco, casi nada; apuntes que tomaba tu padre en las horas muertas en la plaza. Hay un amigo suyo, Nicéforo Vallejo, que me entregó lo que encontró en su mesa el día que le dio el infarto. Perdona si no te doy más datos, son los únicos que me quedan. Hay una historia maravillosa por contar. Estoy convencida de que el destino quiere que tú la escribas.

Si me contestaras, aunque sólo fuera una línea, me harías inmensamente feliz. Si no lo hicieras, quiero que sepas que siempre estarás en mi corazón. Hija mía, el tiempo pasa volando; no desperdicies ni un solo segundo. La vida está al alcance de tus sentidos. Déjate ir...

Con amor infinito,

Tu MAMÁ

3

El tiempo se le había convertido en otra herida. Una lesión que le inhabilitaba el alma. Transcurría lento y goteante. Un día, dos días, tres semanas, diez... Tic, tac, tic, tac..., en todas partes la imagen de Chiara, de Marco... Tic, tac, tic, tac..., la aberración del silencio flotando en medio de otras risas y otras voces. Su existencia chamuscándose en el infierno de la nada. Ningún vínculo con lo que llamaban vida. La escritura: un papel en blanco, una mortaja.

La pierna, que durante meses había estado completamente inerte, comenzaba a despertar. De vez en cuando sentía la sangre corriendo a tropezones por sus venas, un río de lava aprisionada con ganas de fluir, buscar y encontrar, pero la ignoraba. Sentía una sordera carnal, una repulsión a todo lo que sonara a continuar. Volver a caminar era enfrentarse con la vida, y no quería.

La carta de su madre la había dejado completamente indiferente, ni siquiera le dolió enterarse de la muerte de su padre. No podía sentir nada. De todo lo leído, sólo una cosa la seguía intrigando: el paquete. Llevaba semanas guardado en el armario, en el mismo sitio en el que lo había dejado el enfermero; seguía sin abrir. Para verlo sólo tenía que dar algunos pasos. ¿Y si lo abría?

Decidió intentar llegar hasta él. Al tratar de hacerlo,

cayó. Durante varios minutos quedó tendida en el suelo sin modular una sílaba. Así se la encontró el hombre que le llevaba la cena.

—¡Dios mío, debería haber llamado! ¿Cómo pudo tratar de hacerlo sin ayuda? ¿Se ha hecho daño?

Pulsó el timbre e inmediatamente entraron dos enfermeros y la levantaron.

—¿Qué le ha pasado? ¿Se encuentra bien?

—Creo que intentaba llegar al armario —dijo el empleado, aún con la bandeja en la mano.

—No ha sido nada —contestó Ella.

—¿Quiere que le alcance algo?

—No.

4

Llegó a Firenze en plena noche de invierno y lluvia. En la estación de Santa Maria Novella, esta vez no la esperaba nadie. Decenas de viajeros multicolores se peleaban por tomar el único taxi que quedaba.

Diez años después, volvía a la ciudad que idolatraba y que más le había dado. Firenze, una lágrima rodando lenta sobre un paisaje de tristeza. Los eternos cipreses desde los montes con sus miradas estoicas viendo pasar los siglos. Su aroma de pasado perenne, sus calles dormidas, exhaustas de turistas ebrios de arte; el duelo a muerte de campanas los domingos. Firenze, ventanas verdes gritando silencios y pasados, un canto de reflejos serpenteando húmedo en las aguas del Arno. Y Ella, más sola que siempre, que nunca.

¿Qué había ido a buscar? ¿Por qué había hecho caso a su madre cuando era la ciudad que ahora más le dolía?

Allí había conocido a Marco; en esa misma estación en la que acababa de apearse. Sólo verlo supo que su vida había cambiado. Su silueta errante, licuada en la espesa cortina de agua, le regaló la primera página de un maravilloso libro. Aquel gesto lento —sus manos desplegando un paraguas negro como si nada pasara mientras sus cabellos se pegaban a su cara y el agua lo lavaba— marcó el presagio de una gran sinfonía. Al pasar a su lado, le había ofrecido protegerse del torrencial aguacero y de la furiosa ventisca que amenazaba con llevárselo todo, y ella aceptó sin pensarlo dos veces, presa de una locura nueva. La había tomado por la cintura, como si la conociera de toda la vida, y en el largo camino hacia el hotel el paraguas había volado, dejándolos indefensos. Después, sus conversaciones los habían llevado a una sola sonrisa, a un beso largo, empapado de agua y gloria, y a una noche infinita en la que se amaron en plena terraza de su hotel con el Ponte Vecchio como testigo mudo y sus pieles desnudas nadando en el placer mientras la ciudad se ahogaba en llanto.

En realidad, por más vueltas que le daba tratando de disfrazar su regreso, volvía a Firenze a dejarse morir...

Essere andato via per morire.

Cuando llegó al Lungarno Suites la recibió Fabrizio, el viejo conserje de toda la vida.

—¡*Mamma mia*, pero si es la *signora* Ella!, nuestra *carissima* huésped. ¡Cuántos años sin verla! Pensé que se había olvidado de nosotros. No sabe el revuelo que se armó cuando nos anunció su venida. Le hemos reservado la suite de siempre. Notará que hemos hecho pequeñas remodelaciones. Ya sabe, hay que adecuarse a las nuevas tendencias.

Al notar que la escritora cojeaba ligeramente apoyándose en un bastón, le preguntó:

—¿Qué le ha pasado?

Ella no contestó. Su mirada fue suficiente para que el hombre no insistiera.

—¿Desea que le traiga una silla de ruedas?

—Fabrizio, por favor..., ¿quiere que me sienta inválida?

El conserje la acompañó a la habitación. Una vez quedó

sola, sacó del bar una botella de vodka, abrió la puerta de la terraza y, como una marioneta sin dueño, se dejó caer en una de las sillas abandonándose a la lluvia y al licor. Los reflejos de las luces nocturnas agitaban las aguas del río en una danza sin música. Ni una sola alma deambulaba por sus orillas. Era la primera vez que veía el Ponte Vecchio durmiendo su ancianidad en los brazos inmateriales de la noche.

Un frío longitudinal la envolvió hasta anestesiarle los huesos. La música sonaba...

... lascia la spina,
cogli la rosa;
tu vai cercando,
il tuo dolor...[1]

La *Opera proibita...*

«Deja la espina,
coge la rosa,
arrincona el dolor...»

Maldita sea. Le faltaba la valentía de matarse y también la de continuar viviendo. ¿Por qué era tan difícil seguir?

¿Quién le había dicho que tenía la vida por delante? La buscaba y no la encontraba. Sí, había alguien. Unos ojos, unos labios, unas manos, pero no era la vida; era la muerte desperezándose obscena delante de ella, acercándose, metiéndole la mano en el escote, seduciéndola. Una caricia suavísima, un dolor punzante, leve, de alas y garras. ¿Cómo trascender a esa enajenación mortal y volver a escribir, a vivir? Abrazarse por fin al gran objeto amado. ¿Adónde se habían ido las palabras?

La despertó el ruido del hombre de la limpieza, que, al no percatarse de su presencia, empezaba a aspirar. Se miró a sí misma y se dio asco. Se había bebido media botella de vodka y la cabeza le dolía a rabiar. Le pidió que volviera más tarde y colocó el cartel de «No molestar» en el pomo de la puerta. Después, cerró las cortinas y en la oscuridad total se estiró en la cama a tratar de no pensar. Un tren de imágenes atroces y sangrientas la obligó a revivir aquel paisaje de muerte. Flashes de gritos, risas y cristales, el antes y el después en una loca secuencia. No podía apearse. Algo quería matarla dejándola viva. Los latidos de la sangre en la sien la obligaron a levantarse.

Se tomó el cóctel de analgésicos que solía preparar cuando sufría una de sus migrañas críticas y se duchó sin prisas, dejando que el agua helada atravesara su cabeza hasta reblandecerla. Horas más tarde, cuando el dolor cedió, se dedicó a ordenar en el armario el poco equipaje que traía, guardando en el último rincón el paquete enviado por su madre, que el enfermero finalmente le había entregado, y que aún continuaba cerrado. Aunque imaginaba lo que contenía, se resistía a abrirlo.

Salió a la calle con aquel punto de inconsciencia que le dejaba la sobredosis de calmantes, mezclándose entre las hojas muertas de transeúntes perdidos y la soledad verde del río. Atravesó la piazza degli Uffizi, pasó por delante de la Signoria y se alejó por la via del Proconsolo sin tener muy claro qué calle tomar. Sentía que la pierna le pedía clemencia, pero la ignoraba. Fue vagando sin rumbo, avanzando y retrocediendo, colgándose de gestos ajenos, voces y sonidos, algo que la trajera a la conciencia; tratando de cubrir el agujero de soledad que le crecía en el alma como un tumor maligno.

De pronto, se encontró delante del Mercato Nuovo y el inconfundible olor ácido de libros viejos la hizo detenerse: su agudísimo olfato continuaba vivo. Provenía de una librería antigua; en el escaparate, un antiquísimo ejemplar abierto colocado sobre un atril llamó su atención. Las páginas que se exhibían estaban incompletas. Párrafos enteros carcomidos por siglos de intemperies habían desaparecido. Ese libro se le parecía: estaba tan maltrecho e incompleto como ella. Echó un vistazo al interior de la tienda y no vio a nadie. En la densa penumbra se adivinaba un gran pasillo con una escalera de madera que desembocaba en la antesala de un segundo piso. Columnas de estanterías subían hasta perderse en la oscuridad apilando miles de volúmenes decrépitos y enfermos. Nunca se había detenido a pensar que los libros también enfermaban de soledad y abandono.

Decidió entrar. Subió el peldaño que la separaba de la puerta y se encontró con un letrero: «Por favor, pulsar el timbre.» Llamó varias veces pero nada se movió. Cuando estaba a punto de marcharse, una sombra larga y quebrada se proyectó sobre las escaleras. Un hombre de mediana edad, inexplicablemente blanco y de ojos abismales, se fue acercando y con desgana quitó el seguro de la puerta. Su cuerpo arrastraba una dignidad modosa, de niño obediente, pero también la dilatada negrura de la soledad. Parecía que hubiese elegido el tedio como destino.

Sin pronunciar una sola palabra, la dejó entrar. Al pasar por su lado, Ella sintió el estremecedor frío que desprendía aquel cuerpo alargado y lúgubre, y su piel se erizó. Ignoraba por qué había insistido tanto con el timbre. Una vez dentro, fue recorriendo con la mirada los maltrechos lomos de los libros, acariciándolos con los dedos sin atreverse a tomar ninguno. Cada estantería semejaba el corredor de un hospital desierto en el cual se acumulaban enfermos que agonizaban sin que nadie se dignara hacerles caso. Tratados de historia, filosofía y ciencias políticas vivían los estertores de la muerte. Manuales de urbanidad y buenas costumbres de otros siglos yacían sobre capas de polvo y telarañas. Novelas de suspense, de intrigas, de amor, se extendían desarticuladas sobre las mesas como cuerpos mutilados. Capítulos enteros desaparecidos, comienzos perdidos, finales sin inicios. Páginas sin dueño, palabras rotas, frases inconclusas, apellidos sin nombre. Los protagonistas salidos de las páginas deambulaban como fantasmas revueltos; condes, doncellas, juristas, cardenales, huérfanos, metafísicos, papas, geógrafos, alquimistas, cortesanas, sabios, donjuanes... todos se miraban sin reconocerse, aullando perdidos entre aquellas paredes, buscando descansar en paz.

No supo cuánto tiempo transcurrió mientras leía lo que a su paso encontraba. Sin darse cuenta, la noche se había filtrado por las rendijas de las ventanas inundando de sombras la librería. Nadie encendió ninguna luz. La oscuridad era total. Buscó con la mirada al librero de los ojos sin fondo pero no lo encontró; se había evaporado, dejándola inmersa en aquel océano de palabras sin dueño.

5

No podía quitarse de la cabeza la conmovedora imagen de aquellos libros lacerados. La figura fantasmal de aquel hombre, su blancura de cristal a punto de romperse, sus ojos despeñados, su mirada desvestida y dilatada, aquel helaje que desprendía su cuerpo; el silencio sacro que exudaban esas paredes repletas de sueños rotos y almas perdidas. Había sentido lo mismo la primera vez que su madre la había llevado a la cripta donde descansaban los huesos de su abuela. El silencio de los muertos era distinto a los demás silencios; se erguía altivo y solemne infundiendo un respeto cargado de miedo e incertidumbre.

De pronto, aquella situación había despertado en ella todas las inquietudes. El corazón empezó a latirle con fuerza cuando cayó en cuenta de que lo que acababa de vivir había sido detallado por ella en la página que había escrito antes del accidente. ¿Cómo era posible?

Sacó del armario el ordenador que permanecía cerrado desde el fatídico día y lo puso en marcha. En la pantalla apareció el rostro sonriente de Chiara y sintió una punzada en el alma. Sobre uno de sus iris destacaba la carpeta que contenía la novela. Doscientas veinticinco páginas cuyo ritmo y música auguraban un final feliz. Allí estaba aún la última frase que había guardado la noche antes del accidente. Marco le había dicho que sería su mejor novela; Marco ya no estaba para decirle nada. ¿Cómo iba a saber ahora que estaba viva?

Trató de escribir una línea pero no le salió ni una sílaba. El cursor palpitaba hambriento en la pantalla...

¿Qué le estaba diciendo todo aquello?

Tenía que volver a la librería.

6

No sabía a ciencia cierta lo que buscaba ni por qué lo hacía, pero necesitaba salir. Eran las dos de la madrugada y la humedad de la noche creaba sobre la ciudad de la flor de lis una atmósfera densa, de espectros alargados como estelas de humo y ecos viejos, donde todo cobraba vida: Savonarola aullaba entre las llamas, Lorenzo de Medici se paseaba triunfal entre los sabios, el cuerpo inerte de Simonetta Vespucci atravesaba con su belleza de *rosa sfogliata* las calles mojadas, Benvenuto Cellini arrastraba la cabeza de la medusa de su Perseo, Brunelleschi imaginaba su cúpula en un cielo estrellado, y ella estaba allí, con todos y sin nadie. De cuerpo presente. Rompiendo con su bastón y su andar pausado los fantasmas ajenos, mientras los suyos le pisaban los talones. Todo dormía menos su insomnio, que la había puesto en pie cuando el sueño amenazaba devorarla.

A medida que pasaban los días, notaba que su pierna respondía a sus súplicas, regalándole de vez en cuando la posibilidad de olvidarse del apoyo. Caminaba despacio; ella, que siempre había estado acostumbrada a devorar las calles con su andar urgente, ahora tenía que degustarlas a la fuerza a paso lento, lentísimo.

De pronto, de las sombras surgió una lumbre, una serpiente esfumada y, detrás, un hombre ceniciento y deshilachado, de cabellos muertos y ojos vivos, le pidió una moneda a cambio de una rosa marchita. Tiró su cigarrillo al suelo y un polvillo de fuego se desprendió creando un arco rojo. Mientras le entregaba la flor, el desconocido la miró fijamente.

—Señora... —le dijo—, se le nota en los ojos una inmensa cicatriz.

Ella lo miró interrogante y, sin saber por qué, le contestó.

—Es lo único que me queda.

—Pero aún no ha sanado, le supura. Póngale un parche, que por ese agujero se le puede escapar la vida... y créame, quedarse sin vida y viva es lo peor que le puede suceder.

«Sin vida y viva»... A Ella le dieron ganas de beberse un café en su compañía. Eso era lo que necesitaba: COMPAÑÍA, alguien que le quitara ese envoltorio mortecino, pero a los vagabundos nadie los invitaba... ¿o sí?

—Es curioso. Nunca pensé que hablaría con alg...

—¿Alguien como yo? A veces, las apariencias engañan, *cara signora*. ¡Podemos ser tantas cosas a la vez! Además, el mundo se equivoca al ir clasificando. No somos por lo que tenemos, sino por lo que sentimos, ¿no le parece?

—¿Usted cree?

—Existen muchos tipos de carencias. Más que no poseer bienes materiales, deberíamos preocuparnos por carecer de sensibilidad hacia la vida. Hay muchos universos por descubrir.

—Le aseguro que no tantos como a veces creemos. Yo pienso que todo está aquí dentro —Ella se puso la mano en el pecho—, pero necesitamos buscarlo fuera para justificar la existencia, y cuando la damos por justificada, nada tiene sentido y volvemos a repetir el mismo ciclo hasta que la muerte se apiada de nosotros. La muerte es la única verdad. Hemos venido para nada; ni fuimos consultados ni se nos preguntó si queríamos venir. Existimos con la única finalidad de irnos. Un viaje perdido. Creamos familias, cocinamos, comemos, nos educamos, trabajamos para mantenernos vivos a toda costa, levantamos monumentos que hablan de batallas en las que ya nadie cree, rezamos frente a imágenes que nada nos dicen: no pueden aconsejar, no han vivido. Queremos creer en algo, asirnos a lo que sea para distraer la certeza de este ciclo absurdo... Nos inventamos viajes, músicos, bailarines, óperas, vestimos ropas para parecer que entendemos este teatro, que interpretamos bien nuestro papel, para pertenecer a esos círculos donde nadie piensa porque pensar puede ser peligroso...

De pronto se dio cuenta de que el desconocido llevaba un rato sin hablar.

—¿Quiere tomarse un café conmigo? —le propuso Ella.

—A esta hora y en esta ciudad me parece que ni la cafeína está despierta. ¿Qué hace una mujer tan bella con tanto dolor?

—Usted no es un vagabundo, ¿verdad?

—Digamos que me jubilé de este mundo hace rato. Soy un ocioso. —El hombre hizo una venia—. Una gran profesión. Usted no sabe cuánto llega a enseñar la ociosidad... ¿Adónde va a estas horas?

—No sé. Quizá esté buscando palabras. A lo mejor sigo en mi empeño de tratar de entender lo absurdo.

Habían caminado un largo trecho. Las calles les devolvían sus voces amortiguadas por el asfalto mojado. Se detuvieron en la Loggia del Mercato Nuovo, delante de la famosa fuente del Porcellino. A la luz de los focos, el hocico del animal brillaba con fuerza. Los turistas continuaban la pantomima diaria de frotarlo pidiéndole deseos imposibles; manos que año tras año habían hecho brillar la trompa de un animal que con su mueca se burlaba de todos, mientras las monedas rodaban por su lengua para acabar nadando en la nada de los engañabobos.

—He llegado —le dijo Ella señalando la librería—. Gracias por acompañarme.

El hombre no se movió.

Ella volvió a hablar.

—Olvidé preguntar su nombre.

—No tengo; no me hace falta. Tampoco sé el suyo y eso no impidió que por un rato nos sintiéramos amigos, ¿verdad?

—Gracias, fue un placer.

—Nos volveremos a encontrar en cualquier esquina de la vida, no le quepa duda.

Ella afirmó con la mirada y por un instante pensó que eran dos iguales, que la soledad los hermanaba.

El hombre se fue perdiendo en la helada bruma de la via Calimala y, antes de doblar por la via Tavolini, se giró y levantó su mano. Ella le contestó con otro gesto mientras su nariz se recreaba de nuevo en aquel perfume de hojas leídas y tiempo pasado; de velas derretidas, lágrimas y risas ajenas: volvía a estar delante de la vitrina de la antigua librería.

Unas rejas la separaban del cristal, pero a través de ellas alcanzaba a ver el libro que continuaba exhibiendo su dolor sobre el atril. Dos páginas, como un mapa inconcluso con islas de letras ínfimas apiñadas, asustadas, una sobre otra, imposibles de leer a simple vista, rodeadas de un mar sin fondo donde se habían despeñado o suicidado frases enteras, tal vez el párrafo que lo aclaraba todo.

Quería entender qué pasaba con las palabras que no estaban. ¿Cómo quedaba aquella historia si había perdido

parte de su contenido? ¿Era posible resucitar lo muerto?...
¿Encontrar lo desaparecido?

Marco y Chiara...
Su alma, desde aquel día, fugada de su cuerpo.

¿Adónde había ido a parar el diario del que tanto le habían hablado sus padres; aquel libro de terciopelo rojo, recamado en piedras preciosas, que guardaba su jovencísima abuela bajo su almohada? ¿Habría existido en realidad? Y si era cierto que había existido, ¿qué contaba?

El paquete. Tenía que abrir el paquete. Saber qué le había enviado su madre.

7

Regresó al hotel con las primeras luces del amanecer, tras consumir la noche reflexionando frente al escaparate de la antigua librería. Las calles empezaban su actividad. Un camión cisterna mojaba el asfalto y se llevaba los últimos residuos de basuras olvidadas mientras un grupo de hombres azules caminaba con sus mantas prohibidas, repletas de imitaciones y baratijas, tratando de encontrar el mejor sitio para exhibirlas. Por el camino fue buscando con la mirada al mendigo de la rosa para invitarlo al café prometido, pero no lo encontró. Se metió en el primer bar y pidió un capuchino doble y un sándwich de mozzarella, tomate y albahaca. Era la primera vez que volvía al centro de su estómago esa sensación desaparecida: el hambre.

Al llegar, el conserje le abrió la puerta.

—*Buon giorno*, señora. Ha madrugado hoy. ¿Le pido el desayuno?

—No, gracias. Ya he tomado algo. Fabrizio...

—Dígame, *signora*.

—Necesito que me consiga teléfonos y direcciones de todos los institutos y academias que se dediquen a la restauración de libros antiguos.

Se metió en el ascensor. Al llegar a la habitación, extrajo del bar la botella de vodka, se sirvió un trago y se dirigió ansiosa al armario. Cuando estaba a punto de abrir el paquete, sonó el teléfono. Desde la recepción llamaban para darle los datos. Tomó nota de los números, mientras rasgaba el envoltorio que aún conservaba los sellos de franqueo. Se quedó con la caja desnuda entre las manos y la acercó a su nariz aspirando un aroma perdido: olía al pecho de su padre; a las camisetas que, mientras él dormía, le robaba de su armario para ponérselas y sentirlo más cerca, cuando aún no se había creado aquel abismo entre los dos.

Levantó la tapa despacio y una bocanada de letras guardadas escapó de golpe. Tras ella, encontró un fajo de hojas amarillentas mecanografiadas, con tachones y garabatos hechos al vuelo, dos maderas finísimas selladas por un cordel, un pañuelo atado con un nudo, y un libro descuadernado que inmediatamente reconoció: sus primeras letras.

Lo primero que llamó su atención fueron aquellas maderas. Retiró el cordón que las unía y las abrió: en el interior reposaba una página carcomida por los años, escrita a pluma con una extraña caligrafía y en un idioma imposible de descifrar, salvo una fecha: 1479. En su centro aparecía rodeado de letras oxidadas el dibujo perfecto de una gema. Se quedó un buen rato tratando de entender el tipo de escritura, buscando identificar aunque sólo fuera una palabra, pero no pudo. Volvió a guardarlo, tomó el pañuelo y deshizo el nudo despacio, tratando de proteger lo que guardaba.

De repente, algo cristalino rodó por los suelos hasta perderse bajo la cama. Se agachó a recogerlo. Un haz de luz bañó el objeto haciéndolo resplandecer. Era un pedrusco azul de una belleza extraordinaria. Lo colocó en la palma de su mano y lo acercó a la lámpara. Aquella lágrima cristalizada devolvía una luz iridiscente, multiplicándola y proyectándola en intensos reflejos. No lo podía creer... ¡¡¡EXISTÍA!!! Era el diamante azul del que tanto le habían hablado sus padres.

¿Cómo era posible que no lo hubieran vendido, cuando aquella gema los habría podido sacar de la pobreza?

Volvió al paquete abierto, extrajo las páginas mecanografiadas y las fue leyendo poco a poco.

Allí estaba esbozado el primer párrafo de una historia cuya protagonista era una doncella llamada Chiara: cuarenta y nueve líneas.

Pasó la página y se encontró otro comienzo: treinta y siete frases sin continuar... Y en la página siguiente, y en la siguiente, y en la siguiente; cien folios que abordaban el inicio de una historia.

Todos estaban llenos de apuntes al margen, escritos por su padre en lápiz rojo:

Hablar de la lágrima azul...
Investigar qué pasó con el diario...
¿Existe aún el palazzo Bianchi?...
¿Chiara era zurda?...
¡FALTAN DATOS!...
Si el diamante aún está, ¿cómo pudo suicidarse con él?...
¿Quién extrajo la gema de su garganta?...
¿Por qué o por quién se suicidó?...
¿Alguien la mató e hizo ver que se había suicidado?...
¿DÓNDE ESTÁ EL DIARIO?...

Ella se quedó con el diamante azul y la página carcomida en sus manos, sin saber qué hacer. Esa lágrima simbolizaba en realidad eso: una lágrima. El dolor petrificado de alguien, convertido en cristal. Algo que nunca había acabado de fluir... como su dolor.

Esa tarde decidió que iría al Harry's Bar, su fuente de inspiración. Después de pasarse veladas enteras observando a los comensales, imaginando sobre ellos historias imposibles, no había vuelto.

Se arregló, tratando de adornar su soledad con tres pulseras, dos collares y un sombrero. Se miró al espejo y éste le devolvió un rostro de óvalo sereno que conservaba intacta su belleza. Parecía mentira que a sus treinta y cinco años ya lo hubiera vivido todo y se sintiera tan vieja y vacía. Se sumergió en sus ojos grises y en el fondo le pareció ver un lago donde reposaban sus lágrimas congeladas. Tomó el diamante azul, lo colocó bajo su lagrimal y, tras observarse un largo rato, murmuró:

«La Donna di Lacrima. Io sono La Donna di Lacrima.»

8

Iba vestida de fiesta, como en sus mejores soledades. Ni siquiera se quitó el abrigo, aunque dentro la calefacción rabiaba. En la barra del bar estaba Leo Vadorini con sus sempiternas gafas colgando sobre su mandíbula. La vio entrar y como de costumbre, sin saludarla, tomó una botella del mostrador, la coctelera y comenzó a prepararle lo que siempre bebía: un vodka sour. El lugar estaba atestado de comensales que discutían picoteando tacos de *parmigiano* y risas. Parejas, ejecutivos, divorciados, viudos, vueltos a casar, la sociedad florentina al rojo vivo. Ni un solo extranjero, sólo ella.

Sentía la garganta como una lija y la lengua entumecida de tanta mudez. La pierna y su lengua se hermanaban en ese silencio lacerado. Sólo beber el primer trago, le llegó nítido el párrafo de su primera novela. Había nacido en ese lugar, de un gesto sencillo y para muchos intrascendente: una mujer perdía su *foulard* y un hombre lo recogía. Dos desconocidos se rozaban con la punta de un pañuelo: «Gracias.» «De nada.» Dos soledades desperdiciaban la oportunidad de hacerse amigos.

Allí había descubierto que escribía porque no podía vivir sin hacerlo. Las palabras no dichas se le ordenaban solas mientras miraba. Aquella hilera de letras mudas le sonaban como una cascada de agua cristalina. Pronunciadas, perdían su magia; nunca habían sido su gran fuerte. De tanto ir en silencio, su alma aprendió a hablar sin voz. La escritura era su propio arrullo, la nana que calmaba sus miedos. ¿Cuándo había renunciado a la vida real para vivir la imaginada? Su niñez le pasó por delante como viento despistado de estación. ¿En qué momento se había apartado de todo lo que la rodeaba? Su mundo infantil de traumas, rigores y carencias la había obligado a fantasear con otra vida y había perdido la línea de su horizonte. Leía y saltaba dentro de otros mundos, vistiendo los ropajes, sueños y sentimientos de sus heroínas; llorando las penas ajenas inventadas, haciéndolas suyas. Su gran triunfo había sido soñar y plasmar sus sueños para que otros los vivieran, ya que a ella el mundo le quedaba grande.

Mientras saboreaba el cóctel a tragos lentos, una corriente helada la envolvió y dos puñales de hielo hirieron su cuerpo rajándola en dos, desde el pecho hasta el centro de sus piernas. Alguien la devoraba con lascivia. Se giró, pero al hacerlo un abrigo azul marino y un sombrero se evaporaron por la puerta, dejando en el suelo un rastro de escarcha y un marcado aroma a libro antiguo. Salió a la calle y lo vio desaparecer por las orillas del Arno. El vaho helado de su silueta se recortaba como una consonante sin vocal sobre el atardecer agonizante.

Esa tarde en la que nadie se dignó entrar en su librería, Lívido decidió cerrar antes de la hora y perderse en las desafinadas lluvias del otoño florentino.

Había regresado a Firenze tras la muerte de su padre, de eso ya hacía veinte años, para ponerse al frente de aquello que aún despertaba sus ganas de vivir. Quizá el único destino que le quedaba era ser el eterno protector de unos libros mutilados que nadie quería: un modesto guardián de sueños ajenos.

Cortona le había dejado una herida imposible de cerrar. La huida del monasterio, la renuncia de sus votos, ese amor encabritado y loco que le había arrastrado a una pasión mortal. Aquellos senos desbordantes de leche, aparecidos de repente en Semana Santa. Esos ojos carbonizados de deseo sobre la hostia virgen. El voluptuoso cuerpo desprendiendo aquel embriagador perfume, mientras sus labios se abrían despacio y su lengua surgía húmeda de ese fondo oscuro para recibir el pan que él le ofrecía.

Su nerviosismo había hecho que, al mirarla, la sagrada eucaristía se precipitara entre los senos dormidos de aquella mujer de manto negro y boca roja, y en esa caída había caído también su vocación.

¿Cómo rescatar de su pecho, de aquel cuerpo tibio, inmaculado, el solemnísimo cuerpo de Cristo? Si ella no debía tocar la hostia, la única solución era entrar entre sus senos... Y había entrado, despacio, con sus dedos temblorosos, deslizando suavemente las yemas sobre aquella piel de seda que palpitaba vida, y toda la columna de feligreses desapareció de repente en medio de aquel sueño mientras los coros elevaban sus voces como palomas al vuelo. Había entrado en sus senos y, después, su jugosa lengua recibía el pan glorioso en un amén lento... Había entrado en su boca y más tarde en su alma a través de su cuerpo.

Después de aquel Domingo de Resurrección ya nada volvería a ser igual. Cristo había resucitado de entre los muertos y él acababa de morir resucitado.

Sus rezos se convirtieron en una súplica a Dios para volver a verla. Sus noches, en insomnios acariciando momentos inventados cuando era adolescente y soñaba con amar a una mujer. Sus amaneceres, en pedir perdón a Cristo y a su madre. La teología, ese conocimiento de las cosas divinas, todos sus años ahondado en los misterios, el *fides quaerens intellectum*, la *theologia supernaturalis*, razón humana y revelación divina, el misterio trinitario, el misterio cristológico, la metafísica, lo mítico, político y natural, conocer la fe a través de la razón... todas las teorías se calcinaban en aquellos ojos de carbón ardiendo.

La volvió a ver una semana después, en la comunión, y a partir de ese día cada mañana en la misa de las siete. A veces venía con una niña agarrada a su falda; otras, acompañada de una tristeza sin alas.

Después de muchas comuniones, confesiones y fiestas de guardar, la pasión les fue pidiendo más.

Se llamaba Antonella, era napolitana, estaba casada, tenía tres hijos, nada que ofrecer, pues todo lo había dado, pero se había enamorado de él.

Se veían a escondidas a las nueve, cargando cada uno a su espalda la culpabilidad del pecado mortal. Subían las empedradas calles vigilando ventanas y puertas, esquinas y balcones, hasta coronar la piazza Santa Margherita. Escapando como podían de las inquisidoras miradas de las ancianas que vigilaban palmo a palmo la moral de la pequeña ciudad etrusca.

Estaban hambrientos de sentir la vida con todos sus sentidos.

Él llegaba envuelto en los aromas del pan recién horneado que compraba al amanecer en el horno de leña del Vicolo del Precipizio, y detrás del muro se arrancaban a pedazos el alma mientras se daban de comer trozos de pan humedecido en *olio* virgen, lamiéndose los dedos uno a uno, oliendo aquella tierna masa que simbolizaba vida, apurando las gotas resbaladas, las migajas de aquellos segundos tan amados. De su cesta ella sacaba la tortilla que cada mañana preparaba para ese desayuno sagrado y la rompían a mordiscos, chupando su jugosa ternura. Fresas, mieles, chocolates, almendras, cada alimento era bendecido de placer en sus labios. Se olían, se abrazaban, se saboreaban reconociéndose. Sus pieles muertas renacían con sus miradas.

Se herían de placer, clavando sus lenguas hasta lastimarse de amor las entrañas. Bocas deshechas y rehechas sin fin; los deseos naufragando en sus salivas... empapándolos.

Sus delicados dedos traspasaban los límites de la cordura. Aquellas manos benditas lo elevaban a un mundo de placer desconocido, en el que el único rezo posible era rogar por no morir de amor.

Le prometió que se separaría, que estaría con él para el resto de su vida.

Habían quedado a la hora de siempre: las nueve de un lunes primaveral. Él escaparía de la casa cural de la via Zefferini, y ella de su prisión conyugal. Dejarían una carta donde lo confesarían todo y pedirían perdón por no ser capaces de vivir la vida sin amor.

Esa mañana Lívido había partido a las cinco para visitar por última vez el monasterio de Le Celle, aquel lugar de mágica espiritualidad donde había pasado largos años de penitencia y purificación antes de ser ordenado. A esa hora, el santuario franciscano rompía con su austera majestuosidad la espesa bruma de la noche. Vagó por sus caminos, atravesó el Ponte Barberini y se sentó en la piedra, donde tantas mañanas se había encontrado con su fe, pero ya no estaba; la fe había marchado antes que él.

Se despidió del paisaje, del riachuelo, de muros, campanas y cipreses. De los pájaros y el viento. De su pequeña celda, donde aún permanecían colgadas del aire sus letanías matutinas, y se fue con paso firme en busca de Antonella.

Dejó el viejo Citroën a la entrada del pueblo, junto a la muralla, y fue bordeando la via Crucis di Gino Severini, subiendo las escarpadas calles con el corazón desbocado de miedo y alegría. Al coronar la plaza sintió un extraño presentimiento: el aire estaba contrariado y espeso; le costaba respirar.

Las campanas de Santa Margherita anunciaron con sus nueve campanadas que el momento había llegado. Miró alrededor buscando oír sus pasos, pero nada se movió; ni siquiera las manecillas del reloj. Su vida había quedado suspendida en el hilo de unas pisadas que de sobra conocía.

Una espera in crescendo se apoderó de él cuando el repique de campanas fue martilleando su ausencia: nueve y cuarto, nueve y media, diez, once y media..., ¡las doce! Antonella no había acudido a la cita.

Tal vez él se había equivocado de día, o de hora... Empezó a disculparla imaginando posibles malentendidos. ¿Era el lunes? ¿Y si volvía mañana?

Pasó por delante de su casa, siempre con la mirada fija en las cortinas ajenas que parecían tener vida propia. A la entrada, un gato pardo se lamía las patas. Las ventanas estaban cerradas a cal y canto y las paredes se sumían en un extraño silencio: no había NADIE.

Durante un mes no faltó cada día al parque, a la hora acordada, pero Antonella no volvió a aparecer.

Tras meses de espera, Lívido abandonó el sacerdocio. Su madre había llamado para notificarle que su padre había muerto y lo necesitaba.

El día del regreso, mientras atravesaba la piazza della Repubblica entre murmullos y miradas recriminatorias —todo el pueblo se había enterado de la pecaminosa relación—, volvió a verla. Descendía por las escalinatas del Palazzo del Comune abrazada a su marido, con sus hijos cogidos de la mano y una tristeza larga como noche de insomnio. Ella lo miró y de sus ojos rodó una lágrima; él no fue capaz de devolverle la mirada, se moría de dolor.

A partir de ese instante su vida acabó. Sus días se convirtieron en el eterno recordar lo perdido, saboreando una pasión que jamás volvería a sentir. Subsistía viviendo roces de piel que nunca le llegaban al alma; comprando caricias a precio de saldo. Nadie podía resucitarlo de su muerte. El tedio se le había encajado en el cuerpo, usurpando todos sus rincones hasta ahogarlo. Todo le cansaba, incluso hasta el descanso. Malgastaba sus días encerrado en el cuartucho de la planta superior de la librería, leyendo los libros que aquel fatídico 4 de noviembre de 1966 había rescatado de las fauces del fango; tratando de completar en su cabeza sus vidas inconclusas. Los protagonistas de las historias no se encontraban. Por culpa del deterioro y la humedad, estaban condenados a la ausencia; página tras página, habían desaparecido. Leía como arrullando un sueño loco que jamás se calmaba.

¿Quién creía todavía en el amor?

De repente, en su rutina gris, una tarde había entrado aquella enigmática mujer que apoyaba su silencio en un bastón, y sus días cambiaron. Ahora la esperaba cada atardecer, no sabía para qué ni por qué. Ella timbraba, él le abría la puerta y la dejaba vagar por pasillos y rincones. Sus pisadas discordantes sobre la madera le hablaban. Ese silencio tan distante y frío, tan igual al suyo, llamaba poderosamente su atención. Le lanzaba palabras mudas al vuelo, a ver si ella las recogía y lograba oírlas.

La vigilaba en la oscuridad, observando cada uno de sus movimientos. Al principio, la mujer se acercaba con timidez a las estanterías, como cuerpo en pena buscando su alma desaparecida, pero con el paso de los días había cogido confianza y hurgaba en los cajones, convencida de que nadie la miraba. Ojeaba, olía y hasta manoseaba ejemplares que ni él mismo había osado abrir jamás.

Tenía ganas de hablarle, pero no se atrevía ni siquiera a

sostenerle la mirada. Le excitaba imaginar su cuerpo y su alma. Se vivía en ella, en sus abismos fantasmales; en sus pausas y acciones.

La veía inalcanzable en su dolida belleza.

¿Qué morboso placer emanaba de aquel cuerpo desolado y frágil?

¿Qué buscaba aquella silenciosa mujer en su librería?

10

¿Por qué no podía dejar de ir a aquel lugar?

¿Qué fascinación ejercían sobre ella esos libros derruidos? ¿Por qué se identificaba tanto con esa soledad de las páginas muertas?

Había instaurado una nueva rutina para sobrevivir, sin siquiera saber por qué quería sobrevivir. Tal vez esperaba que en algún momento sus ojos se abrieran y por fin despertara de aquella pesadilla y a su lado estuviera Marco y una vocecita le gritara «*Mamaaaaaaá, ya estoy aquí*», y se metiera bajo las sábanas el cuerpo tibio de Chiara y sus pies se enredaran en sus piernas y su cabecita se escondiera en su pecho buscando el juego matutino de pedirle cosquillas.

Llevaba dos semanas yendo cada mañana al número 13 de la via Maggio, al Palazzo Spinelli, donde se había matriculado en clases de restauración de libros antiguos. Quería aprender cómo salvar de la muerte la palabra de otros; aprender quizá, a través de ese trabajo, a recuperar sus palabras moribundas.

El invierno la castigaba lanzando agujas de nieve sobre su cara. Firenze, en honor a su estado de ánimo, se vestía de luto blanco para ella. El dolor de su pierna ya era tan suyo que si se lo hubieran tratado de quitar habría matado por conservarlo; estaba ligado a Marco y a Chiara.

Cada sábado iba al lugar del accidente, la carretera que unía Arezzo con Roma. Se lo sabía de memoria. Había peinado palmo a palmo cada centímetro del maldito campo buscando algún objeto, un zapato, una cartera, una cadena, algo que le dijera que era verdad, que aquello había pasado. El tronco del árbol contra el cual se había estrellado aún conservaba las huellas de su coche: un borrón de pintura gris tatuaba su corteza... La música de Mozart continuaba sonando en su mente, como la voz de Marco y el dulce canto de Chiara... «Había una vez una iguana con una ruana de lana, peinándose la melena junto al río Magdalena...», la canción colombiana que ella le había enseñado; su favorita.

¿Dónde estaban?

No había día de su vida en el que no pensara en ellos, en que no se le desgarrara el alma con su ausencia. Sin sus cuerpos, vivía una espera sin sentido.

Llegó a la academia y se encontró a la entrada con aquel hombre de aspecto deshidratado y ojos trashumantes, que sólo verla acarició instintivamente su calva lustrada. Era el profesor Mauro Sabatini, encargado de la conservación del Gabinetto Scientifico Letterario, que llegaba para dar su clase sobre «*La carta e il suo degrado*». Tras un efusivo saludo, el profesor le comentó.

—He ido haciendo averiguaciones sobre lo que me pidió el otro día y me temo que es casi imposible encontrar entre el océano de libros desaparecidos el extraño diario que usted menciona. Respecto al palazzo Bianchi, no cabe la menor duda de que existió, ¡vaya si existió! Era espléndido, una obra monumental. Su arquitectura veneciana, con aquel hermoso revestimiento de mármoles rosas, destacaba en medio de las demás edificaciones. Muchos pintores de la época lo inmortalizaron en sus lienzos. Como muchos palacios que quedaban a orillas del río, fue destruido en la segunda guerra mundial por los bombardeos de los aliados. ¡Una gran pérdida! Cuentan, aunque nunca se ha comprobado, que fue un regalo de Lorenzo de Medici a una cortesana de la cual se enamoró perdidamente... un amor secreto. Cuando la conoció era prácticamente una niña. En fin, se dicen tantas cosas. Si no lo considera una indiscreción, ¿podría aclararme qué tiene de particular ese diario?

—Si lo supiera, se lo diría. De él sólo tengo esta página que, por más que lo he intentado, para mí es indescifrable.

Ella tomó de su cartera las dos maderas que protegían el folio enviado por su madre en el paquete, las abrió y extrajo el envejecido folio.

—Mire —le dijo, ofreciéndoselo.

Lo primero que hizo Mauro fue reconocer su gramaje.

—Excelente calidad —aseguró mientras lo examinaba—. El papel toscano del Quattrocento era magnífico. Su elaboración era todo un arte de telares, humedades y dedicación; no como los que se fabrican ahora. Si no le importa, me gustaría analizarlo en el laboratorio. ¿Me acompaña?

Subieron las escaleras de piedra y llegaron al primer piso. En la recepción, algunos estudiantes acribillaban a preguntas a la secretaria. Mauro continuó hasta el despacho principal y la invitó a pasar. En el interior, el desvencijado escritorio contrastaba con los extraordinarios frescos de las paredes y las bóvedas de la que fuera la antigua capilla del Palazzo, que acababa de ser restaurada por un grupo de alumnos japoneses.

—Bellísimo lugar —exclamó Ella mientras lo repasaba con sus ojos.

—Firenze está llena de viejas hermosuras, ya nada impresiona. Siéntese, por favor.

El profesor le ofreció una silla, al tiempo que encendía la pantalla de luz y colocaba la página sobre ella.

—¿Ve esto? —con su dedo señaló el centro del papel.

—Es el dibujo de una piedra preciosa, ¿verdad?

—No me refiero a eso, sino a lo que está debajo. Observe...

Mauro le pasó el cuentahílos con el que examinaba la pieza.

—¿Alcanza a ver el delicado trazado hecho con la fibra del papel? Es la filigrana: nos habla de su origen. Los antiguos nobles hacían marcar sus papeles con sus escudos y anagramas. Es muy posible que éste en concreto perteneciera a un noble florentino. Aquí aparece sobre el escudo una diminuta flor de lis.

—No he podido entender lo escrito, aunque he estado investigando el idioma toscano antiguo —dijo Ella.

El profesor la miró a los ojos.

—No puede entenderlo porque... —se detuvo en cada palabra— porque fue escrito para que nadie lo entendiera a primera vista: se llama escritura especular. Así escribía Leonardo da Vinci. No se mueva, en seguida regreso —le dijo, maravillado.

Al cabo de algunos minutos volvió con un espejo y lo colocó delante de la página.

—¿Qué le parece?

Sobre el cristal aparecía reflejado el texto y todo adquiría un sentido. Las letras se enderezaban, las vocales se abrían.

—¡Zurda! —añadió mientras continuaba examinándolo—. La persona que escribió esta página era inequívocamente zurda. No quería manchar el papel con la tinta y por eso escribía de derecha a izquierda. Es la segunda vez que veo una página como ésta después de haber tenido en mis manos algunos apuntes del gran Leonardo. Esta letra, sin duda, era de una mujer. Su trazo es muy definido, de curvas sin aristas, firme aunque tímido. ¿De dónde ha salido?

—Es una historia que casi parece un sueño. Tiene que ver con un cuento que me narraban mis padres antes de dormir.

—Aquí se habla de un diamante en forma de lágrima: una lágrima azul. —Mauro levantó la mirada—. ¿Sabía que en la Antigüedad al diamante se le atribuían grandes poderes? Los griegos y romanos creían que eran lágrimas de dioses, destellos de estrellas, y Platón, que eran seres vivos que contenían espíritus celestes. Simbolizaba lo eterno e infinito. Se utilizaba para tratamientos contra la locura y, sobre todo, fue empleado como veneno. Dicen que el rey Federico II murió por una sobredosis de diamante.

—¿Cómo puede ser posible?

—Alrededor de esa gema se han tejido muchas leyendas. En pleno Renacimiento el escultor Benvenuto Cellini afirmaba que su gran enemigo, Farnesio, había intentado matarlo usando polvo de diamante, y el papa Clemente VII, al parecer, falleció tras seguir un tratamiento curativo con partículas molidas de diamante. Sin embargo, también se dice que salvó a muchos otros de la muerte. ¿De qué habla la historia que sus padres le contaban?

—De amor, habla de amor; ese sentimiento que ha caído en desuso. Cuentan que mi abuela, siendo niña, mientras jugaba a disfrazarse con ropas antiguas, encontró en un viejo baúl un libro envuelto en un pañuelo de seda. Era una especie de diario con lomo de terciopelo rojo e incrustaciones de piedras preciosas: perlas, rubíes, zafiros... Le dijeron que había pertenecido a una adolescente que había muerto en extrañas circunstancias. Mi abuela no volvió a separarse de él, pues lo consideraba su gran tesoro, hasta que una noche, mientras dormía, alguien lo robó de debajo de su almohada y nunca más se supo de él. Al cabo de mucho tiempo, cuando ya se había casado, recibió en un correo anónimo esta página.

Ella señaló el folio que seguía extendido sobre la luminosa pantalla.

—Interesante, muy interesante —dijo Mauro mientras se acariciaba la calva—. ¿Dónde vivía su abuela?

—Según contaban mis padres, en el palazzo Bianchi.

—Entonces, con absoluta seguridad, provenía de una familia noble.

—Realmente, no puedo asegurarle nada de nada.

—Esta página es una joya, escuche —el profesor fue traduciendo con destreza las palabras del antiguo toscano al italiano—. «Mi amada, esta noche sin luna, espérame al alba. Entraré por tu ventana. Por favor, no me castigues... por favor, te lo suplico. No resisto más sin verte. Me arde el alma; mi boca es una losa de mármol muerto sin tus besos. Mi pecho sin tu piel es tierra arrasada por el fuego. Me duele cada segundo sin sentirte, no puedo soportarlo. ¿Acaso no lo entiendes? Mi sexo agoniza sin ti. Mis fuerzas flaquean. Déjame entrar en tus sábanas, abrir tus piernas de miel..., mi vida. Yo lameré tus muslos, avanzaré despacio con mi lengua hasta beberme tu humedad de rocío. Sí, el dulce néctar de tu rosa abierta. Te haré llorar de placer, amada mía, y cuando ruede tu primera lágrima, la convertiré para ti en un diamante..., mi diamante azul.»

Al terminar la última frase, el profesor permaneció en silencio; después levantó la mirada.

—Maravilloso. Quien lo escribió reproducía una nota: aquí hay un llamado de atención, ¿ve esta estrella, al inicio y al final del párrafo? Antiguamente, hacía la función de las comillas. ¿Le dice algo lo que acabo de leer?

Ella negó con la cabeza. Habría preferido no contarle lo del diamante.

—Es una hermosa pieza —afirmó, entregándosela—. Ojalá halle lo que busca, aunque lo dudo muchísimo. Sería como encontrar una aguja en un pajar. Puede estar en cualquier parte... o en ninguna. ¿Sabe cuántas páginas desaparecieron en 1966 en las fauces del Arno? Alrededor de mil millones.

—No es posible.

—Fue una tragedia mayúscula. Jamás se sospechó que el río llegaría a hacer tanto daño, y menos que se ensañara con el arte de la forma que lo hizo. Nos cogió a todos desprevenidos. No alcanza a imaginar el magnicidio artístico que fue todo aquello. Firenze se convirtió de la noche a la mañana en una Venezia de canales de lodo putrefacto que llevaba en su corriente una fuerza destructiva infinitamente superior a la que sufrió la ciudad en la segunda guerra mundial.

—¿Qué pasó con los libros?

—Muchos fueron rescatados por los *Angeli del Fango*, jóvenes estudiantes voluntarios, venidos de todos los rincones de Italia y Europa, que respondieron a la llamada de auxilio creando escuadrones de salvamento. De no ser por ellos, la mayor parte del arte recuperado hubiese muerto. Fue una catástrofe dantesca que yo viví en carne propia. Ya le hablaré de ello.

El profesor la invitó a salir.

—Si le interesa, podría enseñarle el sótano del Gabinetto, donde tengo mi taller. Está aquí mismo, en el número

54

42 de la via Maggio. No se imagina la cantidad de obras que todavía esperan para ser restauradas. La mayoría son supervivientes del *Alluvione*. —Miró el reloj—. ¡Dios! Qué tarde se nos ha hecho. Es hora de empezar la clase, ¿viene?

—Claro —le dijo Ella—, aunque me encantaría seguir hablando con usted. Lo que explica me apasiona.

Caminaron en silencio y cuando estaban a punto de entrar en el aula, ella sugirió.

—¿Podría ir esta tarde, profesor?

—Mañana... ¿Le parece mejor mañana? —pidió el catedrático—. Hoy tengo un compromiso. Si puede, la espero a las siete, al finalizar su última clase.

—De acuerdo. Allí estaré sin falta.

11

Las campanas de la iglesia del Santo Spirito anunciaron la hora y Ella lo confirmó en el reloj que colgaba de la pared. La clase se le había hecho eterna cortando, pegando e hilvanando papeles. De todas las asignaturas que recibía, la que enseñaba a construir manualmente un libro era la que menos le apasionaba. Prefería el libro escrito, leído, gastado y vivido. Se quitó el delantal, ordenó pinceles, bisturís, gomas y líquidos; guardó las páginas que estaba trabajando en la gaveta marcada con su nombre, se lavó las manos y buscó su abrigo que colgaba del perchero. Había estado pensando toda la tarde en lo que había descifrado Mauro. Aquellas frases la estremecieron: era meterse en la piel de un ser desconocido que se moría de deseo. Allí estaba la fuerza de la palabra escrita inmortalizando ansias, un amante sediento, una página suelta. Aquello había quedado suspendido en el aire, traspasando los siglos; su deseo continuaba vivo en sus palabras. «Lo que se escribe no muere», pensó.

Salió del *Istituto* y un viento desvalido la hizo estremecer. Había cesado de nevar y sobre los bloques helados de las aceras se acumulaba un manto de polvo blanco. Tuvo miedo de caer y, más que nunca, se apoyó sobre su bastón. Seguía las indicaciones que le había dado el profesor: girar a la izquierda y buscar el número 42. A medida que avanzaba comenzó a percibir un olor nauseabundo de cadáveres, cloacas y descomposición. Sus pies sentían el peso fangoso del agua; era como si, de un segundo a otro, la calle se hubiera convertido en un torrente furioso que vomitaba escupitajos de odio por sus fauces. Un color de muerte compacta inundaba la ciudad. Los muros crujían, las ventanas aullaban, las puertas sollozaban, se desprendían y agonizaban en las riadas insaciables del Arno. Mientras Ella flotaba sobre aquella espiral de lodo pestilente, a su paso emergían perros muertos, ruedas de bicicletas, trozos de coches, gatos reventados de agua, pájaros sin alas, cristos sin brazos, cabezas de esculturas sin cuerpo, una *madonna* sin marco, cuadros, espejos rotos, pedazos de mesas y asientos, trozos de cornisas, gobelinos, alfombras, cristales, cajas, libros y más libros. Bibliotecas enteras escurriendo sabiduría, desmembrándose, ahogándose frente a ella. Baúles abiertos, sedas, sombreros, flores, árboles arrancados de cuajo, raíces convertidas en cíclopes marinos hambrientos, engulléndose lo que a su paso se encontraban. La ciudad entera deshaciéndose. Los gritos le llegaban nítidos: «*Oh... Dio!*», «*Aiuto!*» «*Flaviaaaaaaaaa, la mia bambina...!*»

El cielo caía a plomo sobre la via Maggio y Ella no podía escapar de aquella visión apocalíptica. Trataba de rescatar lo que veía pasar, pero el lodo se había convertido en un animal feroz que pedía y pedía y devoraba y devoraba. Era como si el agua se hubiera espesado hasta convertirse en un monstruo gelatinoso. Percibía en la atmósfera desolación e impotencia. Un desastre sideral. Quería frotarse los ojos, que aquella visión desapareciera, pero a medida que se acercaba al lugar donde había quedado con Mauro las imágenes cogían más fuerza.

Al llegar a la sede del Gabinetto Letterario, los fantasmas del *Alluvione* se desvanecieron. La puerta estaba abierta y un joven la esperaba.

—¿La *signora* Ella? —le preguntó, amable—. El profesor Sabatini la está esperando. Acompáñeme, por favor.

Atravesaron el que fuera el gran patio de carruajes del antiguo palazzo hasta alcanzar una puerta de hierro que al abrirla chirrió. En una sala de techos altos y mesas sin florituras, Mauro daba el visto bueno a dos chicas que acababan de pulir unos documentos para su posterior lavado. Mientras se entretenía dando instrucciones, la vio entrar. Aquella mujer de ojos infinitos, tristeza desvalida y bastón con empuñadura de cristal se acercaba sin prisas hasta él.

—¿Llego muy pronto? Quizá debería regresar más tarde —le dijo mientras se aproximaba.

—En realidad, hace rato que la espero.

El profesor la recibió con dos besos en las mejillas y la invitó a seguirlo.

—Usted no es de aquí, ¿verdad?

—No deberíamos tener nacionalidad, ¿no cree? —contestó Ella.

—Tiene razón. Qué más da saber de dónde somos si a veces no llegamos ni a saber quiénes somos. En realidad, estas preguntas son sólo formulismos, frases muleta cuando no sabemos por dónde empezar.

—Soy colombiana... ¿ha estado alguna vez?

—No, nunca he ido, aunque no niego que un día me gustaría. Tengo algunos amigos arqueólogos que sí han estado, en La Ciudad Perdida. Todos dicen que su país es muy bello.

—Sí que lo es. Yo hace muchos años que lo abandoné —suspiró, nostálgica, sacudiéndose los recuerdos—. En fin... Profesor, estoy ansiosa por conocer lo que guarda en los sótanos.

—No crea que el espectáculo es atractivo. A mí todavía me duele contemplarlo. Hacemos lo que podemos, son demasiados libros y hay muy pocos restauradores buenos. Si estos «enfermos» no son bien tratados, sería peor el remedio que la enfermedad. No es nada fácil diagnosticarlos; aunque la epidemia del agua fuera la causante del mal, cada uno ha evolucionado distinto frente a... —el profesor se quedó pensando— podríamos llamarlo el «virus». Venga, debe tener cuidado con las escaleras, son muy empinadas.

Se adentraron por un pasillo oscuro y Ella volvió a tener la misma sensación de catástrofe que la había embargado hacía pocos minutos. De pronto todo se transformaba. La estancia era un río de botas enfangadas. Cientos de jóvenes, los *Angeli del Fango*, convertidos en espectros, creaban una cadena humana, y por sus manos pasaban libros y libros que escurrían putrefacción.

La voz de Mauro se oía lejana dando cifras: «...treinta mil hectáreas de área urbana anegada..., seiscientos ochenta y cinco millones de metros cúbicos de agua..., un millón de toneladas de barro..., un año para limpiarlo»; sobre ella, débiles quejidos que escapaban de cada libro creaban un solo lamento que iba creciendo hasta alcanzar los techos abovedados del sótano, donde rebotaban en un eco largo y triste. Los ejemplares exudaban voces y lágrimas, tenían vida propia.

En las estanterías, serpientes de volúmenes florecidos de agua y fango habían formado esculturas jurásicas, mientras las paredes exhibían un nuevo arte: geografías de moho, petróleo y barro. Ya nada quedaba de todo aquello, pero todo permanecía allí. Ella lo percibía; podía ver el alma de la tragedia a pesar de que aquel desastre hubiera sucedido hacía cuarenta y un años.

—Por favor, acérquese —la voz del profesor la trajo de nuevo al presente.

Sobre una mesa descansaba un voluminoso ejemplar con una enorme pesa que retiró con cuidado.

—Este libro tardó en escribirse dieciocho años. En él participaron veinte artistas, entre adornadores, pintores y escribientes. Póngase esto —le ofreció unos guantes—; no tenga miedo de tocarlo, ahora ya está restaurado.

Mientras lo hacía, Ella volvió a pensar en el diario. Ahora que intuía lo que podía contener, quería encontrarlo como fuera. ¿Adónde había ido a parar?

—Es triste desconocer para siempre las palabras que ocupaban estos espacios —le dijo Ella, señalando un agujero en la página a la que habían añadido una finísima pieza de papel en blanco—. A partir de ahora, este libro tiene que aprender a vivir fracturado. Su restauración no puede añadirle lo que perdió.

—Como las personas cuando han sufrido una pérdida —afirmó el profesor mirándola a los ojos. Llevaba días observándola, y sus silencios la delataban. Intuía que detrás de su presencia distante, se escondía una terrible tragedia. Ella sintió un aguijón en el alma. Pensó en Marco y en Chiara, y un nubarrón cubrió su corazón.

—La pérdida —añadió ella—, cuando se produce, no tiene nada que ver con lo que has imaginado. Te manosea y viola una y otra vez hasta que acabas sometida a su dolor. Es repugnante sentirla deslizarse por tu cuerpo con sus babas inmundas, como una sanguijuela que te chupa y debilita. Tienes que acostumbrarte a su presencia, aunque la odies. Dejas de respirar esperando que aquella falta de oxígeno se apiade de ti y se te lleve, pero la vida te castiga dejándote aquí —miró al profesor sin verlo—. Sigues, con una existencia discontinua: muerta, viva, muerta, viva, muerta. Como si dependieras de un interruptor que no dominas... encendida, apagada... tratando de matar el tiempo, a sabiendas de que es él quien te está matando sin un ápice de misericordia.

—Entiendo —dijo el profesor.

—¿Ha perdido a alguien? —preguntó Ella.

Él negó con la cabeza.

—Entonces, perdóneme, pero no puede entenderlo. Ese dolor es algo muy íntimo y personal; está ligado a la piel del alma.

De repente Ella se percató de que estaba hablando más de la cuenta y se excusó.

—Lo siento, no he venido aquí para hablar de esto.

—No tiene por qué disculparse. Usted vino a aprender a restaurar libros, y esto no es otra cosa que tratar de entender a un enfermo para darle el tratamiento adecuado que atenúe sus penas. Siempre he considerado al restaurador como una especie de médico... —El profesor calló por un momento y de nuevo volvió a hablar—. Hay algo que nunca le he confesado a nadie.

Ella lo miró intrigada.

—Este oficio es desgarrador.

—¿Desgarrador?

—Usted hablaba de la pérdida, la de vidas humanas. Pero en el mundo del arte existe otro tipo de pérdida que duele tanto como la de un ser querido. Yo soy un hombre solitario, muy solitario, ¿sabe? Para mí la vida es lo que ve aquí —levantó los brazos, tratando de abarcar el sótano—. Cuando uno dedica horas, semanas, meses, años y años, toda una vida cuidando, limpiando, sanando y protegiendo a seres como éstos —cogió en sus manos el gran tomo restaurado—, aquí ya no hay sólo papel y tinta, ¿me comprende? Hay una vida. No se imagina lo doloroso que llega a ser separarse de algo así. Se aprende a amar hasta sus bacterias y agujeros, todas sus miserias... como si fuera un amor imposible.

—Lo siento, pero me es muy difícil estar de acuerdo con usted. No puede comparar la desaparición de un ser querido con la de un libro.

—Cuando no tenemos ningún afecto a nuestro alrededor, terminamos magnificando aquello que por lo menos nos obliga a levantar cada mañana. Nos enamoramos del verdugo que nos ha esclavizado: sobredimensionamos su valor sólo para sobrevivir. Créame, hay personas que prefieren morir por una cosa material antes que por alguien; no podemos juzgarlas.

De repente se quedaron en silencio. Los dos sabían que, cada uno a su manera, tenían razón. El mundo estaba lleno de soledades.

—Profesor...

—Dígame.

—¿Usted cree que el diario al que pertenecía la página que me tradujo aún existe?

—Necesita encontrarlo, ¿verdad?

—Quizá.

—No puedo asegurarle nada. Podría existir o haber desaparecido hace muchos años. En todo el tiempo que llevo restaurando libros, nunca me he encontrado con nada que se le parezca, aunque entre tantos inclasificables podría existir, ¿por qué no?

—Ya sé que es mucho pedir, pero... ¿le importaría que echara un vistazo a todo lo que tiene almacenado?

—Le puede llevar meses y lo más seguro es que no encuentre nada.

—No importa; mi tiempo ha dejado de ser importante. Me podría gastar toda la vida entre estos muros y nadie se daría cuenta. Nadie me echaría de... —Ella dejó de hablar y pensó: «"Echar de menos"... qué expresión más extraña. Debería ser "echar de mucho", dependiendo del dolor que cause esa ausencia, de lo mucho que duele. "Echar de mucho"... muchos momentos vividos y sentidos, "echar de mucho" instantes en los que se HA SIDO con mayúsculas», algo que en el fondo nunca había conocido.

La voz del profesor Sabatini interrumpió su monólogo interior.

—Existe un inventario que puedo dejarle...

—¿Cómo dice?

—Si lo desea, puede ojear los sumarios donde están asentados estos libros, siempre y cuando no se lo diga a nadie: no está permitido. Aunque hubiera dado la vida por varios, desafortunadamente yo no soy el dueño de ninguno. Sólo soy su guardián.

Ella fue repasando las estanterías. Todos podían ser aquel diario donde presentía que estaba la fuente del sentir. Páginas que recogían una verdad REAL, no las que ella había ido inventando en sus novelas. Una secuencia de papeles escritos de puño y letra de un ser que había amado, que atesoraba lágrimas lloradas, alegrías reídas, caricias sentidas, amor, dolor, frustraciones, sueños... vida VIVIDA.

—Profesor...

La voz del joven que la había recibido los interrumpió.

—Siento molestarlo, pero en el taller ha surgido una urgencia. Uno de los manuscritos ha hecho una violenta reacción a los líquidos.

—Si me disculpa...

Haciendo caso a la llamada de su ayudante, Mauro se apartó de la escritora y subió de prisa las escaleras. Antes de desaparecer, añadió.

—Siéntase como en su casa.

Ella se quedó sola, envuelta en historias vestidas de barro y olvido.

¿Y si el destino por una sola vez fuera bueno y le regalara la posibilidad de encontrarlo? «Sería como encontrar una aguja en un pajar», le había dicho el profesor. Una aguja que tal vez le serviría para remendar su vida hecha jirones, su vida jamás vivida. Ahora que nada tenía, tenía toda la muerte del mundo para encontrarla. Nada se lo impedía. La iba a buscar.

El olor húmedo del lugar le dio escalofríos. Volvía a sentir las voces ahogadas de los libros, los desorientados fantasmas del naufragio. Todos gemían perdidos, como en la librería del Mercato Nuovo. Todos la llamaban a gritos pidiéndole ser rescatados de aquel sótano.

No esperó a tener el inventario. ¿Cómo iba a saber la manera como lo habían clasificado?

Empezó desde abajo. Extraía un libro, lo ojeaba y lo dejaba. Otro... y nada. Y otro, y otro, y otro... Los minutos caían en el suelo formando un charco de horas perdidas.

Las nueve de la noche, las diez, las once...

12

No había ido. La *donna* enigmática que cada tarde a las siete visitaba su librería llevaba días sin ir y Lívido se sentía triste.

Su sombra lo calmaba; esa presencia lenta y silenciosa unía, aunque sólo fuera por pocas horas, su existencia fragmentada y fracasada.

Hacía ya tiempo que no arañaba ninguna ilusión y de pronto una tarde cualquiera había entrado aquella desconocida que parecía tan perdida como él, y su alma la había identificado como una persona más a la que el destino había olvidado. Otro ser desposeído de la fortuna de sentirse plenamente vivido.

¿Por qué se le daba tan bien identificar el lenguaje mudo de la desgracia? ¿Cómo era posible que el silencio vacío igualara tanto las solitudes ajenas? Ella era como él. Él era como ella. Estaba seguro.

Aunque cada vez que le abría la puerta le había hecho creer que desaparecía, para que se moviera a sus anchas por la librería, en realidad la vigilaba desde lejos y cuando la oía marchar se lanzaba a la aventura de sentirla en cada uno de los libros repasados por sus manos. Todos los objetos que tocaba quedaban impregnados de un intenso perfume a incienso, que él bebía despacio como si fuese un néctar; paladeando la estela de su presencia ingrávida, imaginando su vida, perfilando sus quehaceres o nohaceres, porque incluso hasta el más desgraciado tenía la obligación de gastar su tiempo en alguna cosa, aunque esa cosa fuera perder los días macerando su nada cotidiana.

Un día pensaba que era un ama de casa incomprendida, otro una profesora de filosofía y letras. A veces creía que se trataba de una turista que había perdido el tren y arrastraba sus pies con el vagabundeo de una hoja otoñal desorientada, posándose en cualquier rincón, picoteando el asfalto sin decidir quedarse en ningún sitio, desanclada de todo.

Había decidido que era mejor no hablarle; no acercarse a ella. Imaginar otra vida distinta a su amortajada rutina de agujas precisas deslizándose por un tablero esférico lleno de estúpidos números. El monocorde tic tac sin pausas que le iba deshaciendo. Quería creer que todos, incluso él, el anodino Lívido, podía ser Dios por un instante, protagonista de una fascinante historia salida de la mente de un ser inteligente que lo cogería de la mano y lo pasearía por páginas donde la vida se vivía intensamente. ¿Qué importaba que aquello fuera falso si al final, de tan nítido y sentido, acababa saliéndose del libro convertido en una realidad con alma? Porque existían otras realidades, no como la de él o la que intuía de ella, que parecían arrastrar la negación de ser y acababan transformadas en espectros de sueños sin hacer.

Iba a soñar que era, que existía. Viviría en la imaginación porque en la realidad le había sido imposible. Iba a convertirse en palabras; en un párrafo interesante de un libro interesante. Un personaje, más que una persona.

Un protagonista de algo, más que un ser secundario de esa trama insulsa que vivía. Y ella estaba allí para vivir su fantasía.

Sí, había decidido soñarse. Soñarse con ella, con la desconocida de las tardes.

Antes de volver a su escritorio se acercó al mueble donde guardaba los incunables y abrió el cajón que contenía su más preciado tesoro. Allí estaba, envuelto entre los pliegos del papel con los que aquella noche de noviembre, tras rescatarlo de las aguas enfangadas y ponerlo a secar junto a la chimenea, lo había guardado. Llevaba mucho tiempo sin mirarlo, ¿treinta años tal vez? Sospechaba que su valor era incalculable, no por a quien hubiese pertenecido ni por los cientos de años de existencia, sino por lo que contenían sus palabras. Le había costado mucho interpretarlo, pero cuando entendió lo que se escondía dentro había llorado. Sí, llorado. Él, que ni siquiera había tenido lágrimas para Antonella, había sentido el dolor ajeno, el amor dolido de otros en carne propia. Allí estaba una historia sublime y tal vez la persona que lo había escrito, sin saberlo, había muerto por ella.

¿Y si dejaba que la desconocida del bastón lo ojeara? ¿Y si la espiaba en su próxima visita para ver la reacción en su cara limpia y lejana?

Cerró el cajón y trasladó aquel tomo al rincón donde ella solía merodear; el lugar en el que día tras día iba dejando libros de diversos autores con el único propósito de irla descubriendo a través de sus gustos literarios. De tanto observarla, ahora ya sabía los que más le gustaban: Tolstói, Kafka, Joyce, Flaubert, Hawthorne, Wolf, Goethe, Rousseau...

Esta vez, lo que iba a dejarle no se parecía en nada a todo aquello. Aquel diario era otra cosa: sentimiento en estado puro. Escritor anónimo. Historia verdadera. Dolor vivido.

Su rostro, su inmaculado e impenetrable rostro... ¿le dejaría traslucir lo que sentía su alma?

13

Buscaba lo imposible entre las columnas de libros hincha-
dos de hongos y lo peor de todo es que no sabía por qué
buscaba. Suponía que lo hacía porque no quería llegar al
hotel y encontrarse consigo misma. Ella frente a ella, sin
ruidos ni distracciones, en un tú a tú que no la llevaba a
nada; teniendo que continuar viva sin saber por qué ni
para qué. Quizá era simple y llanamente cobardía, falta de
coraje de arrojarse a la muerte. ¿Seguía el juego que la vida
le había marcado tan sibilinamente?

Buscaba una historia que le regalara vida... Pero
¿vida, para qué? ¿Para vivirla sola? ¡Qué cosa más ridícula! No quería estar en el mundo, pero tampoco quería marcharse. Así de estúpido era el ser humano; así de
estúpida era ella. Renegaba de la vida y sin embargo estaba casi segura de que si por alguna circunstancia le dieran a elegir entre vivir o morir, elegiría vivir. Miedo, puro
miedo.

Continuó ojeando páginas y páginas. De pronto, el
perfume amargo de los libros la llevó a evocar una imagen: la del librero. Un ser extraño. Un fantasma transparente y pálido de cuyo cuerpo emanaba un frío glacial: la
exhalación de un atardecer agotado. El personaje perfecto para un libro.

¿Qué pasaba con aquel hombre insípido que cada tarde le abría la puerta y desaparecía?

Acercó su cara al descuajaringado libro. Olía a él: al librero. Lo repasó página a página, husmeando cada pliegue hasta bebérselo todo. Era igual al que se exhibía en la vitrina de la antigua librería. ¿Por qué le intrigaba tanto ese hombre, si era lo más anodino que había visto en su vida?

¿Por qué pensaba en él?

La madrugada le llegó en la galería subterránea sin encontrar lo que buscaba. La pierna le ardía de dolor y su estómago bramaba. Miró el reloj: eran las cinco de la madrugada. Decidió abandonar la búsqueda; era una locura creer que ella sola podría encontrarlo. Las filas de libros convertidos en ladrillos de cemento no se acababan nunca. Y cada uno que ojeaba la atrapaba. Subió las escaleras abriéndose paso entre los espectros de los *Angeli del Fango* que aún deambulaban tratando de salvar libros.

La sede del *Gabinetto Letterario* estaba desierta. Una luna ciega se movía más allá de las tinieblas. La nieve volvía a caer a destajo sobre su cuerpo: copos grandes abrazándola con su manto blanco. Cruzó el patio y al abrir el portal el chirrido destemplado de las bisagras la despidió. Fue caminando sin rumbo por las calles vacías mientras su abrigo se vestía de estrellas. Se acordó del hombre con el cual había cruzado unas palabras semanas atrás y lo fue buscando de manera inconsciente. Cruzó el ponte Santa Trinità y continuó por la via Tornabuoni. No quería llegar aún al hotel, no tenía sueño. Tras cada pisada la nieve fresca crujía creando una sinfonía blanda y cadenciosa. La oscuridad crecía ante sus ojos: ni un solo cuerpo, ni una sola alma.

De repente, del portal menos pensado apareció el vaga-bundo.

—¡*Bella signora*, pero si es usted! Éstas no son horas de andar por la calle.

—Lo estaba buscando.

—¡No me diga! ¿A mí? ¿A este pobre harapiento? Per-mítame que no me lo crea.

—No se haga la víctima. Lo considero mucho más inte-ligente que eso.

—Cuénteme, ¿le seduce este mundo de espectros noc-turnos?

—Me seduce la inteligencia. Y usted, señor, lo es.

—La palabra inteligente hoy está muy devaluada, ¿no le parece?

—Depende. Para mí inteligente es aquel que sabe ele-gir su camino en la vida y es consecuente con ello. Usted eligió ser vagabundo por encima de cualquier credo y lo cumple a rajatabla.

—No crea que ha sido fácil.

—No lo creo en absoluto. Hubiese sido más cómodo para usted ser... ¿empresario, tal vez?

—*Ma ché cosa dice!* Empresario: ansias, poder, éxito, di-nero, estrés... y, *dopo*, envidia. La envidia es el sentimiento que más abunda entre los exitosos.

—¿A qué se dedicaba?

—A cantar.

—¿Cantar? ¿Me toma el pelo?

—¿Le parece que cantar no es una profesión?

—Lo siento. ¡Claro que lo es! Es que no sé cuándo ha-bla en serio.

—Empecé cantando lo que nadie cantaba: arias imposi-bles, en unos tonos que otros no se atrevían a interpretar. Soy... es decir, fui tenor.

—¿Y?

—Cuando estaba en lo más alto de mi carrera profesional, en plena gira de *Tristán e Isolda*, me enamoré de Isolda, la soprano. Algo típico en esta profesión... Bueno, y también en otras. Ay... *l'amore, l'amore...* El problema era que mi esposa era mi mánager, ¿lo comprende?

Ella asintió.

—Mi mujer hizo lo imposible por hundirnos, a mí y a mi pobre amada, y claro, por arruinarme. Y lo consiguió. Vaya si lo consiguió. En el fondo, se lo agradezco. Me sacó de un mundo mezquino y cruel. Si tuviera dinero, ahora se lo daría todo por el gran favor que me hizo.

—¿Y adónde fue a parar su voz?

—Debajo de un puente.

—¿Qué me dice?

—Si quiere escucharme, cada noche declamo *La divina comedia* en los arcos, bajo el Ponte Vecchio.

—La habitación del hotel donde me hospedo tiene vistas a ese puente.

—¿De veras? Pues mañana, que será viernes, asómese. Recitaré para usted. Para la *signora*...

El hombre esperó a que ella completara la frase.

—Señora... sin nombre —añadió ella—. ¿Recuerda? Como usted. El no saber nuestros nombres no impidió que volviésemos a hablar. ¿No fue lo que me dijo aquella madrugada?

—De acuerdo, *signora* sin nombre. ¿Qué prefiere escuchar, *Inferno, Purgatorio* o *Paradiso*? Lo dejo a su elección...

Al ver que Ella no contestaba, continuó:

—Aunque pienso que... es momento de recrearnos en el *Inferno*. No me mire así; a veces hay que consumirse en él para alcanzar el cielo. Se lo digo yo, que sé mucho de llamas.

El vagabundo empezó a declamar el canto I del *Inferno* y de su boca fue saliendo un humo blanco revuelto de palabras...

Nel mezzo del cammin di nostra vita
mi ritrovai per una selva oscura
che la diritta via era smarrita.
Ah quanto a dir qual era è cosa dura
esta selva selvaggia e aspra e forte
che nel pensier rinova la paura!
Tant'è amara che poco è più morte;
ma per trattar del ben ch'io vi trovai,
dirò del l'altre cose ch'i' v'ho scorte.
Io non so ben ridir com'io v'entrai,
tant'era pieno di sonno a quel punto
che la verace via abbandonai.

A mitad del camino de la vida
yo me encontraba en una selva oscura,
con la senda derecha ya perdida.
¡Ah, pues decir cuál era es cosa dura
esta selva salvaje, áspera y fuerte
que en el pensar renueva la pavura!
Es tan amarga que algo más es muerte;
mas por tratar allí encontré
diré de cuanto allá me cupo en suerte.
Repetir no sabría cómo entré,
pues me vencía el sueño el mismo día
en que el veraz camino abandoné.[2]

Comenzó a alejarse por la via Tornabuoni y su voz se convirtió en un suspiro que se esfumó en la noche.

Ella se quedó estatuada, sin saber qué rumbo tomar, recibiendo la embestida de la nieve que continuaba hiriéndole las mejillas.

Miró alrededor: le dolieron los ojos de ver tanta soledad. Le ardieron los oídos de escuchar tanto silencio helado. Tomó la via Borgo Santo Apostoli y se detuvo en la placita donde acostumbraba comprar frutas. Levantó la mirada y leyó: «Piazza del Limbo.» Nunca más acertado. Se encontraba en el centro del limbo; al borde del infierno de no saber vivir.

Llegó al hotel y encontró las puertas cerradas. A través de los cristales una luz mortecina titilaba; la recepción estaba vacía. Pulsó el timbre y del fondo apareció el portero de la noche con el sueño pegado a las pestañas. Un saludo sonámbulo. Tomó el ascensor, entró en la habitación y dejó el abrigo sobre el sofá de la pequeña sala. No tenía ganas de dormir. Se sirvió un vodka con hielo y abrió el grifo de la ducha. Una niebla hirviente y blanca se la tragó. El frío se le había incrustado en los huesos. Mientras se desnudaba, otra mujer lo hizo frente a ella: el gran espejo del baño le devolvió la imagen de esa desconocida que vivía dentro de su cuerpo; la que nunca acababa de aflorar: su yo más íntimo. La observó. Se observó. Sus ojos la miraron interrogantes.

—No me mires así —le dijo.

—No me mires así —le contestó la extraña.

—¿No ves que no tengo nada que decirte? —volvió a hablarle.

—¿No ves que no tengo nada que decirte? —volvió a contestarle.

—¿Quién eres?

—¿Quién eres?

—¿Qué quieres de mí?

La extraña la atravesó con los ojos y desde el espejo le espetó, furiosa:

—Estás ACABADA. Mírate de una vez. ¡¡¡MÍRATE, maldita sea!!! ¿Es que no te das cuenta? ¿Cuándo vas a vivir de verdad? Libros, libros y libros... Escritora de pacotilla. ¿Es que no sabes hacer otra cosa?

Se miró derrotada. Sus pechos nítidos, de pezones rosados, cargados de soledad, se empinaban erectos. Dejó resbalar sus ojos por aquella piel tan ajena y tan propia y le pareció que llevaba toda la vida dormida. La curva de su cintura sin abrazo gritaba ausencias; su pubis retraído reflejaba su infinita solitud. Allí latían, escondidas entre sus pliegues, sus cansadas ganas. Un par de alas queriendo levantar un vuelo imposible.

Buscó a la extraña al otro lado, pero había desaparecido. Se metió en el agua hirviendo y su piel enrojeció. Pensó en Marco y dejó que sus manos hicieran el resto. ¿Cómo la habría acariciado él?

De pronto las yemas de sus dedos le trajeron el verano, el vago aroma del deseo, las risas callejeras, la brisa de las cinco en Cali. La falda del colegio levantada, sus primeros roces, esa inquietud carnal que la llamaba, aquel calor entre sus piernas despertando. Su sexo, con vida propia, se separaba de su cuerpo. ¿Adónde había ido a parar esa niña adolescente que soñaba vida? No valía la pena vivir sin sentir. ¿Qué sabía ella de la vida, si sólo había vivido a través de la palabra escrita? Nathaniel Hawthorne lo confesó alguna vez: «Yo no vivía. Sólo soñaba que vivía.»[3] ¿Quería al final de sus días decir lo mismo?

14

Sus zapatos retumbaban en aquel pasillo inhóspito de luces de neón y batas blancas en el que el único ser vivo, además del encargado, era ella. El hombre que la guiaba trataba de prepararla para lo que podía encontrarse tras la puerta metálica que separaba a los muertos de los vivos. Si aquellos cuerpos eran los de su marido y su hija, para las autoridades el caso quedaba cerrado. Para ella, sin embargo, la herida permanecería abierta.

El olor a muerte estancada y a formaldehído hería sus mucosas provocándole arcadas que aguantaba en silencio. Por el interminable pasillo, las ratas se asomaban y escondían creando con sus repulsivos chillidos ecos burlones. En aquel depósito de muertos sin dueño, su ropa empezaba a exudar ansiedad y miedo.

Cuanto más caminaba, más se alargaba el corredor. De pronto, después de avanzar un largo trecho, el hombre de la bata blanca la tomó del brazo y la hizo detener delante de una puerta. Un sonido hermético a su espalda la dejó en el interior de un salón de paredes atestadas de nichos de acero con sus respectivas asas. De repente miró a lado y lado y se dio cuenta de que estaba completamente sola. Trató de volverse pero no pudo abrir la puerta. Estaba atrapada en aquel silencio mortuorio.

Como una autómata, sus manos giraron uno a uno los tiradores de los distintos cajones incrustados en la pared. Decenas de cuerpos desnudos, como enormes títeres de cuerdas rotas, empezaron a aparecer. Pies de los que colgaban etiquetas con números y letras que clasificaban como desconocidos los que en su día quizá habían sido alegres estudiantes, respetables profesionales, amorosos amantes, abnegados padres de familia. Todos, hombres y mujeres, descansaban con aquellas cremalleras sobre sus vientres sin vísceras como único vestido. Interiores donde antes palpitaban corazones, ahora llenos de serrín. ¿Dónde estaban sus rostros? Ningún cuerpo conservaba su fisonomía. Aquellas caras de cera no tenían ojos, narices ni bocas. ¿Cómo iba a reconocer a Marco y a Chiara? Quiso gritar, pero por más que trató, su garganta no emitió ningún sonido. Corrió a la pared de enfrente y pulsó compulsivamente cada una de las pequeñas puertas de los nichos. Los clics metálicos retumbaban, mientras sobre los rieles se deslizaban las gavetas que contenían los cuerpos. Allí estaba Marco, Marco, Marco, Marco, Marco...; no era un solo Marco, eran decenas de Marcos y Chiaras los que emergían de las gavetas.

—¡¡¡NOOOOOOOOOOOOOOOOOOOOOOO!!! —gritó Ella—. ¡¡¡NOOOOOOOOOOOOOOOOOOOO!!!

Trató de escapar, pero sus pies permanecieron sembrados en el suelo.

—¡POR FAVOR!... ¡DÉJENME SALIIIIIR!

Sus puños aporreaban la puerta con desesperación.

—¡¡DÉJENME SALIIIIIIIR!!

Una llave giró sobre la cerradura y apareció Fabrizio, el conserje del hotel.

—*Signora* Ella, ¿se encuentra bien? Permítame ayudarla.

La escritora permanecía inmóvil, delante de la puerta

de su habitación, con el alma encogida y el corazón galopando en sus sienes. La camiseta, empapada de sudor, se le pegaba al cuerpo dejando al descubierto unas curvas suaves y agitadas. Fabrizio acababa de descubrir tras aquel algodón mojado el cuerpo más sensual que había visto en su vida. Aquella mujer hermética era bellísima. Su aspecto de niña perdida y sus ojos de acero lustrado lo miraban sin verlo. La tomó del brazo con delicadeza y la condujo hasta la cama.

—Otra vez ha tenido una pesadilla, ¿verdad? No se preocupe, fue un mal sueño y como dijo Calderón de la Barca, los sueños, sueños son. ¿Le mando traer algo? ¿Una infusión, quizá?

Ella continuó mirándolo, totalmente enajenada mientras Fabrizio la ayudaba a acostarse, metiéndole los pies bajo la manta.

Aunque había amanecido, ese día no fue a clase; permaneció inmóvil, con los ojos pegados al techo, mientras sus pensamientos vagaban como fantasmas por la carretera que llevaba de Arezzo a Roma.

15

En el Harry's Bar esa tarde no se hablaba de otra cosa. La misteriosa mujer a la que se referían *sottovoce* los comensales tenía la ciudad excitada. Se decía que desde los tiempos de las cortesanas no se veía nada parecido. Era una mujer de otro tiempo, con ademanes de princesa antigua, salida de un cuadro inacabado de Botticelli. Tímida y lujuriosa, delicada como cristal de Baccarat y fuerte como la punta de un diamante: violencia suave que acariciaba y avasallaba sólo con su aliento.

Muchos especulaban sobre su origen, inventando alrededor de ella historias que de tanto repetirlas se habían convertido en verdades rotundas.

Nadie sabía a qué se dedicaba ni cómo consumía el tiempo que le sobraba; ni siquiera se había oído nunca su voz. Algunos decían que probablemente era muda o que tal vez era una conocida florentina, perteneciente a una familia de rancio abolengo, que simplemente se aburría de la vida y había decidido divertirse de aquella manera.

Sólo recibía al mediodía, en un lujoso ático de la via Ghibellina, en el instante mismo en que las campanas de todas las iglesias alzaban el vuelo celebrando el ángelus. Escondía su rostro bajo una máscara de la que pendía a modo de lágrima un asombroso diamante azul. Como se desconocía su nombre, la llamaban la *La Donna di Lacrima*, y aunque nadie había logrado acariciarla jamás con sus propios dedos, todos querían estar en su compañía. El magnetismo que irradiaba su frágil cuerpo desnudo no dejaba indiferente a ningún hombre. El súmmum del placer residía en darle placer; inventarse una forma única y especial de tocarla y arrancarle al menos un suspiro —ya que una palabra era imposible—, pues cuando lo hacía, todo lo que estaba a su alrededor se transformaba.

Quienes habían logrado estar en su presencia contaban que sólo traspasar la entrada se percibía algo extraño. Una especie de escalofrío y ansiedad flotaban en aquel escenario de amor donde reinaba una penumbra expectante de flores, velas, sedas, humos provenientes de decenas de incensarios colgados del techo y jaulas repletas de pájaros azules, los toh, con sus coronas azul turquesa y sus majestuosas plumas de una belleza indescriptible, que cantaban como los ángeles.

La puerta se abría sola y al cabo de algunos minutos, rompiendo la niebla e invadida de una luz fantasmal, aparecía *La Donna di Lacrima*, desprendiendo a cada paso su hipnótico perfume; con la máscara sobre su cara y como único vestido una capa azul noche acariciando el suelo, deslizándose lenta y húmeda, como lágrima que no acababa de caer. De su rostro, sólo sus labios rojos, que parecían perfilados por el pincel del pintor renacentista, quedaban al descubierto, siempre entreabiertos, a punto de exhalar un suspiro o decir lo que nunca decía. Entonces se tendía sobre el diván de terciopelo rojo, con su capa de seda que al abrirse dibujaba un triángulo de piel inmaculada que empezaba en su cuello y moría en sus pies, siempre calzados con unas delicadísimas sandalias de tacón, dejando al descubierto la comisura de sus pequeños senos y un pubis limpio de niña imberbe.

Una ceremonia de exquisita contemplación, de un erotismo visual extrañamente morboso.

La puerta del bar se abrió y una ráfaga helada inundó el lugar. Acababa de entrar Lívido arrastrando consigo el hielo de su soledad. Se acercó a la barra y pidió un whisky doble al tiempo que rastreaba con la mirada el local buscándola, pero no la encontró. No acudía ni a la librería ni al bar. Aquel delgado hilo que los unía estaba a punto de romperse.

Con el paso de los días, el deseo de verla había crecido hasta hacerse insoportable. No entendía cómo, sin motivo aparente, la mujer que visitaba su librería se había hecho imprescindible. Los días desfilaban, uno a uno, sin ninguna alegría, y aunque hubiese resistido mucho tiempo así, ahora se daba cuenta de que todo había sido una gran pérdida de vida. Años y años sin otra ilusión que vender algún libro viejo para embolsillarse un dinero que no gastaba y, para más inri, un dinero que no tendría a quién dejarlo en herencia cuando muriera, ni siquiera a sus pobres caballos que lo esperaban cada fin de semana en el decadente palacio familiar de Montepulciano.

El antiguo diario que con tanto esmero había colocado en la estantería de su librería, buscando el sitio estratégico para que los ojos de ella lo descubrieran, volvía a quedar escondido en el cajón de siempre. Tras tardes de inútil espera, de turistas que lo desordenaban todo y no compraban nada, había decidido guardarlo.

El barman le sirvió el whisky y mientras lo bebía se dejó ir en la animada conversación que a su lado mantenían dos hombres impecablemente vestidos.

—*È un'autentica principessa, Paolo! Io non posso dire più.* Tienes que verla con tus propios ojos.

—Dicen que podría ser la mujer de...

—...de nadie. Esta mujer no es de este mundo.

—¿Cómo pudiste llegar hasta ella?

—No puedo creer que no hayas oído hablar de cómo hacerlo si es vox pópuli. Dejé en su buzón una carta *molto speciale*, redactada a la antigua usanza, con mi sello y mi firma de notario. De repente no me importó que se enterara de mi identidad; no sé cómo explicarlo, Paolo, en ese momento una extraña fuerza me empujó a hacerlo. Seis días después recibí un sobre, lacrado con una lágrima azul, que desprendía un perfume exquisito. Al abrirlo, una mariposa escapó y se desintegró ante mis ojos dejando su iridiscente polen en el aire. Con una letra afilada, *La Donna di Lacrima* me instaba a verla al día siguiente. Debía estar delante de su puerta a las doce del mediodía, coincidiendo con el toque de campanas del ángelus, la *salutazione angelica*.

El otro hombre escuchaba con la avidez de un niño a quien le están contando el secreto mejor guardado. Con sus ojos como platos y sin pestañear, iba asintiendo.

—*Ma questo è una pazzia, Carlo!* Una locura.

—No lo es; empiezo a estar aburrido de tantas minutas, testamentos, escrituras y actas. ¿Sabes lo que me pasa cuando llego allí? Que sueño, *amico*; sueño que soy otro. Me desdoblo de mí mismo y el hombre que surge es un ser libre de prejuicios. Sí, tal como lo oyes: en ese lugar dejo de ser el impoluto y frío notario de la via della Spada para convertirme en un ser humano capaz de vibrar. Tengo una ilusión y eso cada vez es más difícil de encontrar.

—Te habrá reconocido.

—Imposible; de ninguna manera puedes estar en su presencia si no vas cubierto también por una máscara. Pierdes tu identidad, ¿no es maravilloso? Dos actores sin nombre, dos seres sintiendo, cuerpos y almas al unísono en un escenario desconocido que rezuma deseo y buenos modales. El refinamiento del tacto, algo que nunca debería perderse.

—¿Y qué pasa dentro?

—Vida, Paolo, te corre vida por las venas, *capisci*? No me mires así, te estoy leyendo el pensamiento y no es nada de lo que imaginas. Tu educación, esa maldita educación que recibimos tú y yo y que tanto mal ha hecho a la humanidad, aún te mantiene prisionero. ¿Recuerdas? Paraíso, purgatorio, infierno..., *tutto quello puzza di morte, amico*. Si dejas de creer en ellos, ya no tienes miedo. ¿Te das cuenta? En aquel lugar no hay paraíso, ni purgatorio ni infierno. Allí *non succede niente, assolutamente niente* de lo que tengas que avergonzarte... Eres LIBRE.

Mientras el notario seguía contando con lujo de detalles su experiencia, Lívido tomaba nota de cada una de las frases, saboreando como tantas veces lo había hecho la experiencia ajena; imaginando la suya por cumplir hasta apurar las últimas palabras con los restos de su whisky. Ahora que había decidido vivirse, quería conocer a esa mujer. Redactaría la carta más bella jamás escrita, la que hubiese querido enviar a Antonella; las palabras que quizá en alguna ocasión también hubiera dicho a la desconocida que visitaba su librería. Vertería toda su alma en un papel.

16

Cada mediodía, al finalizar su clase de restauración, Ella se dirigía al ático que tenía en la via Ghibellina vistiendo un extraño brillo en sus ojos, hipnotizada y perdida en la piel de aquel extraño personaje nacido de sus sueños: *La Donna di Lacrima.*

La demoledora comprobación en carne propia de la muerte, la nitidez de su soledad, que aparecía cada mañana reflejada en el espejo de su cuarto de baño hiriendo sus retinas, la había obligado a enmarcar su existencia en otro paisaje, tal vez ilusorio pero no por ello menos real que la vida.

Siendo *La Donna di Lacrima* desaparecía de ella misma, encontraba una razón para existir. Jugaba por vez primera a la fantasía de ser otra, de vivir dos vidas en una. Se convertía en piel, ojos, oídos, nariz y garganta.

¿Cuántas vidas le aguardaban detrás de las puertas que nunca se había dignado abrir?

Intuía que la piel era también el espejo del alma y, como la vida, se manifestaba pidiendo. Mientras caminaba por las calles observaba las pieles ajenas, jeroglíficos mudos que hablaban con voz propia: «estoy plena», «tengo hambre», «me duele aquí», «soy invisible», «nadie me ve», «estoy hastiada», «tengo sed»... La piel, ese órgano aparentemente mudo, siempre decía cosas. Las ciudades estaban atestadas de almas perdidas que, como ella, a falta de vivencias propias se dejaban vivir.

Llevaba atragantados llantos jamás derramados. Desde el instante mismo en que cruzó el umbral del útero de su madre deslizando su humanidad por aquel tobogán tibio y acuoso que la empujaba a la vida, sus lagrimales habían permanecido secos. A pesar de las órdenes, de las caras expectantes, de la mano golpeando con fuerza su pequeño trasero, de la insistencia en forzarla a reaccionar, de sus ojos no había brotado nada. Ninguna expresión: ni de asombro, ni de disgusto o gusto, ni de alegría. Nada. Sólo una angustia estupefacta; aquel lugar estaba seco y desangelado. Seres extraños, gigantes desorientados blandiendo instrumentos metálicos; manos enguantadas y sucias; la cara de su madre contraída de dolor y cansancio, sus piernas abiertas, su pubis reventado; el lazo grueso, blanquecino y venoso con el cual había jugado a agarrarse a la vida: sed y hambre saciadas, calor y amor, seguridad y protección, su vida, ahora se exponía a aquel público; unas tenazas afiladas apretando aquel amado cordón..., un corte seco... ¡¡¡NO!!!... ¿Mamá, por qué me has abandonado? ¿Por qué no dices nada? Mamá, no quiero estar aquí. ¡¡¡NO QUIERO!!! ¿No te das cuenta de que esto es horrible? Déjame entrar de nuevo, sumergirme en ti... ¿No me oyes? Por favor, que alguien me ayude, quiero volver a entrar... Usted, señor, usted, el del bigote... Unas sábanas empapadas en sangre y la expresión desilusionada de un hombre alto, demasiado alto y demasiado triste, que observaba ajeno aquel cuadro morboso: «¿Otra niña? ¡¡Maldita sea!!...»

Sí, la vida le había dado la bienvenida con rabia y ella había respondido con la ley del talión: ojo por ojo y diente por diente. Como no la querían, ella no quería. Como nadie lloraba por ella, ella no lloraba por nadie.

El día a día se encargó de macerarla y prepararla para vivir maldiciendo su vida. La falta de caricias y comprensión lentamente había endurecido la piel de su cuerpo y de su alma. Ahora la soledad era su sombra y su luz. La llevaba incorporada a su espalda y cada día le pesaba más.

Ahora que nada tenía, tenía ganas de ver cómo reaccionaba el mundo frente a su sueño. Verse reflejada en aquellas almas desamparadas y huecas que desfilaban frente a ella, esos seres disfrazados de nadie que no faltaban a la cita de los mediodías. Tenía ganas de probar ser la ilusión de otros, meterse en el erróneo sentimiento de saberse querida: una piel gimiendo amor ficticio.

¿Iba a nacer de todo aquello una novela? ¿O era su propia vida y no la inventada la mejor novela que podría narrar?

...así pues, el único futuro que nos queda, enigmática señora, es el presente.

Suyo,

Era la primera carta de la mañana y a diferencia de las recibidas hasta ese instante no estaba en el buzón. Su autor, L punto en mayúscula gótica, la había deslizado bajo la puerta y ahora su cuadrada blancura manchaba el oscuro mármol del recibidor.

Le fascinó. Su caligrafía, de otro tiempo, la llevó a fantasear sobre su autor. Ese anonimato bajo el que se cobijaba era nuevo.

Por primera vez alguien hablaba de lo que ella sentía sin pedir nada de nada. No le rogaba que lo atendiera, ni le hablaba de sus frustraciones como amante; no le confesaba las incomprensiones por parte de su mujer, novia o conocida, ni sus vacíos como hombre. No le quería inspirar lástima, ni la adulaba ni trataba de impresionarla; no se reverenciaba ante ella ni le vendía ningún ego extraviado. Ni siquiera le pedía una cita. El sobre tampoco llevaba ningún sello ni remitente, así que no podía contestarle.

 Sus palabras, como una gran lengua transparente y húmeda, lamían su cuerpo despacio. Algunas eran frases de autores conocidos: Whitman, Dostoievski, Rilke, Proust..., fragmentos de poemas inconclusos que hablaban de ilusiones perdidas, del batir oscuro de pájaros dormidos, de amores despeñados, de las posibles vidas que a veces se olvidaban vivir. Le hablaba de la entelequia de perderse en otro ser jamás nacido, pero vivo por obra y gracia de una representación teatral, de un deseo.

En definitiva, le hablaba indirectamente de todo lo que ella en algún momento de su insulsa vida había sentido: «Lo que nos falta podemos soñarlo.» En esa tesitura estaba ella, inventando para cubrir sus carencias.

¿Dónde, pues, acababa la realidad y empezaba la ficción? Si lo imaginado servía para paliar los días, ¿no acababa siendo todo aquello más real que la vida misma?

Antes de doblar la carta la examinó a contraluz. El papel era sin duda muy antiguo, elaborado a mano, y en su centro contenía, como muchos, la filigrana que marcaba su origen; tal vez pertenecía a alguna partida de las que aún podían adquirirse en librerías especializadas.

Durante interminables tardes analizando papeles, había aprendido mucho sobre ellos. Ahora podía incluso descifrar la época de su fabricación, algo que antes del curso le hubiese parecido imposible. ¿1650? Dobló la carta y la guardó en el sobre. Después la acercó a su nariz y aspiró su aroma. ¿A qué le olía aquel papel? Era un perfume muy familiar que no podía precisar. ¿A nieve? ¿Era posible que el frío tuviera algún aroma? ¡Claro que era posible! Ella lo había confirmado al día siguiente de su llegada a Firenze, en el giardino di Boboli.

Mientras tomaba apuntes sentada sobre la hierba, descubrió los restos de una nevada abandonados en un rincón, como un collar de cuentas traslúcidas que iban derritiéndose lentamente al calor del sol. La nieve, aquel lejano prodigio de la naturaleza imposible de vivir en su Cali natal, una ciudad donde en plena Navidad los Papás Noeles iban en camiseta comiendo helados mientras aguantaban unas temperaturas que no bajaban de los 27 °C; la nieve, aquella blancura silenciosa que tanto había soñado de niña viendo las postales navideñas que llegaban de lugares remotos, donde se deslizaban trineos y renos y los niños jugaban a fabricar muñecos y a lanzarse bolas en las películas que a veces la llevaba a ver su padre; la nieve, su soñada nieve, estaba ahora al alcance de su nariz. Cogió un puñado y, como siempre hacía desde niña con todo lo desconocido, aspiró su fragancia hasta arrancarle su olor. El frío tenía un perfume suavísimo de humedad dulce y agua fresca, pero también de algo lejano y triste.

Quien escribió aquella carta llevaba la nieve adherida a su piel.

18

Restauraba un antiguo pergamino cuando el móvil vibró en su bolsillo. En el buzón de voz encontró un mensaje que la instaba a llamar con urgencia a un número de teléfono. Tenían datos sobre su marido y su hija. Tras año y medio de silencio, resucitaba la búsqueda. Marcó y marcó pero nadie contestó; una voz mecánica le pedía dejar un mensaje.

Colgó y salió a toda prisa del aula, sin siquiera quitarse el delantal ni despedirse. En las escaleras del Palazzo tropezó de lleno con el profesor Sabatini, que la sujetó para no caer. En la carrera sus pies se habían enredado con su falda demasiado larga. El bastón voló por los aires y el catedrático lo atrapó antes de que la empuñadura de cristal se astillara en el suelo.

Esa mujer le intrigaba más de la cuenta. Además de que su cara le era familiar y por más que lo intentaba no lograba situarla en ningún contexto, parecía vivir en otro mundo; como si todo lo que la rodeara estuviera lleno de palabras insinuadas y gestos inacabados.

—¿Pasa algo? —le dijo, paternal—. Se la ve preocupada.

—Lo siento, iba distraída.

—Quien lo siente soy yo, ha estado a punto de tener un serio accidente. Estas escaleras son peligrosas; demasiado altas para su pierna. —Le entregó el bastón—. ¿Ha descubierto algo más sobre el diario?

Ella pareció no oírle. Su cabeza latía al ritmo de su incertidumbre.

—¿Diario? —repitió sin prestar atención; el mensaje recibido la tenía ensimismada. Aparte de esperar, no podía hacer nada.

—¿Recuerda la página que me enseñó?

—¡Dios! No me haga caso hoy, profesor. Tengo la cabeza en otra parte; claro que la recuerdo.

Ella se quedó mirándolo y de pronto, como en un flash, el profesor vio en el rostro de su alumna a la mujer que durante semanas había ocupado diarios y noticieros por el aparatoso y extraño accidente de Arezzo, en el que habían desaparecido el marido y la pequeña hija: la había reconocido. La sensación familiar que lo había acompañado desde el momento en que la vio por primera vez finalmente tenía sentido; eludió hablarle de ello.

—Me ha dicho mi ayudante que no volvió a los archivos; por mí puede hacerlo cuando desee. Si quiere puedo pedirle que la ayude en la búsqueda.

El catedrático quería continuar la conversación, la presencia de la escritora lo calmaba. Su serena y rara belleza residía en ese halo de dolor que la envolvía.

—¿Le apetece un café? En la via Romana hay un sitio donde lo hacen buenísimo. Me encantaría continuar la charla que dejamos inconclusa el otro día.

—De acuerdo, aunque espero una llamada muy importante y no sé si seré una interlocutora interesante.

—Usted siempre es interesante... —la miró directo a los ojos—, aun estando en silencio.

La tomó con delicadeza del brazo y la condujo hasta el portal.

Al salir, una ráfaga huracanada los recibió. En la calle, cientos de libros descuadernados escapaban de un camión en movimiento y se alzaban en el aire creando gigantes de papel que avanzaban hacia ellos con vida propia. Remolinos de hojas arrancadas de cuajo sobrevolaban a transeúntes que impasibles se mezclaban con el espectáculo. En la otra acera, un hombre de blancura transparente, acentuada por su traje azul marino, perseguía una de las páginas que giraba y giraba al ritmo de un vals mudo. El desconocido corría con los brazos extendidos, implorando sin voz como un amante rechazado, mientras la hoja se negaba a dejarse alcanzar. De pronto, cuando estaba a punto de tocarla, la página bostezó, levantó de nuevo el vuelo y atravesó triunfal la via hasta estrellarse de lleno en el rostro de la escritora que la atrapó en su mano. El hombre que corría tras la hoja suelta se detuvo en seco delante de la pareja. La ventisca arreció sobre ellos, circundándolos con furia.

En medio de aquel ventarrón que elevaba su falda, enloquecía sus cabellos y buscaba arrastrarla consigo, Ella lo reconoció: era el pálido librero del Mercato Nuovo.

La desquiciada ráfaga de papeles que parecía atacarlos cayó al suelo de golpe. El ciclón terminaba.

—Tenga —le dijo la escritora, extendiéndole el papel—. Ahora ya no se le resistirá más.

Lívido la recibió y quiso agradecerle, pero su timidez se lo impidió —nunca había logrado que su lengua fuera cómplice de su alma—. El súbito encuentro le había robado el habla. Sus ojos se clavaron en la mano del hombre que la llevaba por el brazo y sin dudarlo ni un instante concluyó que la extraña que visitaba su librería tenía marido: «Otra vez no, por favor», pensó.

Quiso preguntarle por qué no había regresado a la librería, decirle que la echaba de menos, que necesitaba que volviera, que en su tienda le esperaban muchos libros aún por descubrir, que Rilke, Whitman, Lorca, Neruda, Leopardi, Manzoni, tenían versos para ella, pero se quedó en silencio, detenido al borde de sus anhelos.

19

Delante del café, una interminable cola de extranjeros con cámaras y mapas en las manos escuchaba el galimatías de varios guías turísticos que explicaban la historia del palazzo Pitti, mientras esperaban a que abrieran las taquillas. El camarero llegó con dos capuchinos y los dejó sobre la mesa.

El profesor le hablaba pero ella no escuchaba. Ni siquiera el encuentro con el librero la distrajo de su resucitada obsesión. Viajaba por su mundo invisible, adentrándose en su espeso laberinto de suposiciones y falsas esperanzas. Basculando entre la fatal incertidumbre de volver a morir sabiéndolos definitivamente muertos o la hipotética posibilidad de encontrarlos vivos. La llamada le había despertado aquella horrible imagen que de forma intermitente le llegaba en la sempiterna pesadilla de las madrugadas: Marco y Chiara convertidos en dos estrafalarios muñecos de cera, rellenos de serrín y mal cosidos.

La voz del catedrático le llegaba mitigada por el canto imparable de su hija, que crecía en su cabeza hasta ensordecerla... «*Y LA IGUANA TOMABA CAFÉ, TOMABA CAFÉ, A LA HORA DEL TÉ...*»

Su tenue vocecita preguntando en la oscuridad de la noche.

—Mamá, ¿por qué se muere todo?

—Porque el paso del tiempo estropea las cosas.

—¿Nos vamos a morir?

—Un día; pero a ti te queda mucho, mucho tiempo.

—Si tú murieras, yo querría morir contigo.

—No digas tonterías. Tu obligación es seguir viviendo; la vida tiene preparadas cosas muy bellas para las niñas buenas como tú.

—Mamá..., ¿estás ahí? Tengo miedo de que te mueras, como murió Oswaldo.

—Oswaldo era un conejo, Chiara. Y hay muchos conejos; te compraremos otro.

—Pero yo quería a Oswaldo.

—Te regalaré uno que no morirá nunca.

—Mamá, me duele mucho.

—¿Dónde?

—Aquí. ¿Me das un jarabe para que no me duela la muerte de Oswaldo? No quiero acordarme más de él.

—Chiara, cariño, me temo que no existe ningún medicamento que cure ese dolor. Ven aquí... —La pequeña tiritaba de miedo en sus brazos. Sintió su frágil cuerpecito abandonarse a su protección—. ¿Te sientes mejor?

—No pares de abrazarme. Ahora duele menos...

—Ella —le dijo el profesor—, ¿puedo ayudarla?

El rostro de la escritora parecía el de una hambrienta que iba consumiendo sus sueños, algunos sin masticarlos apenas. Una mirada de sacerdotisa en trance tratando de resucitar con un rito obsoleto los muertos enterrados en su alma.

—Si usted quisiera confesarme sus preocupaciones, tal vez...

—Le agradezco su interés, profesor.

—Llámeme Mauro, por favor.

—Es... —Antes de continuar, extrajo del bolsillo de su chaqueta el móvil, y cuando estaba a punto de dejarlo sobre la mesa comenzó a timbrar.

Número desconocido. El corazón le dio un vuelco.

—¿Señora Ella? —preguntó una voz rasposa.

—Sí...

—Usted no me conoce, soy un inspector retirado hace mucho tiempo que dedica sus horas a investigar lo absurdo. Desde que me enteré de la extraña desaparición de su familia, llevo tiempo investigando. Hace varios días que trato de localizarla porque tengo una débil pista sobre el paradero de su hija; aunque no es nada segura...

—¿Está viva?

—No puedo decirle a ciencia cierta si se trata de su pequeña; es una mera hipótesis, y preferiría que usted se la tomara como tal.

—¿Dónde está?

—Escúcheme bien, señora. No es bueno que se haga ilusiones, en estos casos pocas veces se suele tener suerte, pero es una niña que...

—¿Dónde está?

—¿Dígame dónde se encuentra usted?

—En Firenze.

—¿Puede venir a Roma mañana a las diez?

—Llegaré hoy.

—Está bien. Tome nota de mi número de teléfono y llámeme sólo llegar.

El profesor, al ver que su alumna buscaba desesperadamente un lápiz con que anotar, le alcanzó una tarjeta y un bolígrafo y ella garabateó el número, un nombre y colgó. Se levantó y sin siquiera despedirse abandonó la mesa totalmente poseída por una idea: necesitaba coger el primer tren que saliera para Roma.

La vio alejarse de prisa, sus piernas dando pasos largos y firmes, su falda balanceándose armoniosa. No cojeaba. Su bastón quedaba abandonado en la solitaria silla. Lo cogió y observó la extraña y misteriosa empuñadura: un antiguo reloj de arena acostado, con las partículas suspendidas entre los dos espacios de cristal creando el infinito y alrededor una inscripción: «Aquí tienes todo el tiempo del mundo para que lo manipules a tu antojo.» Giró el bastón para activar el reloj y que la arena pasara de un lado a otro y miró el de su muñeca, calculando los minutos que gastaba en hacerlo. Uno: era el tiempo que había tardado Ella en alcanzar la esquina de la via Maggio y desaparecer.

20

Preparaba con parsimonia la siguiente carta que dejaría en el ático de *La Donna di Lacrima*. Como las demás, Lívido quería elaborarla a la antigua usanza, empleando la escribanía heredada de su tatarabuelo, la pluma de cuervo azul que tanto cuidaba, y la tinta con aroma a eucalipto que durante años había utilizado en el seminario para copiar los salmos con los que iniciaba el canto de la mañana.

Se enfundó las mangas de trabajo para no mancharse, buscó entre sus archivos discográficos la *Tocata y fuga* en re menor de Johann Sebastian Bach y antes de hacer sonar el vinilo le pasó un paño hasta dejarlo reluciente. Encendió el viejo tocadiscos y arrastró despacio el brazo hasta dejar caer la aguja en la primera melodía; entonces cerró los ojos y sintió el primer acorde que le rasgaba el alma.

Tarareando la música, tomó la péndola y con un cortaplumas fue cortando en bisel su punta hasta dejarla afilada.

Bajó hasta la estantería de incunables y extrajo el antiguo diario que tanto amaba.

Pasaba despacio página a página, tratando de proteger su inmisericorde deterioro, buscando aquel pasaje que conocía de memoria por la extraordinaria belleza lírica de su contenido. Lo encontró. Tomó de una de sus estanterías el estrafalario artilugio que había fabricado con una lupa y un espejo, lo acercó a la amarillenta hoja y comenzó a leer. Sí, el ser humano necesitaba de las frustraciones y negaciones para encumbrar el amor. ¡Ahhh!, pero qué maravilloso era cuando, después del dolor, llegaba aquella sensación de muerte y vida en la saliva del beso de la amada. Quizá era esa humedad tan ajena la que alargaba la vida; allí se diluía el sinsentido de los días, el fracaso y la absurda erudición. Un beso igualaba a los mortales a su condición de humanos. Llevaba a circular la sangre por rincones dormidos donde la insensibilidad yacía apoltronada como una *okupa* usurera. Obligaba con dulzura a que las células gritaran de gozo. Banquero y mensajero, joven y viejo, mujer y hombre, listos y tontos, todos sin excepción renacían en un beso sentido. Él lo había experimentado en Cortona con Antonella. Allí había constatado lo que era sentirse vivo.

Haciendo cálculos —pasatiempo favorito, ese de porcentuar sus acciones—, llegó a la conclusión de que el 93 por ciento de su vida vivida era un absoluto desperdicio. Un monumento a la mediocridad estática del ser y del estar. Había quemado sus mejores años buscando una sabiduría que a nadie interesaba, ni siquiera a sí mismo. ¿De qué le había servido leer a Aristóteles, Descartes, Platón, Heráclito, Virgilio, Sócrates si, al final, en ninguno había encontrado la solución al aburrimiento? Tratar de comprender, comprender y comprender lo incomprensible lo había llevado a gastar su existencia.

Su vida era un círculo vicioso que abría y cerraba cada día como una marioneta desmadejada; sin hilos que le levantaran cada mañana ni le durmieran cada noche; sin palabras que decir ni argumentos que interpretar, en un escenario miserable de butacas vacías y aplausos mudos.

Ahora tenía la posibilidad de jugar a sentir. Provocar

en una mujer totalmente anónima y desconocida un cúmulo de sensaciones. Si ella jugaba con su silencio y su máscara a impresionar a los hombres, él jugaría con palabras de otros a tocar su alma, algo que le seducía mucho más que acariciar el cuerpo por el que muchos hombres suspiraban.

A pesar de no ser zurdo, Lívido se había aplicado de pequeño en conseguirlo, entrenándose sin descanso hasta lograr su dominio magistral.

Conocía a la perfección diversos alfabetos y escribía aquellas cartas utilizando el gótico, que comprendía un principio cuaternario —tierra, aire, mar y fuego— y dos ternarios; y aunque intuía que la desconocida probablemente ignoraba la simbología que encerraba cada una de esas letras, si por curiosidad hubiera querido buscarla, bastaba con contar el número de principios que las componían para descubrir dentro de lo escrito algo más.

El cálamo se deslizaba por el papel con un sonido monocorde, mezclado con las notas de Bach y la respiración entrecortada de Lívido. Mientras la tarde se alargaba entre penumbras y soledades, él soñaba con su gloriosa trinidad: «Tres mujeres distintas y un solo deseo verdadero.» Antonella de Cortona (desdibujada por los años, pero no olvidada), la desconocida de las tardes (que por cierto le había regalado una frase en su encuentro fortuito en la via Maggio) y la desconocida del ático (de la que sólo tenía referencia a través de otros). Todas estas mujeres, al final, estaban comprendidas en una. Era su idea de mujer la que las vestía, lo que deseaba que tuvieran, su ideal del amor. Su esperanza de saber que podía amar y ser amado. Escribía para gastar la tarde, porque haciéndolo encontraba sentido al paso de las horas. Tenía una razón para salir a la calle.

Al finalizar la carta, caminaría hasta la via Ghibellina, esperaría hasta que algún vecino entrara para colarse dentro y finalmente empujaría la misiva por la ranura de aquella puerta de la que emanaban tantas incógnitas.

...Me duelen, de mirarte, mis ojos. La nitidez de tus muslos, esa piel suave entre tus piernas, me hace resbalar en mis creencias; me enredo y caigo entre los pliegues de mis propias contradicciones. Eres mi peligro mortal. Tu extravagante mundo de sedas, perfumes y escondites me eleva y hunde en el placer y el dolor; eres goce y muerte entrelazados. Apareces y desapareces como un ave en vuelo, tomando tus deleites y dejando a tu paso aquello que desprecias. Parezco el elegido de tus torturas y silencios. Todo lo que a mi alrededor me toca es absurdo y vano. Dicto leyes, condeno y perdono, soy implacable y misericordioso, y juego a ser Dios sintiéndome demonio. A veces me pregunto si no estaré viviendo una muerte anticipada de ese ser que habita dentro de mí, ese hombre oscuro que me consume con sus deseos y vive sonambulando entre mis carnes...

La carta finalizaba del mismo modo que la primera.

...así pues, el único futuro que nos queda, enigmática señora, es el presente.

Suyo,

£.

21

El tren llegó a la stazione Roma Tiburtina a las once y media de la noche. En los andenes, la espesa bruma longitudinal envolvía a los viajeros, creando una atmósfera de irrealidad cinematográfica; como si un director acabara de gritar «¡ACCIÓN!» y todos los figurantes, personajes de gabardinas, abrigos y sombreros, obedecieran arrastrando armónicamente su equipaje. En el hilo musical, la voz inconfundible de Luciano Pavarotti interpretaba con maestría el *Nessum Dorma*, mientras los bares y cafés arrojaban una algarabía de voces, platos y cubiertos. Nada desentonaba; la escenografía correspondía al primer acto de la terrible o maravillosa obra que venía a vivir.

Esperó hasta que el último pasajero del vagón se apeó y se puso de pie. Al hacerlo, un dolor agudo en el fémur le recordó que había olvidado su bastón en la silla de la cafetería. Miró su móvil: no tenía el número del profesor para pedirle que lo fuese a buscar. Deseó que lo hubiera descubierto y lo guardara para ella. Aunque sabía que podía caminar perfectamente sin su ayuda, se había habituado a llevarlo; era la extensión de su brazo, su otro corazón y sus recuerdos. Allí estaba, convertido en empuñadura, el recuerdo más bello que la unía a su padre: el reloj de arena que le regaló aquel domingo en que la descubrió husmeando entre sus papeles.

Aún podía verse pequeña y desvalida, con sus preguntas amontonadas y sus ojos volados, observando desde el alféizar de la ventana el mundo de autómatas tristes que desfilaban arrastrando frustraciones de todos los colores.

¿Qué sentido tenía estar y ser cuando no se sabía adónde ir?

Sus diminutas manos tocando, su nariz oliendo, sus ojos ávidos de saber y entender lo que escondía el cajón secreto de aquella cómoda, de donde emergían objetos raros que su niñez no entendía: el mágico lente que agrandaba lo minúsculo, con el que observaba el sobrenatural mundo de los hormigueros; ése, capaz de incendiar un papel si el sol pasaba a través de él. El espejo de empuñadura de nácar, que siempre le regalaba la imagen de una niña ausente observándola inquisidora, juzgando sus pasos.

El reloj de arena, aquel paso del tiempo marcado por un hilo de partículas cayendo a destajo, el gran misterio que tanto la intrigaba. Horas, semanas, meses, años, usurpando y masacrando el cuerpo de su abuela, la tersa cara de su madre, los ojos ásperos de su padre. Meses que necesitaba con urgencia para que sus pechos florecieran, y enseñarles a sus hermanas que ella también tenía dos turgentes lomas que se movían al ritmo de sus pasos y seducían a los muchachos del colegio Berchmans.

Ese bastón abandonado en la silla era más que una muleta que la ayudara a andar; simbolizaba su pasado, su presente y su borroso futuro. Y salvo cuando estaba en el ático representando el papel de *La Donna di Lacrima*, siempre lo llevaba consigo.

El viaje se le había hecho eterno recordando el doloroso accidente y la absurda cortina que lo cubrió. ¿Cómo era posible que su hija y su marido desparecieran sin dejar rastro?

De la muerte de Marco no tenía duda alguna; había visto con sus propios ojos el corazón escapando de su pecho, lo había tenido entre sus dedos. Su marido estaba MUERTO, pero... y ¿Chiara?... ¿Qué había pasado con su pequeña? Barajó posibles hipótesis.

La primera: con el impacto, el menudo cuerpo de su hija salió disparado del coche y horas después alguien la encontró entre la maleza, viva y malherida, pero no dio aviso a la policía por alguna razón desconocida.

La segunda: tras el impacto, Chiara salió caminando por su propio pie, completamente desorientada, y durante un día o quizá dos había deambulado por la zona deshabitada hasta encontrar un refugio; allí, alguien la secuestró y..., no, no, no...

La tercera: en el impacto, Chiara perdió la memoria y con ello su nombre y todo lo que la ataba a sus padres. Alguien la encontró en la carretera y...

La cuarta: por el impacto...

Su mente elaboró hasta veinte combinaciones. Ninguna la satisfizo. En ninguna de ellas contempló, ni siquiera remotamente, la posibilidad de su muerte. Se esforzaba tratando de mantener la cordura y serenidad necesarias para enfrentarse a lo que vendría. Una voz escondida le susurraba que se dominara, y otra la lanzaba a la ilusión de liberar tanto abrazo y beso contenidos.

Pum, pum,
pum, pum,
pum, pum...
Estaba viva,
estaba viva,
estaba viva...
Su corazón lo presentía. Su niña estaba viva y todo volvía a tener sentido.

Ignoraba quién era el desconocido de la llamada y cómo había obtenido su número de teléfono, pero la información dada parecía seria y, lo más importante, ella quería que lo fuera. La extraña voz sólo tenía un nombre: Cossimo. Y una niña. Era suficiente.

22

La casa quedaba a las afueras de Roma, en Tivoli. Tras pasar la noche en blanco, sentada en la cama del primer hotel que encontró libre cerca de la estación, Ella llamó a Cossimo y, después de desayunar sin hambre un café negro, ahora se dirigían en su coche, un destartalado Fiat blanco, a comprobar si la niña aparecida era Chiara.

El silencio magnificaba el paisaje de lluvia y desaliento que enmarcaba la carretera. Sólo el repetido compás del limpiaparabrisas, raspando el cristal, acompañaba ese estado expectante de angustia que le atravesaba el estómago y le oprimía la garganta, obligándola a lanzar oleadas de suspiros.

El hombre había sido muy cauto a la hora de darle esperanzas, pero ella se las hacía todas.

—Ya casi estamos —dijo Cossimo, retirando el pringoso puro de su boca—. ¿Alcanza a divisar aquella villa?

El inspector señaló un punto de color siena que coronaba la colina.

—Quienes cuidan de esa casa fueron los que la encontraron. Dicen que merodeaba perdida por los alrededores, cazando ranas en los estanques. No habla nada, pero toca el violín con maestría. ¡Se han encariñado tanto con ella! Nunca pudieron tener hijos y ahora que se sienten mayores están convencidos de que la niña es un regalo de Dios por todos sus rezos. —El inspector le dio una calada a su puro casi deshecho y continuó—. En una de las entrevistas que le hicieron días después del accidente, usted dijo que venían de un recital en la catedral de Arezzo, y que su hija toca el violín, ¿no es verdad?

—¡No se imagina cómo lo hace!

—Bien, esa información es la que me hizo atar cabos. La niña aparecida toca a la perfección ese instrumento y sus rasgos concuerdan con los de su hija. Además, la fecha en que la encontraron coincide con mis cálculos. El radio de acción de la búsqueda no incluyó esta zona, sin embargo, esto no hace menos posible que haya aparecido aquí.

—Pero ¿cómo es que la policía no ha intervenido?

—Porque la pareja no quiso dar aviso a las autoridades. Son personas mayores, muy religiosas, casi místicas.

—Y usted... ¿cómo se enteró?

—Tengo una prima que vive aquí, cerca del mercado, y ya sabe que entre verduras, pastas y aceites, los secretos más guardados terminan saliendo. Mi prima sabe que llevo tiempo investigando su caso y me llamó cuando empezaron los rumores de la silenciosa niña.

El hombre giró la manivela que bajaba la ventanilla y lanzó los restos del puro al asfalto.

—¿Tiene frío? —le preguntó al ver que Ella se cerraba el abrigo—. Lo siento, se me estropeó la calefacción y me sale más costoso arreglarla que comprarme un coche nuevo. Así que me envuelvo una bufanda y sanseacabó. Además, no suelo meterme en esta horrible cafetera, salvo para un viaje largo.

—¿Ellos saben que venimos?

—No, he preferido cogerlos por sorpresa, no vaya a ser

que se esfumen. Si le parece, dejaremos el coche en la carretera y subiremos a pie.

Tomaron la via San Salvatore y se detuvieron en un arco en ruinas, cubierto de verde y herrumbre.

—Hemos llegado.

Al abrir la puerta, el olor a musgo fresco y a tierra empapada los recibió. La lluvia había amainado y el paraje estaba completamente desierto. A lado y lado del camino, hileras de desgastados cipreses flanqueaban el paso. Arbustos abatidos por el frío tiritaban desnudos junto a pequeños lagos cristalizados. Sobre una hoja de loto, una rana los observaba cautelosa. A medida que avanzaban, la explanada verde crecía en belleza. Del jardín emergía una fantasía vegetal salida de un artista de la poda. Decenas de animales verdes, de desproporcionadas dimensiones, parecían saltar por encima del césped. Setos convertidos en conejos, perros, osos y sirenas creaban un extraño laberinto en el que de repente aparecían cabezas de medusas y peces de piedra vomitando agua por sus bocas.

Entonces, Ella la vio.

A lo lejos, delante de una fuente, sus cabellos dorados resplandecían en esa mañana de grises y negruras. Levantaba los brazos y se empinaba, como si bailara sin tutú *El lago de los cisnes*, tratando de alcanzar algo. Parecía flotar sobre aquel césped recién cortado. Su cuerpecito delicado se alargaba y crecía hasta convertirse en una estilizada ave.

¿Cómo sería ese mundo en el que ahora sus ojos se extasiaban?

¿Le explicaría alguien lo que su niñez no comprendía?

¿Qué emociones buscaba en aquel silencio helado?

¿La abrazarían en sus noches de miedo?

¿Se acordaría de que alguna vez había tenido madre y padre?

Quiso correr hacia ella pero no pudo; sus piernas se habían quedado rígidas, paralizadas por el impacto de saberla tan cerca y tan viva. Cuando estaba a punto de llamarla, el viejo inspector la contuvo.

—Espere, podríamos asustarla. Vamos a acercarnos despacio.

—No puedo caminar.

—Tranquilícese.

El inspector y la escritora se aproximaron con sigilo hasta situarse a pocos metros de la niña, que trataba de atrapar una ardilla. Al sentir la presencia de los desconocidos, se giró, clavó la mirada en ellos y huyó despavorida.

—¿Es...? —preguntó Cossimo.

23

No era.

24

De la nada a la nada. Así se sentía en su viaje de vuelta a Firenze. No había muerto el día del accidente y por esa razón era la más muerta de los tres. Asistía a su propia ausencia a través de la ausencia de ellos. ¿Y ahora, qué iba a hacer? Desandar el camino de la ilusión era un trayecto durísimo que conocía de memoria: caminar cien pasos hasta lograr la invisibilidad del dolor para que nadie se enterara, cruzar el río de la nada diaria, mirarse en el espejo de su vulnerabilidad con las pupilas dilatadas por falta de lágrimas, girar a la derecha y adentrarse en el pozo oscuro de la palabra escrita. Pero ¿de cuál palabra, si ya no le quedaba ninguna?

Reclinó su cabeza en la ventanilla, cerró los ojos y en la oscuridad se encontró con Chiara; la abrazó y empezó a hablarle.

Niña de mi alma... pedazo mío, no sé qué más decirte. Tal vez sea mejor que seas un sueño. Tal vez así tu trágico final no duela tanto. Soñar que te soñé una cálida noche de verano mientras me mecía en el jardín, arrullada por tu canto. Soñar que eras mi amiga, yo tan niña como tú, y mientras jugábamos a la rayuela saltando 1, 2, 3, 4, cogidas de la mano hasta alcanzar ese cielo pintado por las dos, ese cielo nos llevaba a las dos. Jugar el juego de abrir y cerrar los ojos: estás, no estás, estás, no estás... y al abrirlos, descubrirte de nuevo.

Necesito dormir. Sí, quizá durmiendo alguna pesadilla se apiade de mí y venga un monstruo de aquellos que tanto te asustaban y me trague. Desaparecer de la cama, de la vida. Nadie se enteraría, a nadie dolería. Soy la historia más patética jamás escrita. Un cuento sin introducción, un puro nudo, maraña de nadas entrelazadas que no conducen a ningún desenlace. ¿Te acuerdas cuando te enseñaba que las mejores historias tenían que tener introducción, nudo y desenlace? Qué fácil parecía. ¿Recuerdas cuando en la oscuridad de la noche me regalabas los protagonistas del cuento aún por crear y yo inventaba para ti la mejor historia? Me rogabas que tuviera un final feliz. Un «colorín, colorado, este cuento se ha acabado» y un «y vivieron felices para siempre». Creías que yo era una bruja buena, con poderes mágicos, que todo lo sabía. Que aquello que decía se cumplía. Tu ingenuidad me hacía sentir omnipotente. Tenía respuestas a todos tus miedos, tus preguntas acababan diluidas en un beso, el beso prodigioso que cerraba tus ojos.

Me da vergüenza de mí misma saberme tan perdida, hijita mía, que necesite de ti para salvarme. ¿Qué hubiera sido de tu adolescencia y madurez con esta madre que no se aclara sola? ¿Debería seguir? Dímelo tú, que ahora lo sabes todo. Desde arriba se ve todo más fácil. Te lo dije el día que montamos en globo y te sentiste poderosa. Decías que era el soplo de Dios el que te empujaba.

¿Qué se hace cuando se es huérfano de hija?
Nunca te hablé de tus abuelos, no sé por qué. ¿Sería porque antes de su muerte yo ya era huérfana? Claro, me esforcé desde muy niña en serlo. Nada me dolía; no se lo digas a nadie, tesoro mío, en realidad, me dolía todo. Se olvidaron de mí como de aquella mecedora rota que nadie hacía mecer, a la intemperie de los años, bajo el viejo árbol de mango.

Huérfana de hija, lo digo y no puedo pronunciarlo. De hija.
No sabía que se podía llegar a ser huérfano de un niño. ¿Adónde
se fueron tus gestos, dónde tu olor a flores, tu calor de piel...?
Cuánto miedo debiste sentir al darte cuenta de tu soledad última;
nunca te dije que frente a la muerte siempre estamos solos, que na-
die puede acompañar esa oscuridad eterna.

¿Estás muerta, niña mía?

Mis ojos...
¡Malditos sean!... Los aprieto con fuerza, con toda mi rabia,
hasta hacerles daño, a ver si lastimándolos reaccionan.
No sé llorar, pequeña. Siempre pensaste que tu madre era feliz,
pues no lloraba nunca. Qué equivocada estabas. A llorar quizá
también se enseña, no lo sé, ahora cada vez sé menos.
¿Cuántas veces he llegado a describir el llanto de otros?
¿Cuántos libros mojados de lágrimas jamás vividas?
Llorar por ti, pequeña mía, olas, una tras otra, brotando de
ese mar salado de mi alma...
Llorar por todo lo dolido.
Lo que no se llora no se limpia.
¿Si te llorara, desaparecerías?...
Si te llorara, niña de mi alma, si te llorara... ¿aparecerías?

25

Eran las seis en punto de la tarde cuando oyó el timbre de la puerta. Lívido preparaba la quinta carta que esa noche, siguiendo su ritual semanal, dejaría en el ático de *La Donna di Lacrima*.

Antes de levantarse a abrir, apoyó la pluma, se cambió de gafas y miró desde su despacho tratando de adivinar a través del visillo quién era, pero no vio a nadie. Otro cliente indeciso, pensó. «Ya nadie se interesa por los viejos libros, ¿te das cuenta, amigo?», le dijo a *Utsukushisa to kanashimi to, Lo bello y lo triste*,[4] de Kawabata, un ejemplar de la primera edición japonesa, del que traducía y copiaba un hermoso párrafo. Tomó de nuevo la péndola, la mojó en el tintero y continuó con su labor. Pasados unos minutos, el insistente repiqueteo volvía a interrumpirlo. Se levantó contrariado y, cuando estaba a punto de vociferar un improperio, reconoció tras el biselado cristal de la vitrina la mano que se apoyaba en el bastón: su delicada mano.

La mujer que tanto le intrigaba, la que merodeaba sin descanso por la librería, creando esa discordante melodía de madera y zapatos en su parquet, aquella que le generaba esa morbosa sensación de gozo, había vuelto.

Controló su alegría fingiendo pesadez y desidia, un rostro hermético que no delatara el desproporcionado deseo de verla que llevaba reprimiendo durante días. Y mientras bajaba las escaleras, sopesó la intención de hablarle o permanecer como siempre en silencio, en su estudiada serenidad glacial. Al llegar al pasillo, lo tuvo claro: dejaría convivir su lujuria con su timidez; sólo la iba a mirar, que para él significaba olerla, sentirla, percibirla; en definitiva, y sin que ella lo notara apenas, vivirla.

26

Algo tenía aquel lugar oscuro que la atraía, por eso regresaba.

Volvía como del infierno, después de pasarse días y noches encerrada en la suite del hotel sin siquiera asomarse al río; bebiendo vodka, ingiriendo analgésicos y somníferos en su empeño por asumir la segunda muerte de su hija.

En ese universo de cuatro paredes donde no cabían ni las estaciones, ni el tiempo, ni el espacio. Dejándose morir, sin irse. Sabiendo que lo más grave que le iba a pasar era eso: que no le iba a pasar nada. Que no se sabía morir.

Volvía a la vieja librería del mercato Nuovo porque necesitaba de su silenciosa atmósfera para encontrarse consigo misma, aunque sólo fuera a medias. No era el perfume agrio de los libros que la retrotraía a su niñez, a la biblioteca de las monjas donde, escondida, pasaba los recreos ojeando enciclopedias carcomidas por los gorgojos y el olvido; era también ese ser transparente y frío, imperturbable, que le abría la puerta con modales de mayordomo inglés, haciéndola pasar como si la esperara para el té de las cinco. El hombre que coincidía exactamente con el protagonista inventado por ella en su última novela, inacabada por culpa del accidente.

En su encierro había tratado obsesivamente de retomar su escritura, levitando en la inconsciencia del licor. Dejándose llevar en esa nebulosa donde todo era posible. Ebria de palabras sin sentido que trataba de unir redactando párrafos que hacía y deshacía compulsivamente mientras aparecían sus demonios escondidos y bailaban para ella danzas confusas que el vodka convertía en espejismos de gloria. Hasta que se dio cuenta de que si no podía avanzar era simple y llanamente porque no tenía nada que decir. Su imaginación había agotado todo el *stock*.

Si quería seguir escribiendo, tendría que vivir nuevas experiencias.

27

Como si no hubiera dejado de ir ni un solo día, el librero abrió la puerta y la hizo pasar. Mientras esperaba inmóvil a que atravesara el dintel, dejó que su nariz rozara su fino cuello y con un profundo respiro le robó su perfume. Ahora sabía de dónde provenía aquel maravilloso olor que la desconocida dejaba en los libros que tocaba. Todo su cuerpo era un incensario cargado de deliciosos almizcles: canela, enebro, clavo, mirra, benjuí, sándalo, flor de azahar... ¡olía a Semana Santa!

Ella, que al pasar a su lado había sentido un raro cosquilleo en el cuello, lo miró y en una fracción de segundo pensó en volver a escribir. Aquello podía ser la escena de una nueva novela. Un hombre insípido abría una puerta y una mujer perdida entraba. ¿Podría escribirlo? ¿Daría de sí aquella historia? Antes de verlo desaparecer en la penumbra del pasillo, decidió hablarle.

—Perdón... ¿Se acuerda de mí?

Lívido se giró y la miró, aparentando indiferencia. La escritora insistió.

—Tropezamos hace semanas en la via Maggio; usted perseguía una página suelta. Parecía muy preocupado por alcanzarla. Hay textos que no deberían perderse nunca, ¿no le parece?

Él asintió; dudaba entre contestarle o mantener el mutismo en el que escudaba sus miedos, esa distancia que le era tan incómoda y a la vez tan atractiva. «Qué raros somos los seres humanos», pensó. Tras unos segundos de silencio, sucumbió a la tentación.

—¿Via Maggio? —Fingió que pensaba. Un momento de espera y— Usted iba... ¿con su marido, quizá?

—¿Se refiere al hombre que me acompañaba? ¡Oh, no!, es el profesor Sabatini. Imparte cátedra de restauración en la academia donde estudio.

Lívido se alegró. Si Sabatini no era su marido, tal vez estaba soltera. En su mundo de soledades, las alegrías provenían de cosas tan sencillas como el suponer.

—Tiene usted libros espléndidos, verdaderas joyas de la literatura —continuó Ella, tratando de llenar el silencio.

Lívido no contestó.

—Se necesitarían varias vidas para leerlos como se merecen. A veces la codicia de querer saber está reñida con el tiempo de poder leer.

Ninguna respuesta.

Ella insistió.

—¿Los ha leído todos?

El librero pensó que los dos eran dos abismos, dos inteligencias fallidas. Ella, queriendo acercarse a él, lanzaba frases como flechas; él, queriendo acercarse a ella, las esquivaba.

Se quedó sola merodeando entre estanterías, mesas y cajones, en ese sitio que empezaba a sentir como propio.

Pensó de nuevo en aquel hombre y se reafirmó. Sí, podría ser el perfecto protagonista de una novela. Quería conocerlo más, hablar con él, descubrir qué vida llevaba. Tras

ese aparente mutismo, estaba segura de que escondía algo
que podía ser interesante para su escritura.

Decidió insistir.

—¿Hola? Olvidé preguntar su nombre...

Silencio.

—Oiga...

Silencio.

—¿Sigue ahí?...

Silencio.

—¿Me oye?

Lívido la oyó, pero no contestó.

28

La noche espesaba su soledad. Al otro lado de su conciencia, una sombra, la suya, armaba y desarmaba un rompecabezas tratando de encajar fichas sueltas que le ayudaran a
aclarar su enrevesada vida, pero todas las encontraba tan
parecidas que no sabía cuál correspondía a qué. De repente, por la ventana de la suite se coló esa voz líquida que alguna noche había bañado sus madrugadas florentinas.

Nel mezzo del cammin di nostra vita
mi ritrovai per una selva oscura
ché la diritta via era smarrita.
Ahi quanto a dir qual era è cosa dura
esta selva selvaggia e aspra e forte
che nel pensier rinova la paura!
Tant'è amara che poco è più morte;

A mitad del camino de la vida
yo me encontraba en una selva oscura,
con la senda derecha ya perdida.
¡Ah, pues decir cuál era es cosa dura
esta selva salvaje, áspera y fuerte
que en el pensar renueva la pavura!
Es tan amarga que algo más es muerte,[2]

Era el vagabundo, al que no veía desde el lastimoso viaje que había hecho a Roma.

De un salto se levantó de la cama y corrió hasta la terraza para no perderse el espectáculo. La noche la recibió con un gélido abrazo; la via Lungarno Acciaiuoli estaba desierta, y el termómetro colgado en el exterior no marcaba ningún grado.

En la gélida bruma, los ecos de aquella voz brutal retumbaban y se expandían, aleteando como pájaros negros. Bajo uno de los arcos del Ponte Vecchio, dos antorchas iluminaban un escenario fantasmagórico que flotaba sinuoso sobre las aguas del Arno. Los reflejos del fuego danzaban entre las barcazas repletas de espectadores tan espectrales como el cantante, que lo escuchaban declamar a voz en grito un canto de *La divina comedia,* al tiempo que un encorvado violonchelista rallaba con notas tristes el filo de la noche. En medio del recital, la estatua de Benvenuto Cellini se asomaba despistada desde el puente.

El cantante la vio. Desde el balcón, el camisón blanco de Ella ondeaba como una bandera de paz.

—*Signora* sin nombre... ¡Estoy aquí! ¿Puede verme?

El violonchelo acompañaba esa conversación íntima; un leve susurro oído sólo por ella.

—Le prometí que vendría y aquí me tiene. Llevo semanas y semanas recitando para usted el *Inferno.* ¿No me oía? *Ah, adesso capisco! Dov'è la sua anima, il suo cuore, signora mia?* Cuando falla el corazón, falla el oído.

Ella tiritaba de un frío que no provenía del exterior. Un frío que fabricaba compulsivamente su alma.

—¿Cuál es la naturaleza *del suo peccato, signora?* Porque de acuerdo a su pecado será su castigo. Recuerde: en el *Inferno* de Dante todos sufren la consecuencia de su falta. *Io posso redimerla con una canzone,* una *bellissima canzone* o un verso, pero primero debe confesarme *il suo peccato. È possibile che sia la tristezza?*

—¿Me pregunta por mi pecado? Primero quisiera saber qué es pecado.

—Pecado es todo lo que vaya contra su felicidad.

—Entonces, mi pecado es la vida.

—*La vita..., ma, com' è possibile che la vita sia un peccato? Peccato è non viverla, signora.*

—¿Y cuando no se sabe de qué manera vivirla para que nos dé alegrías?

—Se aprende, señora. A ser feliz, se aprende. El desequilibrio es el primer síntoma para alcanzar la gloria. ¿Le molesta sentirse así? Eso está bien, no se ofenda. Ya ha dado el primer paso. Es necesario sentirse mal, perderse para encontrarse, creo que ya se lo había dicho. ¡Piérdase totalmente!, sin miedo; es la única fórmula de hallar un camino nuevo.

—Las palabras que usted dice pueden no significar lo mismo para mí. ¿No lo ha pensado?

—Todas las palabras son flexibles y además tienen su propia voz; depende de la boca que las pronuncia y de que la persona que las escucha quiera entenderlas.

Ella entendía de eso. Su escritura le planteaba enigmas que a veces eran resueltos por seres ajenos que sabían leer entre líneas lo que escribía.

—Si por ejemplo estuviera en mí darle la «alegría» que no tiene, ¿qué cantidad estaría dispuesta a recibir? Porque cuando se sufre de inanición, una sobredosis puede matar.

Ella no contestó.

—¿Le asusta, verdad? *Ah, signora mia,* también aquello que creemos la felicidad puede ser una fuente de desgracia.

—¿Y si genero una dependencia hacia mi abastecedor?

—Entonces acaba de crear un nuevo sufrimiento.

—¿Tiene sentido estar aquí?

—El sentido, como la palabra lo indica, se basa en sentir. Y para sentir es condición sine qua non estar vivo. Diga en alto la palabra VIDA... y ahora cuénteme lo que esa palabra le evoca...

—Muerte...

—*Oh, Dio!*, verdaderamente usted necesita un salvavidas.

29

En el número 46 de la via Ghibellina, Lívido aguardaba a que un vecino abriera el soberbio portón para colarse dentro y dejar en el ático de *La Donna di Lacrima* la carta que con tanto esmero le había preparado. La paciencia era una de sus grandes virtudes y llevaba esperando más de una hora. Mientras lo hacía, estudió la fachada del deteriorado edificio renacentista que aún conservaba restos de su antiguo esplendor. Paredes desteñidas, ventanas cerradas, cansancio en los muros. ¿Cuánta gente habría soñado entre sus paredes? ¿Cuántas historias, besos furtivos, guantes caídos, encuentros y desencuentros escondía ese portal? ¿Cuántos bailes, sus regios salones? ¿Cuántas intrigas urdidas entre carcajadas y derroches de vino y manjares? Ahora, el interior del antiguo palazzo era un conglomerado de apartamentos marchitos; habitaciones, pasillos, cocinetas y baños divididos y triturados, donde sus ocupantes, como en una gran fábrica, elaboraban historias sin parar. Historias que nadie contaba por insulsas, descoloridas y planas.

La casa se había convertido en viviendas para malpasar los días. Familias que desayunaban, comían y cenaban, lavaban la ropa, pagaban la hipoteca, se peleaban, se reconciliaban, se ilusionaban y desilusionaban, dos, tres, cinco, cientos de veces, hasta alcanzar el glorioso momento en que se instalaba definitivamente el conformismo y nada volvía a preocupar. En esa casa todo era aburrido; todo, salvo el ático de *La Donna di Lacrima*. Allí se encerraba un universo en donde se perdía el sentido de la realidad, y aunque Lívido jamás lo había visitado, era capaz de adivinarlo con los ojos cerrados. Llevaba anotadas en una libreta todas las descripciones escuchadas en el Harry's Bar, donde ya era un clásico de los hombres reunirse para hablar de la fantasía vivida con la enigmática mujer a quien algunos empezaban a atribuirle poderes mágicos.

Estando todavía a la espera de que alguien se dignara entrar o salir de la casa, un coche oficial se detuvo delante de Lívido y de la puerta posterior descendió un hombre de traje impecable que miró a lado y lado de la calle antes de pulsar el timbre del ático.

Lívido miró el reloj; faltaban quince minutos para las doce; demasiado pronto para ser recibido, pensó. Esperó a que el desconocido entrara y, cuando se escabullía dentro, vio que el hombre volvía a salir y llamaba al chofer que le esperaba en la calle. Parecía como si hubiese olvidado algo.

En el ático, Ella repasaba las últimas cartas recibidas buscando en los sobres la caligrafía gótica del hombre que firmaba con la letra L, pero no encontró ninguna.

Tenía sentimientos encontrados respecto a aquel ser que sólo existía a través de ese papel antiguo y de esa tinta con aroma a eucalipto.

Le gustaba y le molestaba que el desconocido no tuviera ningún deseo de conocerla.

Sus largas y fascinantes cartas, con hermosas miniaturas

pintadas en un extremo a la manera de los códices, estaban compuestas de dos partes: en la primera, transcribía una historia ajena que la subyugaba y de la cual quería conocer más y más; en la segunda, copiaba pasajes de libros y frases de autores conocidos. Cada palabra estaba trabajada con una pulcritud y una belleza exquisitas. Allí encontraba todo lo que le gustaba; lo que sin ninguna duda ella hubiese subrayado en caso de haberlos leído antes.

Ahora no sólo le intrigaba cómo debía ser, qué edad tendría, a qué se dedicaría; se había creado una especie de juego mudo que los unía. Aquellas misivas la obligaban a investigar novelas, ensayos y poemarios a los cuales podía pertenecer cada uno de los textos finales. Eran páginas que sueltas decían una cosa, pero leídas una a una en orden cronológico conformaban un libro en el que, a pesar de pertenecer a autores diferentes, todo armonizaba y tenía una continuidad.

Un suave sonido, como una exhalación, la interrumpió. Se levantó y buscó hasta encontrar de dónde provenía. En el suelo del recibidor se deslizaba un sobre que llevaba escrito en el dorso y en letra gótica «Para *La Donna di Lacrima*». Lo recogió y rápidamente abrió la puerta, buscando alcanzar a la persona que acababa de dejarlo, pero no vio a nadie. Sólo unas huellas de escarcha que morían en las escaleras.

Cinco minutos más tarde, sonaba el timbre.

30

Ese mediodía los pájaros andaban alborotados en las jaulas, exhibiendo sus suntuosos plumajes azules, como si se prepararan para asistir a una gran fiesta. Colgados del techo, los incensarios de plata arrojaban bocanadas de humo que danzaban en el aire como sinuosas vocales, tratando de crear un alfabeto nuevo. La vegetación exudaba un brillo vegetal en aquel calor tropical que envolvía el perfumado cuerpo de *La Donna di Lacrima*. Antes de cubrirse el rostro con la máscara, se miró al espejo. La mujer que se encontró delante le habló.

—¿Por qué haces esto?

—¿Hablas conmigo?

—Hace días que no quieres escucharme.

—Dime, ¿por qué lo haces?

—¿Hacer qué?

—Vestirte así, cubrirte con la máscara... recibir a todos estos hombres que no te importan en lo más mínimo.

—Tú bien sabes por qué lo hago.

—¿A quién tratas de engañar?

—Necesito encontrarle un sentido a esta vida.

—¿Crees que el sentido de TU vida está en otros?

—Quizá.

—Estás abdicando de lo que eres, representando un papel sin estar realmente en él. Como no eres capaz de vivir en ti y contigo, has decidido aferrarte a un ser inventado para «vivir» a través de él.

—¡Y a ti qué te importa! En todo caso, es mi decisión, ¿o piensas decidir por mí?

—Qué ingenua eres. ¿Todavía crees que los demás tienen para ti la clave de tu felicidad? La vida no es más que una misma música que cada uno interpreta de manera distinta.

—¿Una música? ¿Y dónde está la partitura?

—Dentro de ti.

La Donna di Lacrima soltó una carcajada y continuó en tono sarcástico.

—Qué cursilada más grande acabas de decir. «La vida es una MÚSICA que está dentro de ti.»

—Está bien. Sigue perdida, es tu decisión. Ponte la máscara...

Se la puso y miró el diamante que colgaba del lagrimal. La imagen del espejo volvió a hablarle.

—¿Crees que porque llevas esa máscara ya no eres tú? ¿Que esa piedra son tus lágrimas? Mientras no aprendas a llorar, no sabrás lo que es sentir. Anda, vete. ¿A quién recibes hoy?

—Ya sabes, al juez. Ese está peor que yo.

—Todos están peor que tú. Así te escudas para no enfrentarte a ti. Ojalá cuando lo hagas no sea demasiado tarde. La vida te está pidiendo a gritos que afrontes de una vez por todas lo que eres, tus carencias y vacíos, pero tú sigues fantaseando; es mucho más fácil, ¿no es así?

La Donna di Lacrima miró a la mujer que se reflejaba en el espejo y, señalándola con el dedo, la amenazó.

—No vuelvas a decirme que no soy capaz de llorar, ¿me has oído, maldita sea? Los que lo hacen, de ojos para fuera, muchas veces son incapaces de sentir de verdad; se limitan a derramar agua. ¿No has visto a los actores? Si la escena lo exige, lo hacen sin problema gracias a una técnica aprendida. No tienes ni idea de lo que es... llorar por dentro. Duele mucho más llorar sin lágrimas.

—Bla, bla, bla... Todo lo que dices me suena a cobardía. Eres una cobarde.

—¡Basta! No tienes derecho a hablarme así. ¿Qué has hecho tú?

—¿Que qué he hecho yo? ¿Te parece poco la carga que llevo contigo, tratando de que entiendas y te comportes como debes? Por no hacer lo que yo te digo, cada vez estás peor.

—No necesito que me cuides. Sé cuidarme sola.

—¿Cuidarte? Esa palabra no existe en tu léxico. Mira lo que hiciste. Estrellarte y matar a tu marido y a tu hija.

—¡Cállate!

La Donna di Lacrima tomó una escultura de bronce que descansaba sobre la cómoda y la lanzó con furia al espejo.

—No puedes acabar conmigo.

La imagen reflejada se astilló. Prendidas de la moldura de oro, decenas de máscaras idénticas, convertidas en dagas de cristal, le devolvieron frases incoherentes y una boca en grito:

—¡¡¡ME MEREZCO UN SUEÑO!!!

31

Al cruzar el recibidor, el magistrado sintió que le envolvía de nuevo aquella espléndida sensación de bienestar. A pesar de la máscara que le cubría el rostro y de no haber oído nunca su voz, la mujer que tenía ante él, además de imbuirlo en un reino imaginario de sensualidad, le provocaba un sobrecogedor sentimiento de comprensión y amistad. Lo hacía sentir capitán de un barco fantasma, navegando libre en un majestuoso océano de silencio. Con ella, todo se magnificaba: el sonido del roce de su capa de seda al moverse, la cadencia de sus pasos sobre el mármol, el canto de los *toh*, el aroma almizclado de los humos y el hálito de su perfume al andar. Movía sus manos como si sus alargados dedos bailaran una danza íntima al ritmo de una música que sólo ella oía.

—La he echado mucho de menos —le dijo él al verla.

Con un gesto, *La Donna di Lacrima* lo invitó a tomar asiento. Después se acercó al mueble, donde aún quedaban esparcidas algunas esquirlas del espejo, y abrió un cajón, de donde extrajo una pipa de marfil que llenó con una picadura que olía a canela. La encendió sin prisas, fue hasta el diván, aspirando el humo con su boca pintada de rojo, y se tendió sobre él. Al hacerlo, la capa azul se abrió y dejó al descubierto la punta de sus senos. El juez la miró.

—Tenía tantas ganas de volver a verla. Ya sabe, venir me ayuda a entenderme. Soy un pobre mortal lleno de dudas, miedos y deseos sin cauce. Me gustaría tanto oír su voz. A veces he imaginado que no habla porque no es de este mundo, que de sus labios sólo brotan sonidos siderales, cantos silábicos como de pájaros. ¿Es usted mortal, mujer?

El silencio de *La Donna di Lacrima* se alzó como un poema mudo.

—Llevo días pensando en qué camino tomar y sigo sin aclararme. Heme aquí —el juez abrió los brazos y con tono ceremonioso pronunció su nombre—, el omnipotente Salvatore Santo, gran magistrado de la corte suprema de justicia de Firenze, experto en dictar sentencias, siendo incapaz de decidir sobre su calamitosa vida marital. Yo, el que no creía en los sentimientos, atrapado en ellos como un insecto en una telaraña. Ah, *cara amica*, qué difícil rectificar una decisión que tomaste un día, convencido de que lo que hacías era lo correcto. Decimos sí a un sueño y cuando caemos de lleno en la realidad, cuando sabemos que nos hemos equivocado y que el maravilloso sueño era una pesadilla, pronunciar la sílaba «no» que nos devuelva al statu quo de la libertad se nos convierte en algo inalcanzable.

»Cuando me casé era un adolescente, creía que la felicidad que vivía en ese instante se prolongaría en el tiempo; que iba a vivir en ese estado de gracia y redención para siempre. Una mujer se cruzó en mi camino una tarde de junio, quizá la culpa fue del sol o del verano, no lo sé (siempre es mejor echarle la culpa a algo o a alguien antes que asumir nuestra derrota); sí, lo recuerdo como si fuera ayer, fue la luz del sol sobre su cara; yo vi mi pasión reflejada en sus ojos y con aquello fabriqué una historia de amor. Pero era mi pasión, y yo ingenuo de mí la confundí con sus ansias. Dijimos que nos amaríamos hasta la muerte sin saber que sería la muerte del amor la que nos mataría. ¿Cómo puede ser posible que, después de habernos amado tanto, ahora nos odiemos? Fantaseo continuamente con su muerte. Sí, la veo cayendo por un precipicio, ahogada en la corriente de un mar embravecido, atropellada por un coche, envenenada por un plato cocinado por mí. Cuando la observo dormir, imagino mis manos en su cuello, apretando, apretando, apretando hasta dejarla sin aliento. Su largo cuello de cisne doblegado en mis manos, tibio, palpitante... ¡qué placer!; quiero sentir dolor y, en cambio, me muero de alegría. ¿Soy malvado? No, ¿verdad? No es que desee su muerte, simple y llanamente quiero que algo ajeno a mí la aparte para siempre de mi vista. El destino, por ejemplo. Mi cobardía no es capaz de acabar con la esperpéntica farsa que representamos día tras día. Prefiero desear su muerte, antes que enfrentarme a la verdad. No sé decirle «Se acabó, maldita sea». ¿No es ridículo? Se lo digo a usted: NO, NO, NO... y suena tan fácil. Me entreno en el espejo (una técnica aprendida en la cátedra de expresión corporal en la que me gradué con honores). NO, NO, NO... y delante de ella viene el SÍ, SÍ, SÍ. Soy incapaz decirle «no siento nada por ti, esto tiene que acabar». O mejor, «¡te odio!, vete con tus cremas y tus hedores a otra parte. Tus carnes me repelen. No me interesan tus historias ni tus penas. Vete de aquí, si no lo haces tú, lo haré yo». NO, NO, NO. Llega la noche y otra vez me entierro entre las sábanas, al lado de aquel cuerpo que suda y huele, que se mueve en la cama, que estornuda y tose. Que respira, maldita sea... ¡Que respira!

»No vivíamos tan mal, ¿sabe? Ella me quería, y yo también. Decíamos que nos amábamos por igual: la gran mentira. Siempre hay un imbécil que acaba amando más y ese imbécil era yo. Ella era tan dulce y delicada. ¿Dulce?...

¿Dije dulce? Una arpía. ¿Que qué me hizo? Nada. Eso fue lo peor: no me hizo nada, salvo ignorarme durante años; humillarme con su altivez y su erudición de pacotilla. Ah..., querida amiga, me volví de piedra: un jardín japonés. ¿Sabe qué es lo mejor de las piedras? Que no sienten.

»Ahora no podemos vernos. Ella esconde su cuerpo en el baño, se desnuda a escondidas, se escuda en su pijama de flores y lazos ridículos y se cubre con la manta, creyendo que correré a violarla. Yo, el amoroso marido que sólo sueña con su muerte. —Soltó una carcajada—. ¿Le doy miedo?

Al pronunciar la última frase, el juez cayó en cuenta de que no había parado de hablar. Miró el gran reloj que colgaba de la pared pero no marcaba ninguna hora, le faltaban las agujas.

—Lo siento, necesitaba que alguien me escuchara sin emitir ningún veredicto. No soy culpable ni inocente; sólo elegí a la mujer equivocada. Estoy harto de juicios. —Respiró profundo—. Bien, ahora ya me siento mejor; *grazie mille, carissima amica.*

El magistrado recorrió con su mirada el impasible cuerpo de *La Donna di Lacrima*. Su piel lisa y sin manchas parecía cubierta por una pátina dorada y húmeda. Aquella extraña visión de cuadro renacentista lo turbaba. ¿Quién era esa maravillosa y silenciosa mujer?

—Le he traído una sorpresa —le dijo, acercando el maletín que reposaba en el suelo—. Necesito sentirla suspirar. Sus suspiros son vida.

Extrajo del interior un estuche de terciopelo negro y lo abrió ante ella. Clasificadas por sus tonalidades, aparecieron las diez plumas de ave más hermosas jamás imaginadas.

—Aquí las tiene. De todas las que he coleccionado a lo largo de mi vida, éstas son las más suaves. —Mientras se las enseñaba, fue nombrando una a una la especie a la cual pertenecían—. Tinamú, lira, faisán, fragata, flamenco, avestruz, marabú, quetzal, pavo real...

Se lo ofreció.

—¿Elige?

La Donna di Lacrima señaló una, larga, iridiscente y esponjosa, que contenía los tonos del arco iris.

—Ave del paraíso rey de Sajonia —exclamó el juez—. En su extremo está el elixir del placer. Cierre los ojos, querida *principessa*.

Antes de empezar a acariciarla, preguntó.

—¿Por qué no puedo tocarla con mis manos? Ahh... sentir la tibieza de su carne viva, la suavidad que adivino en su piel, quizá...

Con un gesto suavísimo, *La Donna di Lacrima* cerró su capa y sus senos quedaron escondidos.

—Lo siento, no insistiré más. La pluma será mi dedo, recorrerá su cuerpo y yo sabré lo que siente a través de su respiración. Mi placer será inventar su placer.

El hombre tomó la pluma, levantó su mano y la dejó suspendida en el aire veinte, treinta, sesenta segundos. Un crescendo de anhelos silenciosos, rotos por el desesperado vuelo a ninguna parte de los pájaros enjaulados. En el diván, el cuerpo tendido de la mujer brillaba expectante, como una libélula azul en la noche; en su cuello desnudo palpitaba la vida.

La pluma cayó en la comisura de su oreja y volvió a elevarse.

Ningún suspiro.

Él se sentía ave en vuelo. Impregnado de lujuria, creaba una liturgia de movimientos alados; subía y bajaba, sobrevolando el cuerpo diáfano y silencioso de esa desconocida que empezaba a amar. Aquel extraño ritual levantaba su sexo y le provocaba una ternura nueva. Respiraba el mundo a través de sus poros. No era nadie y era todo; un ser omnipotente capaz de dar sin condiciones. La haría suspirar, claro que la haría suspirar. Había muchas otras maneras de poseer el cuerpo de una mujer.

32

Había sentido la pluma muy cerca de su oreja; una mariposa susurrando a su oído palabras ininteligibles, que llegaban directo a sus sentidos sin pasar por el alma.

No había suspirado, porque hacerlo significaba demostrar ante aquel hombre su debilidad.

¿Podía mantener separada esa lasciva sensación que sólo venía de su piel? Si el alma no libraba ninguna batalla, ¿la libertad de su cuerpo la llevaba a alguna parte?

Se sentía buena y mala al mismo tiempo. Su mente, que buscaba reivindicar su libertad, se perdía en un laberinto de culpabilidades. Aparecían las monjas del colegio señalándola, acusándola: «Pecadora, tu carne arderá en el infierno», por permitir que aquel hombre deslizara la pluma sobre su cuerpo.

¿Por qué nadie lo entendía? La persona que tenía enfrente no era sólo un juez. Era un ser humano, tan perdido como ella, con ganas de ser comprendido. Manteniendo sus ojos cerrados, ese pobre mortal adquiría el estatus de dios; un dios alado que venía a rescatarla de la soledad.

Los pájaros cantaban en sus jaulas y la pluma vagaba por su cuerpo, a veces trémula, a veces firme. Metiéndose entre su capa, en esa oscuridad de piel y seda, explorando caminos nuevos. Una lanza suavísima que abría, delimitaba y cercaba zonas dormidas.

Alrededor de su pezón derecho, el ave del paraíso giraba, giraba y giraba hasta elevarse, dejando toda su piel en trance. Una música sin notas, evaporándose... Su mente adivinando caricias, un largo suspenso urgido de sentir, segundos eternizados en esa espera loca...

Y otra vez, la pluma cayendo sobre ella, imperceptible. Un roce en la punta de su pecho y un descanso hasta recuperar toda su fuerza. La incertidumbre de no saber, de imaginar el lugar. Un toque en el tobillo, otro en la curva de la rodilla y en el hueco de su ombligo; un vuelo inesperado convertido en rumor y brisa. Su deseo cabalgando a lomos de un extraño; aterrizando a través de aquella pluma en el perfil oculto de sus muslos dormidos; el interior de su pálida piel cubierta de deseo y esa sombra fugaz escalando, escalando, escalando su geografía, como un alpinista en busca de la cumbre y el mágico momento precipitándose; una descarga eléctrica en su pubis, sin siquiera rozarlo. Sus labios entreabiertos, su boca a punto de suspiro.

Ahhhhhhhhhhhhhhhhhhhhhhh...

Mejor no abrir los ojos. En ese mundo invisible, sólo la piel le confirmaba su estancia en la tierra.

33

Era la clase que más le gustaba: *Il Restauro*. Quien la impartía ponía tal pasión en explicarlo que, a pesar de que a veces ya había finalizado la clase, los alumnos no se marchaban. Se trataba de practicar lo aprendido sobre auténticas piezas antiguas.

Entre las decenas de manuscritos y libros que se apilaban en el almacén de la academia, de vez en cuando aparecía alguna joya.

Ese día, el profesor Brogi había repartido a los alumnos diversos documentos para que cada uno siguiera el procedimiento de exploración y dictamen de sus daños, y a Ella le había tocado el que estaba en peor estado.

Era una página que parecía deshacerse en sus manos, salpicada de gotas de tinta o sangre, y totalmente ilegible.

Sacó de una carpeta la plantilla de registro donde haría las anotaciones, colocó con mucho cuidado la pieza sobre la pantalla de luz para hacer su análisis y acercó el cuentahílos al papel, tomando nota de todo cuanto iba descubriendo: «*Manoscritto della metà del Quattrocento, con la carta perforata per la presenza di inchiostro (metallotannico) molto acido. A sinistra, lacune causate da camminamenti di insetti. Imbrunimento dovuto possibilmente al sangue...*»

Mientras lo hacía, le pasó por la cabeza la sombra del diario. Su textura era idéntica a la página que su madre le había enviado en el paquete. ¿Y si ese folio perteneciera al mismo? Aunque no podía saber si su escritura era especular, ya que las letras estaban totalmente enfangadas y cubiertas de moho, cabía la remota posibilidad de que así fuera.

Aprovechando que el profesor daba instrucciones a un grupo de estudiantes, cogió la pieza, la escondió entre el delantal y la llevó a la habitación contigua, el sofisticado laboratorio donde solían lavarlas. A pesar de que lo había hecho muchas veces bajo la supervisión del profesor, ésta iba a ser la primera que realizaría el proceso sin su ayuda.

Antes de empezar midió su alcalinidad, colocando una gota de agua destilada en uno de sus márgenes, y con un papel secante presionó la superficie humedecida hasta lograr que algo de la suciedad se le adhiriera. A continuación, llenó con agua tibia una gaveta y, ayudada de unas pinzas, colocó la deteriorada página sobre un papel que le hizo de soporte y la sumergió. Después de unos minutos de agitar el agua, le pareció ver tras las manchas de sangre una suerte de letras perforadas por el ácido de la tinta. Aunque eran muy tenues, no había lugar a dudas: correspondían a palabras sueltas, extraños textos que...

¡La escritura era especular!

Corrió hasta un mueble, vigilando desde la puerta que el profesor Brogi no hubiera notado su ausencia, y fue abriendo y cerrando cajones hasta encontrar lo que buscaba: un espejo y una lupa. Sin extraer la pieza del agua, trató de leer lo escrito, tal como le había visto hacer al profesor Sabatini.

Donna del cuore...

Sono perdutto alle... (agujero)... (agujero)... *senza...* (agujero)... (párrafo totalmente ilegible)... *la tua presenza... che mi vengano... impossibili...* (agujero)... *a meno che* (ilegible)... (agujero)...

l'único futuro che ci resta è il presente.

Mujer amada...

Estoy perdido en la... (agujero)... (agujero)... *sin...* (agujero)... (párrafo totalmente ilegible)... *tu presencia... que me sea... imposible...* (agujero)... *a menos que* (ilegible)... (agujero)...

el único futuro que nos queda es el presente.

Repitió en voz alta la última frase:

«El único futuro que nos queda es el presente.»

¿Dónde lo había leído? Ese texto..., ese texto...

¡Era el mismo con el que L. finalizaba sus cartas!

La voz del profesor Brogi la interrumpió y Ella dio un respingo.

—¡¡Dios, Dios, Dios!! —le dijo, malhumorado—. ¿Se puede saber qué demoni..., qué hace? ¡Se ha precipitado! Hace apenas un momento explicaba precisamente eso. Acaba de matar el documento. ¿Cómo se ha atrevido a...? Debía haberlo preparado. Lo que ha hecho es demasiado agresivo. Aunque hay muchos que resisten el agua, tenía que haber efectuado una prueba de solubilidad. Era una pieza muy especial; reunía todos los inconvenientes a tener en cuenta a la hora de trabajarla, por eso se la di. A veces es mejor pecar de precavido que de osado. El buen restaurador antepone el bienestar del documento a su curiosidad. Debe ser conservador. ¿Entiende lo que esa palabra significa?

»CON-SER-VAR. Ahora la tinta desaparecerá.

—Lo siento. ¿Se puede hacer algo?

—Demasiado tarde. Mire.

Frente a sus ojos, las palabras se diluían irremediablemente. Antes de que acabaran de desaparecer, la escritora tomó las pinzas y sin esperar ninguna indicación trató de rescatarla del agua.

—No entiendo su comportamiento —le dijo el profesor al ver cómo luchaba por conseguirlo, mientras el folio se resistía—. ¿Por qué tanto interés en esta página?

—No sé, tal vez para usted sea algo normal esta clase de escritura.

Finalmente había logrado retirarla y ahora la colocaba sobre la red metálica para su secado. Señaló los restos de la última frase, que, aunque muy pálidos, podían leerse.

—Fíjese en esto.

—¿A qué se refiere?

Ella colocó el espejo sobre la pieza.

—¿Lo ve?

—¡Escritura especular!

El profesor la observó detenidamente durante varios segundos y finalmente concluyó.

—Obviamente, el trazo no corresponde a la caligrafía de Leonardo; sin embargo, no por ello deja de ser interesante. Estamos hablando de una página muy antigua, y si a esto le añadimos su singularidad...

—¿Me la puedo quedar?

—Imposible, el material de trabajo pertenece a la academia. Está numerado y con ficha. Aunque... —la miró, cómplice—, si dejándosela, usted es capaz de escribir una historia...

Ella lo miró sorprendida.

—¿Cómo sabe que escribo?

—El profesor Sabatini me lo dijo. ¿Novelista?

—Creo que un día lo fui.

—¿Lo fue? El escritor nunca deja de serlo... aunque no escriba; es algo que lleva dentro, como el corazón o el hígado.

—¿De veras lo cree?

—Sin duda. Es como el pintor, el actor o el músico. He conocido escritores que ignoran que lo son. Necesitan de algo, a veces de una absoluta nimiedad que los despierte. Aunque aparentemente parecen desconocerlo, suplican ser descubiertos por la vida. Se abrazan al papel en blanco queriendo ser dios de un mundo ínfimo; con sus emociones contenidas, rozan siempre el filo del todo y de la nada. Por eso viven expectantes, atentos a la respiración del mundo. Se creen resecos y, de pronto, de la nada brota una brizna, una hoja frágil pero inequívocamente verde, entonces florecen... El escritor tiene más vidas que un gato, nace y muere en cada libro. ¿Y si esta página fuera el brote que espera?

Ella no contestó.

—¿Será que tiene miedo de perder el alma en sus escritos? Quizá teme vaciarse; convertir las páginas en un vertedero sin fondo. La vida le regaló un don que está desperdiciando.

—La misma vida, esa que usted afirma que da el don, es la que lo quita.

—No esté tan segura. Es uno mismo quien se niega a conservarlo. ¿Por qué ha renunciado a él?

Ella esquivó la respuesta, cambiando de conversación.

—Sería un problema para usted...

—¿Problema? —El profesor Brogi la miró desconcertado. De repente, se dio cuenta de que su alumna había dado por concluida la charla.

—Sí —Ella señaló la página—, el que me la quedara.

—Oh, no... bueno, en fin —carraspeó—, depende. Podría inventar alguna excusa; por ejemplo, que la página se desintegró entre los ácidos. Será nuestro secreto. Eso sí, deberá dejarla aquí hasta que se seque.

34

Hora: sin nombre ni apellido.
Lugar: el número 46 de la via Ghibellina.
Arriba de todo. En el cielo: el ático.

Vivir esperando la muerte. Morir esperando la nada.
Perdida en el ser de su ser.
Sola.

¿Será que uno nace llevando a cuestas la cuota de placer y dolor que va a tener durante el resto de su vida?

Ella se lo preguntaba mientras observaba las paredes, convertidas en cascadas de madreselvas por las que revoloteaban libres los pájaros toh. Aquel salón hipnótico exudaba un silencio vivo de recuerdos que alargaban sus tentáculos, trepaban por su cuerpo y apretaban su cuello, tratando de asfixiarla.

Le gustaba recordar, aunque después doliera. Placer y dolor iban cogidos de la mano. Así lo aprendió de niña. Pellizco y caricia, como los dedos de las monjas; como las sucias manos de su abuelo.

Había noches en las que se quedaba a dormir en aquel

lugar, arropada por los ecos de unos suspiros sonámbulos que la llamaban. Había ido escribiendo sobre las paredes palabras sueltas —las que más le intimidaban de las cartas que recibía de L.—, que en la soledad del vodka se alzaban contra ella a voz en grito, como poemas asesinos anhelando matarla. Palabras que unidas le bailaban, se burlaban, orinaban y defecaban encima, hasta humillarla y someterla.

Ahora, tras una tarde acosada de fantasmas y migraña, y ya de regreso al mundo de los sobrios, ordenó aquellas cartas, tomando nota de los párrafos que claramente pertenecían a autores conocidos: Tolstói, Wolf, Kawabata, Flaubert...; frases que sin duda, a la hora de leerlas, ella misma habría marcado. ¿Cómo podía saber L. lo que le gustaba? ¿Sería alguien conocido? Y si lo fuera, ¿quién podría ser?

¿A qué autor pertenecían los otros textos, los que más le inquietaban por su carga sensual y desgarradora? Estaban marcados como citas, lo que significaba que obviamente no eran de L., ¿o sí? Ese hombre debía conocerla a fondo. Pero ¿quién, quién era?

¡Dios mío!...

¿Marco?

35

Cada tarde, al salir de clase, Ella acudía a la librería del Mercato Nuovo, donde era recibida por el impenetrable librero, quien, a pesar de haber intercambiado alguna palabra, volvía a encerrarse en sí mismo. La acción se repetía en un ciclorama que empezaba y acababa, como si fuera la escena de una vieja y desgastada película en la que los actores sabían de memoria su papel y lo representaban a la perfección: a las siete de la tarde ella hacía sonar el timbre, el librero tardaba unos minutos hasta que aparecía con su caminar modoso y lento, abría la puerta, no la miraba y con un gesto impersonal la invitaba a entrar. Después se perdía en la penumbra del pasillo, esquivando cualquier contacto, hasta esfumarse entre los quejidos de las maderas de la escalera. Ningún sobresalto, ningún cambio.

De todos los rincones y recovecos que guardaba la misteriosa librería, sólo una estantería había logrado seducirla. Allí se almacenaban, en orden alfabético, libros que por su valor literario y su antigüedad eran verdaderos tesoros.

A pesar de estar horas y horas ojeándolos, cuando creía haberlos descubierto todos, aparecían nuevos ejemplares. Primeras ediciones de clásicos fascinantes, poemarios amarillentos firmados por el propio autor, dedicatorias sublimes cargadas de sentimiento, escolios, textos al margen, subrayados de lectores anónimos que años atrás habían soñado, reflexionado y aprendido en sus páginas y que ahora yacían bajo tierra convertidos en polvo.

Era tal la fascinación que esos libros ejercían sobre su alma, que si hubiera tenido suficiente dinero se los habría quedado todos, con el único objetivo de sepultarse en sus páginas y morir de empacho y sobredosis de letras.

Esa tarde, cuando rebuscaba entre los volúmenes el ejemplar de *Madame Bovary* del que recordaba una edición de lomo rojo con letras doradas, le sorprendió encontrarse cerca de la estantería un antiguo pupitre de colegio sobre el que caía un haz de luz proveniente de una espectacular lámpara de velas que colgaba del techo. Estaba segura de que en ese sitio antes no había absolutamente nada y de que incluso aquella lámpara tampoco existía. Era como si el singular rincón hubiese sido preparado ex profeso, con la intención de invitarla a tomar asiento y de que se sintiera más cómoda mientras ojeaba los libros.

El desvencijado escritorio era idéntico al que había utilizado en sus años de colegio. El tablero de bisagras era abatible, de aquellos que se levantaban y dentro había espacio suficiente para colocar más libros o el material de trabajo. Le recordaba al que durante años fuera el cómplice en su etapa de internado. Donde había escondido burlas, trampas, libros malditos que las monjas jamás le hubiesen permitido leer; meriendas, cartas, chicles y resúmenes que sacaba a escondidas en los exámenes que más odiaba.

Levantó la tapa y un aroma a tierra húmeda la envolvió. En su interior, sobre un lecho de hojas verdes recién cortadas, descansaba el ejemplar de Flaubert que llevaba buscando desde su llegada. Lo extrajo y bajó de nuevo el tablero. Al cerrarlo, descubrió que el tintero incorporado al pupitre estaba lleno de tinta fresca. En él, una ínfima or quídea blanca se erguía solitaria. Miró a lado y lado buscando al librero, pero sólo se encontró con el sonido de su propia respiración.

Fue repasando el libro, sin tener claro lo que buscaba, y se detuvo en una página que alguien había dejado marcada con la cinta de seda roja que hacía de separador. Empezó a leer.

La plaza rebosante de gritos olía a flores que bordeaban el pavimento...

...los vendedores, con la cabeza descubierta, envolvían en papel ramilletes de violetas.

El joven compró uno. Era la primera vez que compraba flores para una mujer, y al olerlas, el pecho se le inflaba de orgullo, como si aquel homenaje que él destinaba a otra persona se volviera hacia él.

...

León recorría gravemente la iglesia siguiendo las paredes. Nunca le había parecido tan buena la vida. La mujer que esperaba iba a llegar enseguida, deliciosa, jadeante, espiando detrás de ella las miradas que la seguían, y con su vestido de volantes, sus impertinentes de oro, sus botinas finísimas, con toda clase de elegancias que él no había probado y con la inefable seducción de la virtud que sucumbe. La iglesia se disponía en torno a ella como un camarín gigantesco; se inclinaban las bóvedas para recibir en la sombra la confesión de su amor; resplandecían las vidrieras para iluminar su rostro y los incensarios iban a arder para que ella apareciera como un ángel, en el humo de los perfumes.

Pero no llegaba.[5]

La lectura de ese párrafo la inquietó. El insistente goteo de las velas —lágrimas rodeándola en aquel espacio mudo—, el olor acre revuelto con la cera derretida, la oscuridad cayendo sobre ella como un velo nupcial, ese silencio sepulcral. Retiró los ojos del libro y alzó su mirada, buscando en la penumbra al imperturbable hombre de hielo. Salvo unas fantasmagóricas sombras proyectadas por la titilante luz de los cirios, la oscuridad era total.

36

Observaba con los binóculos cada uno de sus movimientos. Mirarla desde lejos se le había convertido en un morboso pasatiempo que lo llevaba a suponer todo sobre ella. Su olor a incienso subía en suaves bocanadas, y él lo aspiraba con avidez, tratando de capturar hasta la última partícula.

Se había gastado el fin de semana lijando, puliendo, pintando y adecuando el pupitre que desde su infancia y hasta su marcha al seminario había ocupado la esquina de su dormitorio. En realidad, o eso era lo que se decía a sí mismo, asesinaba ese tiempo rítmicamente muerto de los domingos a punta de un oficio cansino. Llevaba días con el tedio subido a la cabeza. Quería sentir, pero no sentía; querer, pero no quería; leer, pero no leía. Su pesimismo y escepticismo amenazaban con eliminarlo. Ya ni siquiera hablaba con los caballos.

¿Lo que ninguno ve existe?

Si nadie era capaz de mirarlo, si el mundo entero lo ignoraba, ¿cómo podía mirarse él? Dependía de que alguien se diera cuenta de que existía, de pasar de esa perenne invisibilidad al mundo de los existibles. Vivía en una continua otredad y con ello estaba consiguiendo lo peor: aislarse hasta de sí mismo.

Recurría al viejo truco de su infancia: darle a alguien algo, simplemente para comprobar que aún quedaban seres que tenían la capacidad de ilusionarse; una cualidad que irremediablemente él había perdido en Cortona.

Esa mujer, hecha de silencios, vacíos y nebulosas intrigantes, era capaz de regalarle, sin saberlo, un placer presente.

En la distancia, su lente le permitía algo maravilloso: tocarla con sus ojos. Poseerla sin correr el riesgo de ser rechazado. Le fascinaban sus manos porque semejaban el vuelo de dos pájaros revoloteando entre los libros. Recorría despacio su rostro deteniéndose en su boca, en los gestos que hacía cuando algo le interesaba. Así se había enterado de la clase de libros que le gustaban, del tipo de lectura que la entretenía y de lo que la aburría. Ahora intuía que quizá nunca nadie le había regalado una orquídea, pues al descubrirla sus ojos habían sonreído.

De su cuello era mejor no hablar. Largo y blanco... Podía notar en él el pulso de su sangre. ¿Aquello que veía era un lunar?... Sí, lo era. Un punto que marcaba el descenso a la gloria. Y su escote insinuaba un pecho acogedor y lácteo. Dos cántaros donde saciar su sed. Allí, si pudiera, sus dedos harían un festín de caricias, todas las que se desperdiciaron en la espera a Antonella... «¡Ay!, Antonella, Antonella, te perdiste mi amor. Yo te hubiese encumbrado a la cima de la dicha. Conmigo habrías conocido el cansancio del placer, la ebriedad del sentir. Hubiera cobijado tus miedos. Habría dado respuesta a tus dudas. Ahora te las daría a ti, mujer extraña que paseas tu alma en este claustro sagrado de historias moribundas. Aquello que no paras de buscar entre mis pasillos, lo que no encuentras ni en los libros ni en tu conciencia, lo que tu corazón ansía, lo que nadie te ha sabido responder, te lo daría. Estás herida, lo sé. Tan herida como yo. Sufres el abandono propio, que es el peor. ¿Por qué cojeas? ¿Es acaso la herida de tu guerra interior? Hablaríamos, ¡oh... sí!, claro que hablaríamos. Cuando tú de verdad me descubras, cuando yo me deje descubrir, ya no será el concepto abstracto de la dicha, será la dicha. No habrá incógnitas desconocidas ni intuiciones triviales. Acariciaríamos la palabra satisfacción, romperíamos las palabras pudor, mesura y sed. Mataríamos el tedio y la ignorancia.

»Anda, levanta de nuevo la mirada y búscame. Estoy aquí, escondido entre tinieblas, donde sólo llega tu perfume, donde sé que puedo alcanzarte. Así, así, búscame. Gírate despacio y mira recto hacia mí. Esa sombra negra que ves, esa niebla oscura y densa que casi no respira por mirarte, esconde sentimientos. Me preguntaste aquella vez mi nombre y no te contesté. Me llamo Lívido, qué nombre más estúpido, ¿verdad? Me lo puso mi madre cuando me vio salir de su vientre antes de tiempo. Su voz retumbaba en mis oídos: "¡Lívido!... ¡Este niño mío está lívido"; lo dijo gritando, para que el mundo entero se enterara. Aquel escuálido sietemesino era sólo eso, un feto triste y pálido, venido a deshoras.

꙳ »No te equivoques; no soy el insípido, frío, desteñido, desvaído, a punto de desaparecer... Lívido. Me ha costado muchos años entender que no soy mi nombre. Soy un hombre; simple y llanamente, un hombre, como tú una mujer. Mírame, eso es, así, sin verme. Aunque hoy sólo lo hagas por pura curiosidad, aunque no alcances a percibir ni siquiera mi sombra, un día lo harás porque me necesitas.»

37

No se daba por vencida.

Como cada sábado, Ella acudía al lugar del accidente en su Fiat azul, buscando aclarar el enigma de la absurda desaparición. Mientras conducía, la voz de Ornella Vanoni cantaba *Domani è un altro giorno*. Mañana será otro día...[6] Sobre el asfalto, una capa de hielo creaba un espejo en el que se reflejaba un sol cansado, que rompía los raquíticos huesos de una arboleda quemada por el frío.

Llegó al lugar, tomó el primer desvío y aparcó en el camino de piedras que llevaba a la casa abandonada, la que tantas veces había revisado buscando a los seres que había perdido en esa maldita curva. Cogió del asiento el ramo de violetas que siempre dejaba en el lugar y abrió la puerta del coche. Una soledad helada la abrazó. El sonido del viento era un llanto de plañideras en un velorio sin muertos.

Cerró los ojos y sintió los pequeños dedos de Chiara asidos a su cuello y su vocecita preguntándolo todo.

Mamá, si no quiero crecer, ¿puedo no hacerlo?

Mamá, ¿por qué no hablan los conejos?

Mamá, ¿por qué no puedo decidir si no me quiero morir?

Mamá, ¿puedo dar marcha atrás y borrar las cosas que no me gustan?

Mamá, ¿verdad que el cielo está roto?
Mamá, ¿quién inventó el dolor?
Mamá, ¿por qué tengo que estudiar matemáticas si no hablamos con números?
Mamá, ¿por qué Dios es tan callado?
Mamá, ¿por qué no somos invisibles como él?
Mamá, ¿por qué hay gente mala?
Mamá, ¿por qué las serpientes son tan feas?
Mamá, ¿por qué a los pobres nadie los quiere?
¿Mamá puedo...

Fue hasta el árbol y repasó palmo a palmo las huellas dejadas por su coche. La corteza estaba seca y la herida se había convertido en el nicho donde cada semana depositaba las flores. Tomó el ramo marchito y lo cambió por el fresco. Se abrazó al tronco, puso su oído en él y volvió a oír el ahogado chirrido del freno, su desgarrador grito, el golpe brutal y el *Confutatis* de Mozart cantando sobre ese silencio solemne que llevaba en sus notas la desgracia.

Se sentó en la hierba, evocando las horas previas al siniestro: el concierto en la iglesia donde Chiara había hecho el solo de violín; su vestido azul y sus zapatos de charol resplandeciendo en el altar, los aplausos, su cuerpo grácil haciendo la venia tantas veces ensayada, las miradas cómplices de su marido, su sonrisa, la carrera hacia sus brazos, su pelo ondeando sobre sus hombros, los besos... sus besos...

¿Se estaba doliendo por ellos o por sí misma? ¿En la desaparición de Marco y Chiara, estaba su propia desaparición? ¿Por qué no los dejaba marchar? Cuanto más los recordara, más prisioneros estarían ellos de ella, más prisionera ella de ellos. Más vivos estarían. Dejarlos marchar, decirles adiós para siempre; soltarlos como a los pájaros toh que escondía en el ático, abrir las puertas de las jaulas, las ventanas, y que volaran... ¡¡NO!!

NO PODÍA.

Señaló en un plano la zona que trabajaría ese día y empezó a descender la escarpada colina. Al llegar abajo, una espesa niebla se la tragó. Continuó caminando un largo rato a tientas entre la bruma que exudaba olor a tierra empapada, hasta que de repente el sonido inconfundible del agua vino a su encuentro. A sus pies, escondido entre los tupidos matorrales de hoja perenne, serpenteaba un caudaloso río. Miró en el mapa tratando de localizarlo, pero no lo encontró. Recogió del suelo un madero podrido y lo lanzó con fuerza al agua. En pocos segundos la corriente lo arrastró, atrapándolo con fuerza hasta engullirlo por completo.

¿Y si los cuerpos hubiesen salido disparados del coche por el impacto, rodando pendiente abajo hasta el río?

Mientras pensaba posibles desenlaces, en la otra orilla algo llamó poderosamente su atención. Colgada de una rama, entre los matorrales empapados, lo que parecía ser una cinta de color azul, maltrecha y sucia, amenazaba ser llevada por el torrente. Estaba segura de que el día del concierto su hija había elegido esa cinta para ponérsela en el pelo. Cerró los ojos tratando de recordar y vio la cara de Chiara en el espejo. Sí, llevaba la cinta. Necesitaba alcanzarla como fuera, pero para hacerlo debía atravesar el río.

Se quitó zapatos y calcetines, se sacó los tejanos y probó la fuerza y la profundidad del caudal sumergiendo hasta el fondo la pierna sana. Aunque la corriente la tiraba, el agua sólo le llegaba a la cintura. Miró a lado y lado buscando algún asidero por si el río la arrastraba y encontró una rama alta que lo cruzaba de lado a lado; se agarró con fuerza, metió la otra pierna y probó a caminar. Estaba helada. Bajo sus pies, la lama adherida a las piedras era una baba que la hacía resbalar. Dio un paso, tres, cinco, y estiró el brazo hasta tocar la cinta. Una vez la tuvo entre sus dedos empezó a tirar de ella con ahínco, pero se resistía, atrapada como estaba entre las higueras. De repente, en un último tirón, la rama se desgajó del árbol, ella perdió el equilibrio y su cuerpo cayó.

Un estruendo sin fuerza, un chapoteo flojo y un grito casi imperceptible:

«¡¡¡Auxilio!!!»

38

Era el sexto sábado que la seguía.

La primera vez se la había encontrado por pura casualidad en el cruce de la via Aretina, conduciendo en dirección a Arezzo, pero ella no lo identificó a pesar de haberle tocado el claxon. Después decidió seguirla en silencio y, aunque cada semana la veía en el instituto, no quiso comentárselo. Como no tenía nada que hacer salvo matar los fines de semana como podía, ahora se dedicaba a acompañarla de lejos en su extraño ritual. Sabía a qué hora salía del hotel, dónde desayunaba y la plaza donde compraba el ramo de violetas; la velocidad a la que conducía y el lugar dónde aparcaba; conocía aquella cara de dolor con la que acariciaba el árbol y el gesto que hacía al cambiar las flores marchitas por las frescas. Por eso, cuando esa mañana rompiendo su rutina la vio descender colina abajo hacia la espesura del bosque, se extrañó. Su pierna no estaba preparada para moverse por esos parajes de piedras y relieves discordantes.

Sin embargo, no cojeaba, ni siquiera parecía tener dificultad alguna. Saltaba por entre los matorrales con la habilidad de una niña traviesa, como si toda su vida hubiese vivido entre los árboles. De lejos, su edad se diluía hasta parecer una adolescente tardía con ganas de vivir experiencias nuevas. Su cuerpo grácil se fundía en la bruma y pasaba a ser la silueta de una hada perdida.

Disfrutaba viéndola caminar, liberada de aquella pesadumbre que arrastraba en sus clases.

El profesor Brogi le había comentado el vehemente interés suscitado por la página que le había dado en la cátedra de *Il Restauro* para que ella aplicara las técnicas aprendidas, y él, tras estudiar a fondo el folio que permanecía en el laboratorio de lavado, concluyó que aquel diario perdido que buscaba y al que perfectamente podía pertenecer el fragmento era sin duda una valiosa pieza del Quattrocento que también le interesaba. La quería no por su contenido, sino por su antigüedad. Sencillamente, para valorarla.

Ahora, mientras contemplaba la enigmática imagen de la mujer entre los árboles, buscando con un mapa en la mano no se sabía qué, imaginaba muchas historias. Ella, una escritora, podía ser perfectamente la protagonista de su propio libro. ¿Cómo no lo veía? Sus movimientos, incógnitas y silencios eran una continua narración de nadas y de todos. Sólo hacía falta observarla para saber que vivía un mundo aparte, onírico, misterioso y tal vez apasionante. Un mundo que él jamás viviría, pues su soledad y aburrimiento eran tales que ya había renunciado a todo.

La vio detenerse delante del río, escudriñar palmo a palmo sus orillas, adelantarse y mirar a ambos lados antes de desnudarse y perderse en la espesura.

Él pensó que a pesar del helaje la mujer quería darse un baño, y por decencia renunció a seguirla espiando. Dio media vuelta y empezó a ascender en dirección al coche. Después, todo fue rápido. El sonido seco de un golpe en el agua y aquella voz escuálida pidiendo auxilio.

Al oírla dio media vuelta.

Corrió, tropezó con la raíz de un árbol y su cuerpo

rodó por la pendiente hasta que su cabeza dio de lleno contra una piedra. Se levantó como pudo y sintió aquel líquido espeso deslizarse por su cara.

Se había roto la cabeza.

Cuando finalmente llegó al lugar, la escritora había desaparecido.

39

La encontró.

En un recodo, su camisa blanca flotaba en el agua seme-jando el plumaje de un cisne muerto. Su cabeza desfalleci-da reposaba en un tronco podrido que flotaba en el río.

—¡ELLA! —gritó el profesor Sabatini, corriendo en su ayuda con la cara ensangrentada, mientras trataba de tapo-nar su herida con una mano. La hemorragia no cedía y el dolor era insoportable.

La cabeza de la escritora continuaba inerte.

—¡¡¡ELLAAAA!!!... ¡Dios mío!

Se acercó como pudo hasta el lugar. Tenía que actuar rápido o corría el riesgo de que el río definitivamente se la llevara. El furioso caudal tiraba de su cuerpo, pero algo la sujetaba. Su camisa se había enredado en la afilada punta de una roca, anclada en el centro del torrente. Su cara, en-marcada por el pelo empapado, parecía abandonada a un sueño placentero. ¿Continuaba viva?

Con la embestida del agua, su blusa empezó a rasgarse. Sin pensarlo dos veces, el profesor Sabatini se lanzó y cuan-do estaba a punto de perderla, tiró de su brazo y la alcanzó. La mano cerrada aún aguantaba la cinta azul.

Nadando contracorriente la arrastró hasta la orilla y, sa-cando fuerzas de donde no tenía, logró rescatarla del río.

Sobre el césped, su cuerpo amoratado por el frío aún se estremecía. Acercó su dedo a la nariz y sintió su débil respiración.

—Ella, ¿me oye?

La escritora no reaccionó. Comenzó a frotar con ahínco sus piernas y sus brazos helados, tratando de que entrara en calor.

—Ella, por favor, responda...

Sólo su respiración daba fe de que vivía.

De pronto, su vista se nubló y el sonido del río se fue perdiendo en un oscuro túnel de silencio. Aquel dolor agudo en su cabeza se iba, se iba, se iba... y un placer desconocido entraba en él. Nada dolía. Una pesadez negra se lo engulló de golpe. Su cuerpo cayó inconsciente sobre la mujer, que seguía sin despertar.

40

Lo primero que sintió fue un gran peso sobre su abdomen; lo segundo, un frío intenso en sus piernas. Al abrir los ojos se encontró con la cabeza del profesor Sabatini reclinada sobre su pecho. Un hilo de sangre se deslizaba lento sobre la cara del catedrático. Se sentía confusa y desorientada. ¿Dónde demonios estaba? ¿Sería ésta otra pesadilla, como tantas a las que ya estaba acostumbrada? El helaje no le permitía mover ninguno de sus miembros. Sólo sus manos respondieron torpemente a la orden.

Miró a su alrededor y reconoció el lugar. Su puño, agarrotado por el frío, todavía conservaba la cinta por la que se había arriesgado a cruzar aquel torrente.

Trató de incorporarse levantando el cuerpo del catedrático, sin tener ni idea de qué hacía aquel hombre sobre ella. Una vez lo dejó en la hierba, quiso reanimarlo.

—¿Profesor, me oye?

Zarandeó sus hombros esperando alguna reacción y al ver que no respondía volvió a llamarlo, esta vez por su nombre.

—¿Mauro, me oye?

Buscó a su alrededor tratando de localizar el lugar donde había dejado el resto de su ropa, pero se dio cuenta de que la corriente la había llevado lejos y no alcanzaba a ver ni siquiera la casa abandonada. Necesitaba con urgencia que alguien los ayudara.

De pronto, el catedrático masculló unas palabras:

—¿Es... tá usted bien?

—Eso mismo le pregunto yo —respondió la escritora, sorprendida—. ¡Qué susto me ha pegado! ¿Qué le ha ocurrido? Tiene una herida, ¿puedo...?

El profesor bajó la cabeza.

Después de examinarla, Ella arrancó un trozo de su camisa y le limpió la zona lesionada.

—Yo no soy médico, pero le aseguro que debe ir a que lo suturen. La lesión parece profunda.

—Lo mío es lo de menos. Dígame, ¿cómo se encuentra? ¿Sabe qué le pasó?

—La verdad es que no comprendo nada. Usted y yo... —hizo un gesto de elocuente sorpresa—, en este estado tan..., no sé si me entiende. Es todo muy extraño. Su herida, mi desnudez.

El profesor quiso tranquilizarla.

—No se preocupe, no ha pasado nada. Siento que me haya encontrado de esta manera. Oí su grito pidiendo auxilio, la encontré desmadejada en el río y luego..., sencillamente trataba de que reaccionara, pero parece que me desmayé. ¿Qué hace en un lugar tan inhóspito?

—Estoy buscando... —los dientes le castañeaban—. Perdón, me muero de frío.

El profesor se quitó la chaqueta y se la ofreció.

—Lo siento, está empapada. Si me permite —la ayudó a levantarse—. Sé dónde está su ropa.

Mientras caminaban, Ella continuó.

—Todavía trato de encontrar pistas; de esclarecer qué pasó con mi hija y mi marido. Éste fue el sitio del accidente, ¿sabe? Aquí desaparecieron.

—Es un lugar de niebla, donde habita la nada.

—Aunque vengo cada semana, nunca me había encontrado con nadie... hasta hoy.

—La niebla es traicionera. Hace ver cosas que no existen y las que de verdad están, se las engulle de un bocado.

—Ni siquiera sabía que existía un río.

—Un río... y ¡tantas cosas! Esta zona la conozco muy bien. Cerca de aquí transcurrió mi niñez.

—¿Tiene alguna casa por aquí?

—¿Ve aquélla? —el profesor señaló la imponente edificación abandonada que sobresalía de la arboleda—. Perteneció a mi familia; tras la muerte de mi abuelo, hubo un litigio que duró muchos años; quienes se la peleaban envejecieron y murieron sin ponerse de acuerdo. La vivienda entró en un coma profundo; ahora es territorio de nadie.

—¿Suele venir a menudo?

—En realidad... —al profesor le dio vergüenza confesar que estaba allí sólo porque la espiaba—, hacía años que no venía. Prefiero recordar este lugar como algo vivo; la casa está de pena. Los muros están siendo devorados por los árboles. Cuesta imaginar que aquí hubo risas y festejos.

Avanzaron entre la niebla hasta ver aparecer las ruinas de la que fuera una espléndida casa del Novecento.

—Aquí las tiene —le dijo el profesor, señalando las ropas que se amontonaban bajo un ciprés—. ¿Le parece bien que la espere arriba?

Ella asintió. Una vez comprobó que el profesor se iba, se quitó la camisa, se puso el jersey y acabó de vestirse. Volvió a mirar la cinta azul, todavía en su mano, se la ató a su muñeca y pensó en Chiara.

41

Abrió la puerta del ático y la punta de su zapato tropezó con una nueva carta de L. Su corazón se estremeció. ¿Cómo era posible que ese desconocido provocara en ella tal reacción?

Recogió el sobre y lo acercó a su nariz; era de él. Identificaba su perfume: nieve fresca. Agua comprimida en estrellas, a la espera del deshielo; primavera detenida a punto de convertirse en río o cascada, en sinfonía de espumas.

Lo rasgó con urgencia y desdobló la carta. Dentro encontró el pétalo disecado de una rosa. Era el segundo que recibía. Lo miró al trasluz y descubrió otra letra, tramada en puntos finísimos, como si la hubiese dibujado con la punta de un alfiler. Ahora, ya tenía dos.

La tipografía era idéntica a la que empleaba para su firma. ¿Qué querría decir «vi...»? ¿Vida, vienes, viento, virtud, vicio...?

Estaba claro que iría formando una palabra, o dos, o muchas, y que la haría esperar.

Antes de sentarse a leerla, se sirvió un vodka, encendió velas e incensarios y, como siempre hacía, abrió las puertas de las jaulas, pero los pájaros, como de costumbre, se quedaron dentro. «Qué tontos sois. Os doy la libertad y no la queréis», les dijo. Una algarabía de cantos y el loco revoloteo sin salida le dieron la bienvenida. En un acto instintivo, miró el reloj del salón buscando comprobar la hora, pero se encontró con su reloj destiempado, un círculo de números sin hora alguna.

Quería saborear cada palabra, beberse sorbo a sorbo la extraña sensación que le producía adivinar aquellos párrafos anónimos; irlos hilvanando uno a uno hasta convertirlos en una historia continua; buscar en su interior lo que L. trataba de decirle. Bebió el primer trago, leyendo lo enmarcado entre comillas. Aquella voz literaria tan particular sólo podía pertenecer al autor del que no tenía ni la más mínima pista, pero que le fascinaba.

De pronto, el texto se cortaba con una cita de Porchia que ella adoraba:

Quien no llena su mundo de fantasmas se queda solo.[7]

Era verdad. Los hombres que la visitaban eran sólo eso, meros fantasmas que cubrían sus agujeros. Oyendo sus dolores espantaba los propios. Aparecían, hablaban, acariciaban y se iban, dejándole el salón repleto de historias, ecos de frustraciones y sueños ajenos. Sí, *La Donna di Lacrima* era más lista que ella: no sufría.

Se puso la máscara.

42

Diez minutos más tarde, acompañado por las campanadas del ángelus, el banquero atravesaba el dintel de la puerta cubriendo su lacónico rostro con una peculiar máscara de pierrot. Era la primera vez que la visitaba, y aquel silencio imponente lo incomodó.

Por más que le hubiesen hablado del excéntrico lugar, estar allí respirando aquel aire oscuro y húmedo, entre un verde exudando misterio y pájaros revoloteando mudos a la espera de que apareciera la desconocida, le produjo una extraña sensación. Oía los latidos de su sangre zumbando en sus sienes. Un pitido monocorde que subía, subía y subía hasta ensordecerlo.

Cuarenta años; cuarenta años despilfarrando elocuencia y buenas maneras, y frente a esta situación de repente se sentía... ¿indefenso? Ni siquiera cuando se vio envuelto en aquel tenebroso caso de fraude que le llevó a la cárcel y que hasta ahora había logrado mantener en absoluto secreto sintió tal desasosiego.

Jamás había escondido su cara tras ninguna máscara, o eso había creído antes de hablar con la mujer sin voz. Después se daría cuenta de lo contrario.

Toda su vida había ido disimulando su verdadera identidad tras los trajes y camisas confeccionados a medida y en exclusiva por el sastre más renombrado de Firenze. Aquel impecable uniforme reforzaba su apariencia de brillante banquero y se acoplaba a la perfección con su pelo engominado, sus gemelos, su sonrisa de diseño, su mano firme, su puro y su whisky. Hasta los más recelosos caían como moscas en las fauces del inteligente y audaz Decimo Testasecca.

La vio surgir de la nada, irradiando un magnetismo y una fuerza sobrenatural; arrastraba con parsimonia su capa de seda mientras los pájaros cantaban para ella una extraña melodía. La lágrima azul iluminaba la mitad visible de su rostro sombrío. Al verla, sus manos se empaparon de sudor. Frente a su aparición se sintió desnudo.

Con un ademán, *La Donna di Lacrima* lo invitó a sentarse.

Esperó a que le dijese algo pero, tal como le había indicado en la carta recibida, ella se limitó a observarlo a través de su máscara. Tuvo que ser él quien diera inicio al monólogo.

—Hola... —se aclaró la voz—. No sé de qué manera saludarla. Quienes vienen, ¿la saludan? ¿Suelen decirle algo especial? ¿O simplemente se sientan a observarla? ¿Cómo le gusta que la traten? Porque yo soy especialista en el trato personalizado.

La Donna di Lacrima no se inmutó.

—¡Ah! Ya veo, le complace intimidarme. Le seduce desarmar a los hombres, ¿no es así? ¿Es eso lo que suelen decirle quienes se sientan delante?

La mujer abrió la boca y por un momento pareció que musitaría algo, pero sus labios volvieron a cerrarse.

—Si le soy sincero, no sé qué diablos hago delante de

usted hablando sandeces cuando debería estar convencien-
do a la gente de que inviertan su dinero en algo seguro. En
realidad, no tenía necesidad alguna de venir. Estoy aquí
porque quería comprobar qué es lo que hace que hablen
tanto de usted. La popularidad siempre ha sido mi curiosidad, ¿sabe? Quien es popular avanza. La gente busca ser famosa por algo; ser reconocida por algún tipo de acción,
buena o mala, ya me entiende, el fin siempre justifica los
medios, pero usted señora que obviamente no da absolutamente nada, porque el silencio no deja de ser un espacio
muerto, ¿cómo ha logrado ser tan especial para muchos?
Perdóneme tanta franqueza, pero le repito que sólo me
mueve la curiosidad.

Por un momento el banquero se quedó en silencio,
como esperando alguna reacción, pero *La Donna di Lacrima* ni siquiera parpadeó. Las palabras de él resbalaron despacio sobre su piel desnuda.

—¿No dice nada? Me lo temía, por eso vine preparado.
Le tengo un discurso que a lo mejor le agradará. No se
cambia nunca de vida, señora mía. Estamos programados a
vivir hora a hora nuestra agenda, sin saltarnos ni una cita
ni un día. ¿Cree que es usted quien ha manipulado nuestro
encuentro? —Decimo Testasecca hizo un chasquido con su
lengua—. No sea ingenua. Siento decirle que el que este-
mos aquí no es porque usted lo decidió. ¿La desilusiono?
Pues lo siento. Sospecho que nos manipula. Sí, no he conocido a nadie que tras una acción altruista no busque su
satisfacción personal. Tal vez quiera parecer buena, rara,
extravagante ante los demás, pero a mí no me engaña. Seguro que tiene pensado beneficiarse de todo esto. Mire, le
propongo un negocio: si usted me cuenta quiénes vienen
aquí y lo que le dicen, yo le regalo unas acciones que pueden darle hasta el treinta por ciento de beneficio a corto

plazo. ¿Mi proposición no la tienta? No importa; tengo otros productos que se adaptan a su momento o necesidad.

La Donna di Lacrima bostezó.

—¿La aburro? No puedo permitirme el lujo de aburrirla. Está con Decimo Testasecca.

La mujer le dio la espalda y en aquel gesto él interpretó que su tiempo de hablar terminaba.

Durante veinte segundos permaneció callado sin saber cómo actuar; de dominador pasaba a dominado. De repente, su mundo se vino abajo. De nada le valía haber cultivado un nombre en el mundo de las finanzas, tener una lujosa casa en Firenze y dos fuera para los fines de semana, una en Portofino y otra en el valle de Aosta, como mandaban los cánones sociales; una familia modelo, mujer y cuatro hijos, por si las malas lenguas hablaban de impotencia o eventualmente de sus malas costumbres religiosas; varios coches de lujo, un Ferrari, un Bentley y un Aston Martin de coleccionista. En el fondo más hondo de su ser se sentía vacío, una calabaza hueca.

Finalmente, al darse cuenta de que no tenía nada que perder y a lo mejor mucho que ganar, reanudó la conversación, ésta vez modificando el discurso.

—Permítame decirle una última cosa...

Al oírlo, *La Donna di Lacrima* se giró.

—Mientras la observo, tengo la impresión de ser mirado a través de usted por mí mismo... ¿Es así?

Un silencio elocuente le contestó.

—Siento haberle hecho perder su tiempo. En realidad —el banquero bajó la mirada—, no tengo por qué engañarla; soy un charlatán que no para de decir sandeces y embaucar a cuantos se me acercan. Me siento solo. Sí, solo, aunque me rodeen los hombres más influyentes y las fortunas más pomposas. Pocas personas superan la prueba más grande que se le impone al ser humano: la soledad de la existencia. No conozco ningún tipo de medicamento para ello. Nos amparamos en los demás para paliarla, en falsas alegrías y festejos para acallarla, porque no hay peor ruido que un gran silencio... —Tras una larga pausa, continuó—. Señora, he venido aquí porque necesitaba conocerla. Ahora, después de verla y sentir su silencio, ese magnetismo que adivino comprensivo, me muero por..., no se ofenda si le digo que la naturaleza del hombre es diferente a la de la mujer; ustedes son felices con un verso, una rosa y alguna palabra que lleve ternura, pero nosotros... Señora mía: necesito tocarla; saber que no es un cuadro, que su piel está caliente. ¡Hace tantos años que no acaricio a ninguna mujer a pesar de convivir con la mía!... No sé hacerlo, no me nace, ¿comprende? Puedo llegar a ser incluso muy desagradable y no es que quiera serlo; digamos que no me enseñaron a ser diferente. Aunque, no sé por qué, presiento que con usted hasta podría ser tierno. ¿Me deja intentarlo?

El banquero abrió su maletín y extrajo varios fajos de billetes de quinientos, doscientos, cien y cincuenta euros.

—¿La han acariciado alguna vez con el único dios verdadero? Están recién salidos de la máquina. Todavía huelen a tinta fresca. —Acercó un fajo de 500 a la nariz de la mujer y lo abanicó—. Nadie los ha tocado. Cuando el dinero es manoseado se convierte en algo sucio, y para mí la limpieza es muy importante. ¿Me permite?

Decimo Testasecca quitó la banda que los unía, tomó un billete, lo enrolló hasta convertirlo en un lápiz de punta fina y sin decir ni una sola palabra lo acercó hasta los pies desnudos que descansaban sobre el diván de terciopelo rojo. Antes de acariciarla, buscó sus ojos entre la máscara y los encontró cerrados. Entonces murmuró para sí: «Duerma, señora mía. Deje por un momento que sus pies sean míos.»

43

Cuando *La Donna di Lacrima* sintió la punta del billete entre sus dedos, imaginó que se transformaba por obra y gracia de su deseo en una vestal a la que le hacían una ofrenda. Que aquel desconocido, inmerso en una nube perfumada de vacío y estupidez, a pesar de su presuntuosa apariencia y del almidonado pañuelo que asomaba de su bolsillo, era capaz de ser un sencillo mortal simplemente porque sentía. (Los sentidos igualaban a todo el mundo. No existía una clasificación especial ni para el pobre, ni para el rico; ni para el triste o el alegre; ni para el sucio o el limpio; ni para el joven o el viejo. Los sentidos, cuando alcanzaban sus máximos, simplemente eran.) Ese hombre anónimo, no importaba su origen, estado civil, clase social, religión u ocupación, mientras la acariciaba también había puesto en marcha un íntimo mecanismo de supervivencia. Dándole cuerda a ese impulso, se regalaba a sí mismo el placer de dar placer. Mantener la esperanza de ser valioso e importar para alguien.

Él, como otros, como ella misma, se agarraba a esta caricatura del amor para sentirse vivo.

Los billetes caían sobre su piel en un baño de colores y cifras. Morados, verdes, amarillos, naranjas y azules, todos con sus estrellas y sus mapas europeos, la cubrían de placer. Eran los mismos trozos de papel que por las leyes mercantiles y el desenfrenado deseo de poseerlos habían desencadenado intrigas, ruinas, separaciones, divorcios, odios, pero que en su cuerpo se convertían en delicadas libélulas; meros instrumentos de goce.

Se dejo ir en un *lascia andare* en el que no importaba quién era el generador del placer ni cómo se lo provocaba. Aunque había soñado con momentos más sublimes, al final estaba su cuerpo, y éste, a pesar de su escondido romanticismo, reaccionaba a las caricias de aquel ser tan ajeno a su mundo interior.

Detrás de aquel personaje frívolo estaba ella, perdida y sin caminos; el horror de la solitud de su piel que de verdad nadie tocaba, que se negaba a amar, que se moría de pena y frustración.

Su soledad era su marca, una dolencia grave y sin ningún tipo de cura que se le manifestó desde su nacimiento y fue creciendo hasta adueñarse de ella.

Aprendió a convivir a su lado y hasta a hacerla su amiga. Podía llevarla a un estadio superior o inferior, dependiendo del prisma con que la observara. La convertía en víctima y verdugo. Le daba y le quitaba. La sometía y sodomizaba, pero también la hacía dueña y señora de un mundo etéreo y ficticio que le regalaba lo que nadie más le daba: un universo infinito.

En el instante mismo en que decidió crear ese personaje novelesco y asumirlo durante algunas horas como una realidad, su mundo cambió. Representando el papel de *La Donna di Lacrima* tenía la posibilidad de entrar en el alma de esos hombres cautivos y observar, desde el diván rojo, sus dolores y frustraciones. En aquel ático su identidad se esfumaba al igual que el incienso que quemaba. No era y era, y de eso se trataba ahora su vida; de ser y no ser hasta que la muerte le llegara.

—Señora mía, por favor, dese la vuelta. Quiero acariciar su espalda.

Voz de nadie, voz de un sueño, voz de ángel o demonio, alguien le ordenaba girarse.

Se giró.

44

Esa mañana, un viento helado soplaba sobre el Arno. Una humedad pegachenta, con olor a podrido, se levantaba de sus aguas y se adhería a los caminantes que se movían lerdos, engarrotados por el frío. Las ventanas de las casas que se alzaban en sus orillas se abrían y cerraban, en un azote rabioso que creaba una desquiciada y ronca sinfonía.

Ella abandonó el vestíbulo del Lungarno Suites abrigada hasta los dientes, arrastrando aún la última pesadilla de la madrugada. Fue bordeando el río hasta llegar al Ponte Santa Trinità. Al cruzarlo, le pareció ver en la esquina de la piazza Frescobaldi al vagabundo de las noches, convertido en un desordenado amasijo de trapos. Se detuvo delante y comprobó con tristeza que efectivamente era él; su marchito rostro estaba amoratado por el frío y, sin embargo, esbozaba una sonrisa.

—Hola... Soy yo, la sin nombre. ¿Me recuerda?

Él no le contestó.

—Esta vez, quiera o no quiera, va a venir conmigo y nos tomaremos un buen desayuno.

Ella le tendió la mano.

—Venga, agárrese a mí; aunque me vea así —meneó el bastón—, todavía tengo fuerza.

El cantante miraba más allá de la vida; se había escapado por sus ojos, convertidos en puertas, en un largo pasillo que le conducía a un universo lejanísimo.

—Sé que me oye.

A pesar de que el cantante ni siquiera parpadeaba, continuó hablándole.

—Hoy es de los días en que pagaríamos todos por ir al infierno, ¿no le parece? El diablo haría un negocio redondo. Estoy segura de que es el único sitio en que se está calentito.

De pronto, los labios del hombre se movieron y su voz de bronce le llegó templada y limpia.

—El frío es sólo un concepto, una idea abstracta. Todo es relativo. En todos estos años he aprendido que el pensamiento es el que rige nuestras sensaciones. Si permitimos que se instale en nuestra mente la palabra «frío», no le quepa duda de que, entonces, tendremos frío.

—Pero usted está tiritando, y no precisamente de calor.

—Se equivoca. No soy yo quien tirita, es mi cuerpo. Mi mente en este instante presencia una espléndida hoguera. —El vagabundo cerró los ojos—. Sí, puedo oír cómo crujen los leños, aspirar su perfume a pino seco, ver cómo saltan las chispas convertidas en minúsculas virutas. *Per favore, signora*, sea buena y no me interrumpa. El espectáculo es magnífico. Las llamaradas bailan ociosas la danza del fuego. Estoy presenciando la mejor ópera, la invito. ¿Qué prefiere, butaca en primera fila o palco? Cierre los ojos y contemple conmigo la escena. ¡Cuánta belleza ardiendo!

Ella cerró los ojos y la voz del tenor la fue llevando hasta la hoguera.

—Me gusta —le dijo—. Sin embargo, sigo teniendo ganas de tomarme un café. ¿Me acompaña? Seguro que podemos encontrar un lugar muy...

—¿Caliente? —el hombre abrió un ojo.

—No, se equivoca. Iba a decir muy frío. Un bar que, estoy segura, su voz calentará.

El vagabundo se levantó, dobló la manta y la guardó. Su pecho estaba cubierto por una delgada camiseta en la que se marcaba su escuálido cuerpo.

Caminaron algunas calles hasta alcanzar la piazza di Santo Spirito. Frente a la iglesia encontraron una pequeña cafetería con algunos comensales que tomaban el desayuno. El vagabundo abrió la puerta y una nube repleta de humo y olor a café recién molido los recibió. Al verlos, el dueño salió a su encuentro con cara de malos amigos.

—No, no, no —le espetó al cantante, señalando el acceso—. ¿No lo ha leído?

Bajo un adhesivo que prohibía la entrada de perros, había un cartel que destacaba en líneas rojas: «No se aceptan mendigos.»

—Aquí sólo entran PERSONAS, no sé si me entiende.

—Vámonos —le dijo Ella al tenor casi gritando, mientras observaba al dueño directamente a los ojos—. Está claro que esta... POCILGA... no es digna de caballeros.

El vagabundo sonrió.

—No vale la pena que se excite —le dijo, manteniendo la sonrisa—. Este hombre es mucho más pobre que yo. Mi miseria es fácil de limpiar; se quita con un buen baño y un traje limpio. La de él no sale ni con todo el jabón del mundo. Lavar la mezquindad del alma puede llevar toda una vida, *signora*, y hay tanta esparcida en este planeta que por eso la tierra apesta. La maldad y la falta de compasión es una epidemia para la cual aún no se ha inventado vacuna. Además, ¿quién quiere beber un café preparado por un hombre que vomita bilis?

45

Llegó a la academia un poco antes de la hora, con el frío calado en los huesos y sin haber encontrado dónde tomarse el café con el cantante; antes de pasar al salón que comunicaba con todas las dependencias, se detuvo delante de la máquina expendedora de bebidas; un alumno nipón retiraba su pedido. Una vez quedó libre, introdujo en la ranura dos monedas y seleccionó en la placa de opciones el botón que marcaba el capuchino.

Lo probó y lo encontró horrible; a pesar de ello, se lo bebió de golpe hasta sentir que el líquido bajaba y quemaba su esófago. Aun así, el frío continuaba. Al llegar al segundo piso, encontró la puerta de la clase entreabierta, pero estaba desierta: era la primera en llegar. Encendió las luces y sin quitarse el abrigo se fue directa al laboratorio, ansiosa por recuperar la página que tras el nefasto lavado había logrado salvar. Al abrir el armario donde reposaban las piezas para su secado, se quedó estupefacta: la página que ella atribuía al diario... ¡había desaparecido!

En su lugar se encontró las guardas de un libro, con el grabado en bajo relieve de una antigua escena de caza.

Estaba segura de haberla dejado en la rejilla donde solía colocar las páginas lavadas.

Revisó una a una las bandejas de los otros alumnos,

convencida de haberse equivocado, pero no la encontró. Desesperada salió al pasillo, buscando al profesor Brogi.

—No está —le dijo a bocajarro, sólo verlo.

El catedrático interrumpió una conversación que mantenía con un estudiante y se le acercó.

—Perdón, no sé de qué me habla.

—La página que dejé secando, ¿recuerda?

Él hizo un gesto de extrañeza.

—La de la escritura especular —apuntó.

—¡Claro que la recuerdo! Usted casi la... —cortó la frase—. No es posible que no la encuentre. ¿Ha buscado bien?

—En todas las gavetas.

—Aquí nadie coge nada. ¿Está segura de no haberla retirado antes?

—Absolutamente.

—En estas dependencias sólo entra personal autorizado. Ni siquiera los alumnos tienen acceso, a no ser que lo hagan con el tutor. Son normas del Palazzo Spinelli. ¿Quién querría quedársela?

—Para mí era importante.

—Lo sé —el profesor la miró apenado—, y no sabe cuánto lo lamento. Quizá otro grupo hiciera uso del lugar y utilizaran las bandejas. Aun así, me extraña mucho que fueran capaces de tirar algún material. No olvide que en esta escuela lo deteriorado tiene un valor incalculable. De todas maneras, no me cabe duda de que a lo largo del curso encontrará muchos documentos interesantes. Cada libro a restaurar es una caja de sorpresas. Estoy seguro de que se topará con otro que llame su atención.

Ella insistió:

—Para mí, éste, precisamente éste, era muy importante.

El profesor Brogi quiso tranquilizarla.

—No se preocupe, Ella. Trataré de averiguar si han autorizado el acceso a otros alumnos. Tal vez alguien lo encontró y esté en secretaría. Cuando sucede algo así, lo habitual es que dejen alguna nota aclaratoria en la recepción.

46

En la oscuridad de la sala, Sabatini analizaba la página que había tomado a escondidas del laboratorio.

En el proceso de lavado, las frases se habían diluido.

Sin embargo, los restos que quedaban, a pesar de ser mínimos, seguían llamando poderosamente su atención.

La colocó bajo la lámpara ultravioleta y como por arte de magia las palabras desaparecidas emergieron nítidas. El hierro de la tinta, que permanecía incrustado, reaccionaba a la luz.

La combinación del papel del Quattrocento y la acidez de la tinta de aquel período habían hecho el milagro.

Acercó la lupa y observó detenidamente el trazo de la letra. La suave curvatura de las vocales parecía emitir una amorosa melodía que se levantaba con una voz implorante. La escribiente, pues sin lugar a dudas se trataba de una mujer, había copiado una carta de amor.

Era un grito desesperado de alguien que se consumía en una pasión prohibida.

Mujer amada...
Estoy perdido en la hoguera del infierno. Me quemo sin reme-
dio en el infinito fuego de esta arrebatadora locura. El pueblo pide
y yo no sé darle nada.

Niña mía, mujer de mis entrañas, ¿sin corazón se puede dar algo?

Hablé con tu padre, pero no entiende nada. ¿Cómo va a entender que un viejo como yo quiera robarle la niña de sus ojos?

Tu presencia, ¡oh, Dios!, tu presencia, aquel cuerpo purísimo temblando entre mis piernas..., tus cabellos de trigo desfallecidos en mi vientre. Ahhh... tu rostro escondido, husmeando, buscando su presa. Tu fresco aliento sobre mí, y esa sonrisa de triunfo al alcanzarla. Por fin tus labios atrapando mi sexo. Tu bendita saliva humedeciendo mi ansia hasta calmar mi sed. Despacio, un roce que se alarga y me eleva. Tus dientes lastimando, mordiendo...

Nadie, nunca nadie me había amado así. Con esa suavidad tan dolorosa.

No sé vivir sin ti..., ¡y no puedo tenerte! Yo, el todopoderoso, postrado ante tu imagen venerada. Humillado a tus pies, mi diosa libertina y virgen. Ohh..., ¡aún virgen!

A menos que escapemos de la vida, a menos que huyamos del mundo para encerrarnos y arrancarnos las entrañas hasta morir de amor, el único futuro que nos queda es el presente.

47

Ring...

Riiing...

Riiiiiiing...

Riiiiiiiiiiiiiiiiiiiiiing...

Riiiiiiiiiiiiiiiiiiiiiiiiiiiiiiiiiiiiiiiiiiiiiiiiiiiiiiiiing...

—Tenemos el cuerpo de su marido.
—¡No! No es posible.
—Lo siento, no nos cabe la menor duda de que es él.
Silencio.
—Estaba... incompleto.
—¿Qué quiere decir?
—Que una parte no apareció.
Silencio.
—Señora...
Silencio.
—¿Se encuentra bien?
Silencio.

—Ha permanecido congelado todo este tiempo y está en perfecto estado.

Silencio.

—¿Me oye?

—¿Qué... qué parte del cuerpo es la que falta?

—El corazón. Hay un gran boquete en su pecho.

—Yo...

—Sí, dígame...

—Yo tuve su corazón en mis manos.

—Lo siento muchísimo.

—Y aún palpitaba...

—Señora, créame que lamento su dolor, pero es necesario cerrar el caso. La esperamos en la funeraria Santa Croce. ¿La conoce?

—...Sí.

Negro, negro, negro.

Entre la densa y macilenta bruma, sus pies se arrastran cansados. El bastón cae y la empuñadura de cristal se rompe. Las astillas se le clavan en las piernas pero ella no sangra. La arena del reloj se esparce sobre el suelo; miles de granos convertidos en partículas de luz que la guían. Un surco en el suelo se convierte en grieta y la va chupando hasta engullirla. Miedo, mucho miedo; en la garganta, en los ojos, en sus manos. Un susurro que nadie oye la va llamando.

La reja que se abre; herrumbre pestilente. La estatua de un ángel justiciero con una espada en alto y un hombre encogido a sus pies cubriendo su rostro atemorizado. Su corazón palpitando de miedo en esa oscuridad que huele a muerte, y también a él. Su inconfundible perfume abrazándola. Marco...

Bajar, tiene que bajar. Una luz de neón como una estrella de Oriente marca la ruta.

Las escaleras lamentándose, cada una un quejido. La voz de la madera vieja menciona su nombre: Marco, Marco, Marco...

Las paredes de aquel lugar están cansadas de ver muertos, se desconchan y caen. La luz la ciega.

Caminar sin desfallecer, quedan diez pasos. ¡Qué corta es la distancia que separa a los vivos de los muertos!

La mesa blanca, inmaculada, un altar entregando la ofrenda a un dios cansado de engullir mortales. Su cuerpo desnudo, esfinge imperturbable, esperando. ¿Esperándola?

Delante de ella, un rostro imperturbable, digno y sereno, que parece esconder un último secreto. Párpados cerrados guardan aquellos ojos que tantas veces la miraron. La boca, su boca azul. Ganas de besarla, de acercarse... el frío. ¡Cuánto frío! Y en medio de su pecho, el agujero espera.

Una pelota rueda y se detiene a sus pies. No es una pelota, es un corazón; el corazón de Marco. Recogerlo y ponerlo en su pecho, darle la vida. Pero no puede, sus manos no responden a la orden. Y el corazón late en el suelo, vivo, vivo... No poder recogerlo, angustia.

Una vocecita la llama: «Mamá...» Sus risas penden en el aire, un delgadísimo hilo que se rompe. Todo está oscuro, menos esa figura frágil y etérea que corre hacia ella con los brazos abiertos. Una figura que no avanza, que se aleja hasta hacerse pequeña, ínfima.

Avanzar... ir a su encuentro. ¡Cómo pesa la vida! Sus pies son piedras; el suelo, tierra que se mueve, partículas de arena cayendo... un agujero. Una tumba abierta que la espera.

Caer, caer..., y en la caída convertirse en polvo...

La voz de un ser supremo sentenciando: «Polvo eres y en polvo te convertirás»... la señal de la cruz en su frente. Todo se desintegra.

¡NOOOOOO!

¡¡¡Chiara!!!

¡¡¡Marco!!!

El sonido de las campanas la despertó. Su camisón escurría sudor y angustia. Empezaba otro día. Buscó en la almohada el perfume de Marco y de Chiara, pero en su lugar encontró el olor de la muerte. ¿De qué manera se habría colado en su habitación aquel hedor? Miró a su alrededor: apoyado en la esquina reposaba su bastón, con la empuñadura de cristal intacta. Todo continuaba en su lugar; todo menos su alma.

48

Estaba demasiado triste para nada. Se sentía desconsolada
y huérfana. Cada vez que tenía una pesadilla como aquélla,
se convertía en un ser invisible al mundo. Su dolor volvía y
todo el esfuerzo por avanzar se venía abajo.

Entendía a la perfección aquellos rituales indios en los
que las viudas se lanzaban a arder en las piras con sus
muertos. Se sirvió un vodka en ayunas y el alcohol le llegó
directo al cerebro.

¿Cuál había sido la última frase de Marco antes del accidente? Sí, la recordaba. Se la dijo al oído cuando entraron
a la iglesia antes del concierto. Le había propuesto un viaje a las Maldivas, los dos, solos; la luna de miel que nunca
hicieron, y ella le dijo que sí, a pesar de que no le gustaba
dejar a Chiara.

¿Por qué nadie te preparaba para el último instante?
¿Lo habría intuido él? Quizá. Tal vez ese insistente afán de
perfección sólo fuera el preludio de la despedida.

Las últimas semanas habían discutido por tonterías.
Que si ella no se ocupaba de lo que debía, que si él no estaba atento a lo que le pedía. ¿Quién estaba al tanto de la
educación de Chiara? Que si la casa, que si el control del
gasto, que si lo uno, que si lo otro. Que por qué escribía lo
que escribía. ¿Por qué la controlaba? Ahora lo entendía;

hablaban de libertad. ¡Qué palabra más bella! LIBERTAD. Él la absorbía y ella necesitaba aire. ¿Aire? ¿Qué cosa era eso? Partículas cuya composición era lo de menos. Ésa era su palabra estrella. Aire; algo que ahora le sobraba y no podía compartir con nadie. ¡Qué estúpido era el ser humano! La mitad de la vida la gastaba luchando por algo que tenía; la libertad era inherente al ser humano, un derecho con el que se nacía. Era la propia persona quien renunciaba a conservarla, ofreciéndola a otra en aras del amor. Regalar la propia libertad era el error más grande que se podía cometer. Tantas palabras gastadas por no haber dejado claro desde el comienzo lo que cada uno necesitaba. Habían desperdiciado demasiadas horas tratando de venderse su verdad. Ahora que estaba sola lo entendía. Todas las verdades eran válidas si quien creía en ellas sabía expresarlas.

Tantas horas perdidas tratando de explicarse y entenderse. Tratando de convencerse y venderse. Tantos días con los cuerpos girados, mientras las ganas se dormían sin verse satisfechas. Tanto orgullo estúpido y ofensas sin sentido. La última vez que discutieron acabaron riendo de tanta sandez dicha. ¿Y qué esperaba ella? Sencillamente dos palabras, dos palabras que no pronunció; nunca le dijo que la quería. Y ella, la suplicante, nunca lo pidió, aunque se lo hizo saber de mil maneras. Ahora que no estaba, ¿se habría dado cuenta de la estupidez cometida?

Volvió a acariciar la idea de acabar con su existencia. Total, nadie la iba a echar de menos.

Matarse. Pronunció la palabra para sus adentros y le sonó bien.

Matarse, siete letras que también significaban diluirse, esfumarse, desvanecerse, evaporarse para sentirse un día más aérea, más perdida entre el viento y las hojas; más fantasmagórica... un átomo del universo; el polvo de una estrella.

Matarse, pero... ¿de qué manera? ¿Sobredosis de barbitúricos?... No; podía quedar en coma. ¿Circular con el coche a gran velocidad y estrellarlo en alguna curva?... Otra vez corría el riesgo de continuar con vida. ¿Cortarse las venas en la bañera?... ¿Y si la descubrían mientras se desangraba y la llevaban de urgencia a la clínica? ¿Lanzarse por la ventana y caer?... ¿Y si en la caída quedaba tetrapléjica? ¿Conseguir un revólver?... Pero ¿cómo? ¿Permitían la venta de armas? ¿Y si lo buscaba en el mercado negro? O mejor aún, ¿si lo hiciera con un arma antigua?

49

El revólver... tenía que conseguirlo como fuera. Tenerlo escondido en algún lugar, listo para cuando llegara el día en que no aguantara más. El día o la noche en que se estabilizara ese ir y venir buscando nadas.

Aunque ahora no tuviera fuerzas para desaparecer, en el momento en que se instalara en su existencia la indiferencia total estaría preparada. La muerte perfecta era indiferencia, ausencia de cualquier interés; por eso había tanto muerto vivo. Y ella prefería la muerte sin vida a deambular como tantos sin rumbo y revolcarse en la nada diaria. Moriría cuando la espera se muriera de desesperanza.

Ahora todavía pensaba que en algún lugar una niña la necesitaba. ¿Era responsabilidad o cobardía? No podría definirlo, la cobardía podía ser tan sibilina que era capaz de adoptar cualquier forma con tal de no ser descubierta.

Había pasado el día encerrada en la habitación y, a pesar de estar resguardada bajo techo y protegida por cuatro paredes, se sentía a la intemperie.

Trató de escribir cualquier cosa, de inventar algún cuento estúpido para espantar los ecos de la pesadilla vivida y aquel silencio que le gritaba la palabra NADIE, pero las palabras esquivaron sus dedos. Quiso leer, pero le era imposible concentrarse; las letras bailaban desordenadas en el papel. Finalmente, cansada de tratar de matar el tiempo, buscó en Internet posibles tiendas donde conseguir lo que se había propuesto y encontró un par de sitios especializados en venta de armas antiguas. Apuntó en un papel las direcciones y se metió en la ducha, tratando de lavar y desprender la pesadilla que todavía llevaba pegada a su cuerpo.

Se puso un tejano, el jersey más grueso que encontró y esperó a que dieran las cuatro para salir.

Cruzó la recepción, arrastrando el abrigo sin mirar a nadie, y oyó la voz de Fabrizio que le daba las buenas tardes y hacía algún comentario sobre la temperatura de los últimos días.

Fuera, las ráfagas de viento continuaban levantándolo todo. Las tiendas del Ponte Vecchio se estremecían solitarias.

¿Qué pasaba con el tiempo? ¿Y con la gente? ¿Hasta cuándo tanto frío glacial en pleno marzo?

Se perdió en la ciudad procurando mantenerse en tierra a pesar de que el viento trataba de llevársela. Cruzó la piazza de la Signoria, la Badia Fiorentina, y caminó por la via de Dante Alighieri hasta alcanzar la via Pandolfini. Una vez allí, buscó el número que aparecía en Internet. Se encontró con una tienda decrépita que exhibía en las paredes escudos y armas medievales cargadas de polvo. Al entrar, un hombre diminuto, de bigote almidonado y ademanes marciales, vestido con un antiguo uniforme militar, salió a recibirla.

—¿Puedo ayudarla?

—Quizá.

—¿Busca algo en especial?

—Un arma.

—Pues ha venido al lugar apropiado. ¿De qué artefacto estamos hablando? Tengo espadas, sables, fusiles, rifles, carabinas, machetes, dagas, navajas. Mire qué *piccolo coltello*, puñal del Quattrocento...

—Un revólver.

—¿De alguna marca y año concreto?

Ella alzó sus hombros.

—Entonces permítame asesorarla; pocas veces una dama como usted se ha interesado en mis tesoros. Lo que aquí ve son auténticas joyas. Todas, absolutamente todas las armas, han sido usadas y llevan en su historial más muertes que la epidemia de tifus.

Mientras hablaba, los ojos le brillaban.

—Mire qué rifle revólver, sistema Lefaucheaux 1858, calibre 12 milímetros, o este Winchester 1892, calibre 44-40, o este revólver Colt Mauser, calibre 22.

—¿Funcionan?

—Desde luego. Todo lo que yo vendo está en perfecto estado. Un arma que no funciona no es un arma.

El encargado continuó enseñándole los diferentes modelos; abrió una vitrina y extrajo un estuche en el que se exhibía una pistola.

—Ésta es una preciosidad; una Beretta 92. Observe qué cachas de nogal, talladas a mano. No encontrará ninguna como ésta en todo el mundo. Una auténtica joya. —El hombre se la ofreció—. Cójala sin miedo.

Se la entregó y Ella sintió el frío del metal y su peso. Era la primera vez que tenía un arma en sus manos y le pareció que, a pesar de matar, aquel instrumento ejercía sobre ella una extraña fascinación. Era absolutamente hermosa.

—¿Ha disparado alguna vez? —le preguntó el hombre, haciendo una mueca malvada—. Es una sensación indescriptible. La antesala del disparo, los ojos fijos en el objetivo, el dedo en el gatillo y la...

Ella lo interrumpió:

—¿Me enseña cómo va?

—Todo en la vida es familiarizarse. Hay que amar el instrumento antes de usarlo. Sentirlo, acariciarlo, manosearlo hasta perderle el respeto. ¿La quiere para... regalársela a alguien? ¿Un coleccionista, tal vez?

—La quiero para matarme.

—Qué gracioso. Evidentemente, no lo dirá en serio, ¿verdad?

—Claro que no. Sencillamente me atrae.

—La entiendo.

El hombre le explicó sin prisa el funcionamiento, su mantenimiento, su alcance y cómo colocar las balas para mantener el arma siempre a punto. Tras una larga discusión sobre el precio, llegaron a un acuerdo.

—Nunca se arrepentirá —le dijo al entregársela—. Me duele desprenderme de ella, ¡si usted supiera lo que me costó conseguirla! Si un día quiere venderla, vuelva. Aquí tiene un comprador.

Salió a la calle con una extraña sensación de poderío. Tenía el revólver; podía hacerlo cuando quisiera. Se trataba de encontrar el momento justo en que nada la atara al mundo, en que supiera de verdad lo que había pasado con los cuerpos de Marco y Chiara. El día en que, finalmente, le dieran la noticia de que estaban muertos.

Ahora entendía que, durante años, ellos y la escritura habían sido su antídoto de la muerte. Cuidándolos, se había librado de pensar. Escribiendo había mantenido a raya el maldito desasosiego de no entender la vida. Sin ellos, sin la escritura, volvía al inicio de su deambular absurdo. Todo lo que hacía la llevaba a la nada.

Mientras caminaba, fue ideando el modo en que lo haría. Era extraño. Por muchas cosas que hubiese escrito, la realidad en la cual se encontraba la llevaba a imaginar mucho más que cuando trabajaba la creación de un libro. Pensar en su propia muerte tenía un morbo especial, una especie de adicta fascinación. ¿De quién era la vida? Definitivamente, no era propia. Qué estupidez hablar en posesivo de ella: «Me has jodido MI vida»; «MI vida no vale nada»; «Tengo que hacer algo con MI vida». ¡Tanto adverbio de posesión para lo único que no se podía poseer!

La vida era algo prestado que iba mudando de ser; como un vestido que alguien te dejaba durante cierto tiempo y que sabes que, finalmente, acabará en otro cuerpo.

La muerte era otra cosa.

Con la pistola podía llamarla cuando quisiera; tenía conexión directa con ella. Aunque en ese momento no podía permitirse el lujo de morir —porque elegir el momento era un verdadero lujo—, sabía que podía hacerlo. Tenía la potestad. Antes de ir a buscarla, de concertar una solemne cita, necesitaba saber que no se debía a nadie; saber que su pequeña Chiara ya no existía. Era sólo una niña, una niña perdida, que la necesitaba.

¿Y si, finalmente, nada la ataba?

¿Cómo lo hacía? ¿Un disparo en la sien, como había visto en películas y leído en tantos libros?... ¿O en el corazón?... ¿O tal vez en la boca, directo al cerebro?

Se metió en el baño de una cafetería, tomó la pistola y

la acercó a sus labios. Un beso. Era como un beso; la lengua del amado entraba buscando la respuesta. Era sencillo y fácil; sólo dejarla deslizar entre sus dientes, saborearla despacio y, después, ¡pum!, el momento final, el beso más profundo, el alma que se toca con el alma, el instante frugal, el final en el que todo acababa.

Retiró la pistola de su boca. No podía enamorarse de la Beretta. Todavía no.

50

Lívido consultó el reloj de bolsillo que colgaba de su anacrónico chaleco y se dio cuenta de que durante toda la tarde no había hecho más que mirarlo. Iban a ser las siete: la hora de su ración de felicidad.

Dos minutos más tarde sonaba el timbre de la librería.

Antes de bajar, eligió de entre su colección de binóculos el más querido —uno con motivos florales japoneses que le había regalado su abuela— y la observó sin prisas. Le pareció verla más serena y hermosa que otros días. Llevaba anudada a su cuello una bufanda de color gris, que hacía juego con sus ojos tristes, y en la comisura de sus labios se dibujaba una sonrisa contenida. ¿Cómo debía de ser verla reír? ¿A qué sonarían sus carcajadas? ¿Por qué ese gesto? ¿Cabría la posibilidad de que su tienda produjera en ella algún tipo de alegría?

Estaba ansioso por ver su reacción.

No estaba seguro de saberse tan diferente a ella; al final, la ilusión no tenía sexo, a pesar de que la humanidad se hubiese encargado de dividir en dos grupos a los seres. Por un lado, los hombres, con su fuerza y pragmatismo, sus manías y su control, su severidad y su practicidad, y por el otro, las mujeres, con su ternura y comprensión, con su ca pacidad de entrega y sacrificio, con su sensibilidad y su bondad. Una clasificación equivocada.

El alma humana, por encima de todo, sentía; podía vibrar. Era capaz de reconocer en otra su propio sentimiento.

A pesar de haber oído la manida historia de la atracción de los opuestos, él se reconocía en aquella extraña como un igual. Intuía que estaba tan solo como la mujer que se paseaba por su librería: la misma pesadumbre al despuntar el día; la misma tristeza al empezar la noche. La impotente tristeza de no saber, o no poder llegar a otros a través de la palabra dicha. Aquella timidez enfermiza que lo hacía parecer un ser antipático y pedante. Dos almas iguales, cuando el mundo buscaba acercar los diferentes. Dos polos, positivos o negativos, eso era lo de menos, que por el azar del destino se rozaban.

Su silencio olía tanto como el de ella; un perfume desvaído que rozaba la invisibilidad, porque la soledad acababa por convertir a los seres en delgados gritos que nadie oía. Ella y él hablaban el idioma oscuro de las sombras, aquel que sólo quienes las habitan conocen.

Desde el momento en que la vio cruzar la puerta de la librería, en su vida algo empezó a cambiar. Se dio cuenta de que tenía apetencias. Su cuerpo volvió a coger forma de mortal. De ser un fantasma a quien nadie veía, y en los establecimientos y en las calles ignoraban, ahora empezaba a verse. Sus días eran mucho más llevaderos; su existencia más viva. Regresó el deseo de ser, y con él, el del estar. La sentía emparentada con sus sueños más íntimos.

Ahora que la veía, le parecía todo más fácil. Incluso lo más aburrido de su vida, como en un caleidoscopio, cogía formas alegres.

A sus cincuenta y nueve años, se sentía el más joven de los jóvenes.

Estaba allí, esperando por ella. Y ella, aunque él tardara, esperaba...

Bajó y abrió la puerta.

51

El librero la dejó entrar sin siquiera mirarla; al pasar por su lado, a Ella le pareció que el frío que desprendía aquel cuerpo enjuto, trajeado de azul marino, era menor. Quiso preguntarle algo pero, cuando iba a hacerlo, el hombre ya se había evaporado en la cetrina oscuridad del pasillo.

Se quedó a solas, respirando el amargo espesor de tantos incunables. Sí, definitivamente le gustaba estar allí. Aquella soledad era distinta. Estaba envuelta en un silencio sacro que sonaba a santuario. Repasó con su mirada las paredes. Las estanterías languidecían aburridas en la penumbra de la tarde. Brontosaurios dormidos emitían un ronquido apesadumbrado y viejo, un ronquido que sólo ella oía. Resguardados por el abandono, los libros aguantaban el polvo de los años, sin estornudar.

Vagó por entre las mesas, repasando con la mirada los volúmenes que se exhibían y las pilas de libros que se amontonaban en los rincones, tratando de descubrir algún tesoro desconocido, pero no encontró nada nuevo.

Como solía hacer cada vez que visitaba aquel lugar, dejó para el final la zona que consideraba como suya, donde se hallaban las primeras ediciones de sus libros preferidos. Allí gastaba horas enteras investigando, deleitándose con aquellas joyas imposibles de poseer. Era el único pasatiempo que le hacía olvidar sus penas.

Había encontrado ejemplares, dedicados de puño y letra, de autores como Flaubert, Balzac, Dickens, Wilde, Faulkner..., libros que, además de ser monumentos literarios, le regalaban la posibilidad de conocer la caligrafía del autor, algo que toda su vida le había obsesionado, pues los convertía en mortales, en seres más próximos a ella.

Tras permanecer un largo rato ojeando un ejemplar de *Veinte poemas de amor y una canción desesperada,* editado en gran formato como le gustaba a Neruda, y de seguir el trazo de su particular caligrafía en aquella tinta verde que solía usar, de repente percibió un fuerte aroma a hierba recién cortada; era una fresca exhalación que aparecía y desaparecía como si fuese una respiración. Miró a su alrededor buscando su origen, pero no supo identificarlo. Fue olfateando los libros, dejándose guiar por su nariz, y se dio cuenta de que a medida que se alejaba de la estantería, el olor crecía. Al llegar al pupitre se detuvo: en aquel pequeño mueble nacía y moría aquel perfume verde.

Sumergida en el tintero, como cada lunes, la aguardaba la orquídea blanca, que poco a poco se había ido tiñendo con el rojo que chupaba de la tinta. Lóculos, polinias y el rostelum habían tomado tonos iridiscentes. Los conductos de los pétalos absorbían el líquido, creando en su delicada superficie formas sinuosas, semejantes a letras entrelazadas. Se acercó y la aspiró profundo creyendo que el aroma se originaba en la flor, pero ésta sólo olía a la tinta.

Levantó la tapa del pupitre y, al hacerlo, aquel perfume

verde la abrazó. Provenía de *Hojas de hierba,* un ejemplar de la edición que Walt Whitman, en 1855, había tenido que publicar con su propio dinero para que viera la luz.

En alguna de sus visitas a la librería lo había estado ojeando, maravillada por el trascendentalismo y realismo que emanaba su autor. El libro estaba abierto en una página, y lo que leyó le pareció que estaba escrito para ella:

TO YOU

Whoever you are, I fear you are walking the walks of dreams, I fear these supposed realities are to melt from under your feet and hands,
Even now your features, joys, speech, house, manners, follies,... dissipate away from you,
Your true soul and body appear before me,
They stand forth out..., eating, drinking, suffering, dying.

Whoever you are, now I place my hand upon you, that you be my poem,
I whisper with my lips close to your ear,
I have loved many women..., but I love none better than you.

I have been dilatory and dumb,
I should have made my way straight to you long ago,
I should have blabbed nothing but you, I should have chanted nothing but you.

...
None has understood you, but I understand you,
...
None but has found imperfect, I only find no imperfection in you.

A TI

Quienquiera que seas, sospecho con temor que caminas por los senderos de los sueños,
temo que estas realidades ilusorias se desvanezcan bajo tus pies y entre tus manos,
desde ahora tus facciones, alegrías, lenguaje, casa, modales, locuras..., se separan de ti,
se me aparecen tu alma y tu cuerpo verdaderos,
se apartan de..., comer, beber, sufrimiento, muerte.

Quienquiera que seas, pongo sobre ti mis manos para que seas mi poema,
te murmuro al oído:
He amado a muchas mujeres... pero a nadie he amado tanto como a ti.

He sido tardo y mudo,
Debí haberme abierto camino hacia ti hace mucho tiempo,
No debí haber proclamado a nadie sino a ti, no debí haber cantado a nadie sino a ti.

...
Nadie te ha comprendido, pero yo te comprendo,
...
No hay nadie que no te haya encontrado imperfecta, sólo yo no encuentro en ti imperfecciones,[8]

Aquella página le llegó al corazón. Era una declaración de amor, la que hubiese querido que alguna vez le dijera Marco.

¿Por qué lo hacía?

¿Qué pretendía aquel hombre silencioso y arisco dejándole esos libros?

¿Y la orquídea?

¿Quién era en realidad ese ser helado y transparente?

Alzó la mirada y obedeciendo a un impulso lo llamó.

—¿Oiga? —dijo, levantando la voz—. ¿Me oye?

Se fue girando, buscando encontrar algún tipo de reacción, pero sólo le contestó el eco de su voz. Al darse cuenta de que el librero no respondería a sus llamados, le escribió una nota y se la dejó sobre el mueble.

52

Algo resplandecía en el interior de esa mujer.

Lívido seguía observándola, analizando sus expresiones.

A través de los binóculos se recreaba en su pecho, viendo cómo subía y bajaba mientras iba leyendo el pasaje marcado en el libro de Whitman.

Su jersey marrón aguantaba un corazón que cabalgaba, queriéndose salir. Sus pestañas tiritaban rítmicas, resiguiendo con el dedo, como si fuese una niña, cada palabra y renglón de aquella página.

Le gustaban sus manos, delgadas y dúctiles, porque semejaban un extraño instrumento alado del que brotaba música.

A veces olvidaba que los separaba una enorme distancia y acercaba sus dedos para tocarla.

Acariciaba su perfil, repasando despacio cada ángulo, cada curva de aquel rostro recién lavado y húmedo.

La lejanía le permitía lo que su timidez le impedía: besar su frente, sus ojos, su nariz, sus labios y su infinito cuello, hasta perderse en el nacimiento de su pelo.

La ilusión de tenerla en su tienda lo llenaba. Él, que había concluido que la felicidad estaba en no sentir ni desear, ahora no se reconocía. ¿Sería esto el amor?

Era como si lo hubiese envuelto en un hechizo. Ahora sabía que su sorpresa le había gustado, y no existía placer más grande que regalarle una alegría.

Ese poema lo había elegido entre muchos, tras haber hecho una ardua selección; todo el fin de semana leyendo sólo para ella; pensando en cómo agradarla. Hasta había abandonado sus caminatas por el bosque y hecho oídos sordos a sus amados caballos, que no paraban de relinchar y dar coces encerrados en sus cuadras, todo por este instante. Pero había valido la pena.

De repente, ella se levantó y, dejando apoyado el bastón en el mueble, se alejó por el pasillo.

¿Y si se le ocurría ir en su busca? ¿Subir las escaleras y entrar en su despacho? ¿Estaría preparado?

Sus manos empezaron a sudar. No sabría reaccionar. No sabría cómo mirarla, cómo hablarle ni qué decirle.

Tras su experiencia con Antonella, había quedado incapacitado para las mujeres.

La oyó llamarlo varias veces, pero a pesar de su insistencia, no pudo responderle.

Sentía rabia consigo mismo por no ser capaz de acercarse como lo hacían los demás hombres cuando una mujer los atraía. Vivir en sombras aquel sentimiento que empezaba a brotar, amordazar su voz, apagarla por miedo a otro fracaso. No deseaba que cualquier aproximación pudiera ser tildada de inapropiada, indeseable o fuera de lugar. Ella y él vivían una existencia gris, y entre los grises cualquier matiz era muy importante.

Se mantuvo alejado, en esa oscuridad que le protegía, observando sus movimientos.

Tras la fallida tentativa de acercamiento, la mujer regresaba al pupitre.

La vio extraer de su cartera una pluma y garabatear en

un papel algo que dejó junto a la orquídea. Después, recogió el abrigo que había dejado apoyado en el respaldo del pupitre, pero al hacerlo arrastró el bolso y todo su contenido se desparramó por el suelo.

Lo que vio lo dejó atónito. Junto al estuche de gafas, el móvil y el monedero, una pistola resplandecía en el parquet. ¿Qué hacía una mujer como ella con un arma?

Cuando la vio abandonar la librería, Lívido bajó y, sin encender ninguna luz, se dirigió a tientas hasta el pupitre. La débil luz de las velas que caía sobre el mueble lo fue guiando. En el suelo había quedado olvidado un pintalabios; lo recogió y abrió. Por un instante la imaginó delante de un espejo pintándose la boca con aquel rojo sangre, pintándose para él. Aquella imagen lo excitó. Al llegar al viejo pupitre, encontró junto a la flor el papel que le había visto escribir. Lo recogió y, antes de leerlo, lo acercó a su nariz y aspiró su profundo aroma a incienso. Después, lo desplegó.

53
——

Quienquiera que seas...

Gracias.

54

Observaba con desilusión el paquete con las hojas mecanografiadas por su padre y sus anotaciones sobre el diario. No podía escribir aquella historia; no tenía ganas, fuerzas ni información. Todo lo que había ido a buscar a Firenze, había resultado un estrepitoso fracaso.

Tras noches y noches perdidas en los sótanos del Gabinetto Scientifico Letterario y la desaparición de la página dejada en el laboratorio de la academia, daba por concluida su infructuosa búsqueda y su labor de investigación. Además, le faltaba lo más importante: tener ganas.

Releía la carta de su madre cuando tocaron a la puerta. Era Fabrizio, con un humeante cappuccino y un trozo de *panettone*.

—Señora, le he traído esto, creo que le gustará. Lo hace nuestro cocinero y le sale muy bien. Ya sé que no me lo ha pedido y que no es de mi incumbencia, pero me parece que usted no come.

—Es muy amable, pero...

Al ver el ordenador sobre el escritorio, el conserje apuntó.

—Tengo ganas de leer su próxima novela. Perdone mi curiosidad, ¿le falta mucho para terminarla?

Ella se molestó con la pregunta.

—Fabrizio... ¿le importa dejarme sola?

—Entiendo —le dijo él, recogiendo la bandeja—. Le pido mil disculpas.

—Ah... tráigame otra botella de vodka, por favor. La que tenía se ha terminado.

El conserje la miró apenado y se retiró. Cinco minutos más tarde un camarero le traía el licor.

Cuando desapareció, se sirvió un trago y abrió el ordenador. Buscó la carpeta que contenía la novela inacabada y leyó el último capítulo.

Tratar de escribir, tenía que tratar de escribir. Puso sus manos sobre el teclado y bebió un sorbo de vodka.

De repente, oyó la voz de La Otra.

—No te saldrá nada.

—Lárgate de aquí.

—¿Crees que podrás acabarla?

—He dicho que te largues.

—Suponiendo que puedas, cosa que dudo muchísimo, ¿estás segura de que lo que escribes tiene algún sentido?

—Tú siempre me has infravalorado.

—Te equivocas, te conozco muy bien. Vives la gloria de creerte grande sin ser nada.

—¡Maldita!, te odio.

—¿Odiarme? Ay, querida, tú no puedes odiarme, porque sin mí no existes.

—Puedo acabar contigo cuando me dé la gana.

Se levantó y buscó el bolso.

—Mira lo que tengo preparado para ti.

Extrajo el revólver.

—¡Uy! Qué miedo me das... ¿Vas a matarme? —Soltó una carcajada.

—¡Apártate de mí!

Se miró al espejo y apuntó a la imagen que se reflejaba.

55

Estaba cansada de arrastrar su yo. Ese yo que a veces aparecía y le negaba cualquier tentativa de remontar su existencia. Quería ser como todos. Ilusionarse con algo, sonreír, tener ganas de vivir y disfrutar. Acallar su mente, sus pensamientos, su alma. Llevar lo imaginado a la realidad.

Qué fácil habría sido, por ejemplo, no pensar; no indagar sobre nada. Abandonarse en la sencillez de los analfabetos. Creer, no cuestionar, dejarse impresionar por el canto de un pájaro, por la risa de un niño, por el llanto de un viejo. Mirar alto y encontrar en las estrellas muertas la luz de la vida. Pero se sentía lejos de todo, de la verdad y la mentira. Estaba en medio de dos párrafos, haciendo funambulismo en la destemplada cuerda de un limbo, a años luz de la tierra. Era un protozoario vagabundeando perdido en un mundo de gigantes.

Todo lo había matado su primer dolor; ese secreto que guardaba y la había desgarrado por fuera y, sobre todo, por dentro.

¿Dónde había quedado su cuerpo? ¿Quién le había robado su inocencia y arruinado su valía?

Las asquerosas manos de su abuelo manoseándola, sus ojos suplicantes, su corazón acelerado, terror a ser descubierta y convertirse en niña mala. Su boca muda, muda, rogando en silencio: «Que acabe ya, por favor, que acabe ya», en aquel rincón perdido, bajo sábanas blancas, recién lavadas, que huelen a jabón Fab.

Todo tan limpio, y ella, tan sucia...

La puerta abierta de par en par, la brisa de la tarde levanta las cortinas. Angustia. El olor del dulce de guayaba le llega de la cocina. Miedo. Los gritos alegres de los niños en la calle jugando al escondite, su braguita abajo. Terror. Sus muslos abiertos a la fuerza... y el agrio hedor de aquella piel marchita, en descomposición.

El vaho caliente de su fétido aliento sobre su cara... ese calor que se acerca, el contacto. Sus gruesas manos, ásperas, hirvientes, arañando su infancia... y aquellas uñas que lastiman, que rasgan, que hieren, mientras su madre va y viene con las ropas planchadas, y su padre canta melancólico los tangos de Gardel... «Y todo a media luz, que es un brujo el amor, a media luz los besos, a media luz los dos. Y todo a media luz, crepúsculo interior. ¡Qué suave terciopelo la media luz de amor!...»

El timbre de la puerta, la algarabía de sus hermanas regresando del colegio, todos en sus mundos mientras aquellos dedos repugnantes se clavan en su vagina una, y otra, y otra, y otra vez.

Le dolía, claro que le dolía, pero ella era valiente y no gritaba. «Las niñas tienen que ser valientes», le decía su madre mientras le metía en la boca la cucharada del jarabe que odiaba. Ganas de vomitar, pero se aguantaba. Ganas de llorar, pero nada brotaba de sus ojos.

¿Qué trataba de encontrar en sus entrañas aquel viejo? ¿Por qué hurgaba tanto dentro de ella? Era el abuelito bueno, que rezaba el rosario y recibía la comunión cada domingo.

El abuelo que le enseñaba catecismo y le contaba historias de ángeles y de hombres bondadosos; el abuelo que le cantaba en las noches de insomnio y le contaba cuentos de princesas. ¡El abuelo, que tanto la quería!

—*Nos vamos, hijita. Te quedas con tu abuelo; consiéntelo mucho; acuérdate que eres su nieta preferida.*

(MAMAAAAAAAAÁ...)

—*Pórtate bien, Ella.*

(PAPAAAAAAAAAÁ...)

—*Sé buena y obediente.*

56

Había ido al Harry's Bar con la intención de espantar los fantasmas que la perseguían sin tregua. Aunque oía sus voces, no podía verlos.

Al entrar, cayó sobre ella un chorro de aire caliente que agradeció. Las conversaciones sobrevolaban el salón; risas y gritos se mezclaban con el sonido de los hielos en los vasos y el trajín de la coctelera de Vadorini.

Antes de sentarse en el último asiento libre que quedaba en la barra, tropezó en una esquina con una lámpara de cristal tallado *art nouveau* que formaba un interrogante. Hasta las cosas la cuestionaban, pensó.

No sabía qué luz debía encender dentro de ella para iluminar su laberinto. Desconocía si tanta angustia era realidad o era producto de una invención provocada por su nadar en la nada. Necesitaba ver de cerca cómo otros disfrutaban de aquello que le era tan esquivo. Palpar el contenido y la razón de ser de la vida; verlo reflejado en sonrisas y palabras que unos a otros se decían con soltura y exquisitez, aunque estuvieran cargadas de dobleces y hasta puñales.

¿Por qué se tenía que refugiar en la muerte cuando fuera había tanta vida, cuando todos jugaban al mismo juego sin cuestionar sus reglas?

Necesitaba llenar ese vacío. Algo tan sencillo como pedir un vodka sour; como ordenar al maître un plato de comida: «Tráigame una doble porción de vida... la mejor parte.» Y si le preguntaran cómo la quería, si poco hecha, al punto, o bien cocinada, responder sin ninguna duda que «al punto, tierna y jugosa, acompañada por una guarnición de amor y comprensión y una salsa bien condimentada de erotismo, locura y sensatez». ¿Y cómo se digería todo aquello?

Se abría el telón.

Allí estaban todos reunidos: mujeres y hombres, jóvenes y viejos, presentando sus mejores trajes. Acicalados y perfumados, buscándose y encontrándose en los demás porque les costaba encontrarse a sí mismos.

Amigos y enemigos, vecinos y lejanos, conocidos y desconocidos, en una especie de lujuria y exaltación amistosa, todo verbo, sin que el cuerpo interviniera. Mucho morbo, porque hasta la pseudoamistad tenía su dosis de lujuria. El ser humano al servicio del ser humano. Todos jugando a parecer buenos y entenderse; todos jugando a reírse de las estupideces de otros, del chiste tonto y la erudición mediocre. Adulando y honrando las pericias y malabarismos lingüísticos con el único fin de no quedarse al margen y pertenecer a algún círculo, en un mundo en el que sólo existías si pertenecías a ellos.

Un, dos, tres. Primer acto: banquero, juez, cirujano, actor, psiquiatra, notario, filósofo, fotógrafo y director de orquestra, todos reunidos alrededor de una gran mesa, sobredimensionando historias, flirteos, amoríos, compras, posesiones, viajes, influencias, amistades, con tal de agradar.

A unos cuantos, tal vez, los había recibido en el ático de la via Ghibellina, y con todo lo oído, habría podido escribir un impresionante libro de miserias y opulencias humanas, pero no era eso lo que quería; sencillamente, trataba de sobrevivir hasta que se cansara del todo de la vida.

¿Que qué decían? Hablaban de *La Donna di Lacrima*; obviamente, con el consabido morbo masculino; exagerando su intervención y osadía.

Alguno afirmaba conocer su voz y haber mantenido un largo diálogo; hasta se explayaba detallando su timbre y cadencia. Otro afirmaba haber pasado la noche entera en su cama y haber visto excitantes lunares en sitios secretos.

El más listillo juraba conocer su verdadera identidad, que se negaba a revelar por respeto a ella. Los que aún no habían ido observaban con envidia a los versados, y los versados, al ver las reacciones producidas por la mentira, se devanaban los sesos por inventarse otras más grandes.

Mientras oía cómo iban y venían las frases, el maître se acercó a la barra.

—Si quiere, ya puede pasar.

Ella se giró.

—¿Perdón?

—La mesa está lista —el hombre señaló una que se encontraba junto a una ventana.

—Creo que se confunde. Yo no he pedido ninguna, aunque, pensándolo bien, no es mala idea.

—Es toda suya.

—Pues entonces me la quedo.

—¿Otro vodka sour?

—Por favor...

El hombre la condujo a una esquina del comedor y con ademanes protocolarios recibió su abrigo y la invitó a sentarse.

El salón estaba repleto y en la mesa contigua una joven pareja se peleaba.

—¿Usted cree que vale la pena estar así? —comentó el maître—. ¿Qué tipo de amor es ése? ¡¡*Mamma mia*, malgastando el momento!! Un día, la vida les pasará factura.

Mientras lo decía, la pareja empezaba a insultarse.

—Las heridas producidas por una palabra afilada son peores que las físicas; nunca sanan. ¿Está de acuerdo?

Ella no contestó. Acababa de sentir una ráfaga de viento helado en su espalda. Aquella sensación la hizo erizar.

—Hace frío, ¿verdad? —le dijo al maître.

El hombre permaneció unos segundos en silencio, tratando de sentirlo.

—En absoluto —contestó—. Pero, si lo desea, puedo revisar la calefacción.

Mientras él se alejaba, trató de localizar el origen de tanto helaje, repasando con la mirada puertas y ventanas, pero estaban cerradas.

Entonces lo vio. En la última mesa del restaurante, un hombre de traje azul marino y rostro blanco e impenetrable leía un libro al tiempo que con un bolígrafo tomaba apuntes en un cuaderno.

Era él: el librero silencioso. Estaba solo y no miraba a nadie; o por lo menos eso era lo que parecía.

Su mesa era como una isla tranquila, suspendida en un mar revuelto de voces y gritos. Estaba ajeno a todo, menos a su libro.

Ella, aprovechando su concentración, empezó a repasarlo, tratando de no perderse ni un solo detalle. Era la primera vez que podía hacerlo sin que desapareciera entre las sombras.

La luz de la lámpara caía sobre sus hombros y lo rodeaba. Aquella soledad suya enmarcaba aún más su presencia.

Sus delgadas y afiladas manos giraban despacio cada página, con exagerada delicadeza, como si el libro fuera de cristal finísimo y pudiera romperse. Su cabello negro, ensortijado, dejaba entrever algunas canas que parecían pintadas con pincel. Era fácil imaginar cómo debía ser de pequeño. Un niño langaruto y agitanado, de cabellos revueltos y ojos vivos.

Ahora, su frente llevaba marcadas frustraciones y quién sabía cuántas penas. Aquel rostro grave y contenido, afeitado meticulosamente, se iba abriendo y cerrando mientras leía, como si sus poros respiraran cada página haciendo caso omiso al control de su dueño. A veces se le escapaba un punto de ternura: dos hoyuelos de niño que se le insinuaban despistados cuando bebía un sorbo de su copa de vino. ¿Por qué le había parecido tan anodino, cuando en realidad no lo era?

Lo vio extraer del bolsillo de su americana una lupa que acercó al libro y, sin levantar los ojos, continuó la lectura.

¿Qué leía? Desde donde estaba no alcanzaba a detallar el libro. Tomó de su bolso las gafas y, tras calzárselas, volvió a mirar. El tomo correspondía a uno de los libros que ella había tenido entre sus manos. Se trataba de la primera edición de Впгпрегеихе-Цпултеуеойе, *Resurrección* de Tolstói, y estaba en el idioma de su autor.

—Señora, su vodka sour —la interrumpió el maître, dejándole, además, unos tacos de mortadela—. ¿Quiere que le traiga la carta? Hoy, además, tenemos un *risotto ai funghi porcini e fiori di zucca e acciughe. Buonissimo!!*

Ella se quitó sus gafas, revisó el menú y eligió a desgana una ensalada de *rucola e parmigiano.*

—Muy poca cosa, señora. Anímese con el *risotto,* le garantizo que no se arrepentirá.

Se dejó convencer, esperando que la dejara tranquila. Una vez quedó sola, volvió sus ojos hacia el librero pero éste había desaparecido. Miró a lado y lado buscándolo y no lo vio; cuando estaba a punto de concluir que se había marchado, descubrió sobre la mesa el libro abierto, la lupa y el cuaderno y, sin saber por qué, se alegró.

57

Regresaba del baño cuando la descubrió en la mesa de la esquina. Estaba solemnemente sola y respiraba un extraño equilibrio. Parecía escapada de todo y de todos. A pesar de su altivez, su frágil cuerpo se doblaba sobre sí mismo, como si se protegiera de un peligro indefinido; como si guardara un secreto. Pero, ¿cuál secreto? ¿Qué era lo que la hacía tan atractiva? Era una canción sin voz, una nota de violín sostenida y templada, que se colaba por una rendija y se evaporaba en el aire marcando la tonalidad de su soledad. Emanaba fuerza y debilidad, dos contrarios. ¿Era esto posible? Parecía que se la podía destruir con un soplo o un simple gesto, y de la nada volvía a renacer grandiosa.

Lo único que no se ajustaba con su delicada belleza era aquel revólver que había visto surgir de su bolso.

¿De qué se defendía? ¿Cómo podían aquellas manos tan serenas sostener algo tan violento?

Se sentó y, mientras esperaba el primer plato, trató de concentrarse en la página que había dejado interrumpida al levantarse, pero no pudo. Los ojos se le iban hacia ella. ¿Lo habría visto? Le pareció que sí, sus miradas habían estado a punto de cruzarse.

Tomó la copa y se bebió lo que quedaba; el camarero se acercó con la botella de vino y volvió a llenarla.

Se obligó a continuar con su lectura; las letras cirílicas bailaban desordenadas.

En el párrafo que traducía, el príncipe Nejliúdov y la criada Katia Máslova, protagonistas de la historia, se observaban meticulosamente y a intervalos descompasados mientras el juicio contra ella continuaba.

Admiraba ese pasaje del libro porque mostraba con maestría la naturaleza del ser humano: dos personas diametralmente opuestas, unidas y desunidas por el destino, que en un instante de angustia y desesperación se convertían en almas idénticas.

A pesar de las diferencias, del traje impecable de Nejliúdov y del guardapolvo de presidiaria de Máslova, en aquel momento tan grave se igualaban.

Él y ella enfrentados a la vida: el reencuentro sin escapada. Un hombre y una mujer que muchos años antes se habían amado. Un hombre que había maltratado y desechado años atrás a la acusada y una mujer desvalida que nunca le había olvidado y que por su abandono había acabado perdida, se reencontraban. Él, para juzgarla. Ella, para ser sentenciada.

Levantó la mirada y la vio sumergida en otro libro. ¿Por qué le era tan difícil acercarse a ella? Podrían haber cenado juntos y tal vez compartir sus lecturas. En cambio, cada uno se acompañaba en solitario de aquella obsesión que parecía unirlos. ¡Qué paradoja!

¿Y si ambos fueran el resultado de una historia ficticia? ¿Y si en realidad no existieran? ¿Y si fueran dos personajes esbozados de una novela sin escribirse, una mentira que continuaba vagando entre los sueños y paranoias de algún escritor cansado?

Se pellizcó y le dolió.

«*¡Me duele, luego existo!*», pensó. Si podía sentir el dolor, también podría sentir la alegría.

Volvió a mirarla y esta vez sus ojos rozaron la punta de sus pestañas.

¿Se quedaría el resto de los días observándola de lejos, sin atreverse a más? ¿Era eso lo que quería?

Miró el plato: se acababa su *risotto*, y desde su mesa vio cómo el camarero retiraba el de él.

De pronto quiso que aquel momento no terminara. Acercarse al librero, quedarse a su lado, pedirle que la abrazara; suplicarle que la ayudara.

Beber su rostro despacio, todos sus gestos, la comisura de su boca, tan fácil como se bebía su vodka sour.

Distraerse, hablar de cualquier cosa; preguntarle por Katia Máslova, o por Komako, o por Emma Bovary, por las protagonistas de cualquiera de los libros que dormían en las estanterías de su tienda.

Saber más sobre él. Cuál era su escritor favorito, qué música prefería, qué comidas le gustaban; si dormía poco, si tenía manías; qué pensaba de la vida y de la muerte; si amaba a alguien, mujer, hijos o parientes. Preguntarle por qué siempre vestía de azul.

No tener que regresar sola, envuelta en el repugnante espesor de la noche, para aguardar la maldita visita de la siguiente pesadilla. No podía blindar las puertas de su sueño e impedir que aquellas imágenes entraran y la obligaran a ser espectadora y actriz. No sabía.

Tenía miedo de volver al hotel y encontrarse con La Otra, que la acechaba noche y día y no la dejaba en paz.

Aquel hombre la hacía distraerse de sí misma y estaba al alcance de su mirada. Quería comprobar si sus ojos hablaban, si prometían; descifrar en ellos algo bello. ¿Hacía cuánto que nadie se fijaba en ella..., que ella no se fijaba en nadie? ¿Marco la había seducido de verdad alguna vez? Estaba harta de tanto mirar sin ver.

No tenía ganas de leer, pero necesitaba distraerse para no observarlo, porque tal vez haciéndolo lo alejaba. Sabía que era arisco y que, a pesar de dejarle orquídeas y libros y haberle preparado aquel rincón, la rehuía.

Quienquiera que seas, pongo sobre ti mis manos para que seas mi poema...

Una frase de la página que él le había dejado marcada en el libro de Whitman se repetía...

Ser poema... ¡Qué bello sonaba!

¿Qué le estaba pasando con ese hombre incógnito? ¿Era posible que después de todo lo vivido tuviera derecho a olvidar y a vivir de otra manera?..., ¿que alguien pudiera resucitar en ella algún tipo de sentimiento?

No podía concentrarse en la lectura. ¿Le pasaría igual a él? Levantó los párpados.

Entonces, sucedió. Aquellos ojos negros se cruzaron con los suyos... y se quedaron.

Entraban despacio, casi de puntillas. Podía sentirlos. Caminaban sus sueños, diciendo una sola palabra:

«EXISTIMOS.»

59

Llegaba tarde.

Ese día celebraban en la academia el cumpleaños del profesor Sabatini y los alumnos iban a darle una sorpresa. Subió las escaleras arrastrando el insomnio de la noche anterior; cruzó la recepción y al final del pasillo descubrió al catedrático. No lo veía desde el fatídico sábado en que la había rescatado del río. Al notar su presencia, el hombre interrumpió la conversación que mantenía con otro profesor.

—¿Cómo se encuentra?

—Eso le pregunto yo —le contestó Ella—. Por mi culpa, casi desaparece.

—No diga tonterías. Tenía ganas de verla; le he preparado una sorpresa.

—¿A mí?

—Creo que le gustará.

—¿Puedo saber de qué se trata?

De repente, los alumnos entraron cantando, con una tarta iluminada por dos velas: «¡*Tanti auguri a te, tanti auguri a te...!*»

Hubo que esperar a que todos lo felicitaran, se descorchara el champán y bebieran a su salud para que se reanudara la conversación que había quedado interrumpida.

—Me tiene intrigada.

—Dígame, Ella, ¿todavía busca aquel diario?

—No... —se quedó pensando—, sinceramente, no lo sé. Creo que es imposible encontrarlo.

—¿Conserva la página que me enseñó?

—¡Claro!

—Venga conmigo.

El profesor la guió por un oscuro corredor y al tratar de encender el interruptor, la bombilla estalló.

—Esta zona está a punto de caerse —comentó contrariado.

Llegaron casi a tientas hasta una pequeña puerta que estaba cerrada.

—Espere —le dijo, sacando del bolsillo de su bata una llave.

Abrió la puerta y la invitó a entrar. Era un antiguo cuarto de revelados que permanecía en la penumbra, salvo por una luz roja incrustada en la pared.

—Pensaba que esta puerta no conducía a ninguna parte; ¡es tan pequeña!

—Todas las puertas que se abren, por pequeñas que sean, siempre conducen a algún sitio.

La cogió por el brazo y la llevó hasta una mesa.

—¿Recuerda la página que trató de restaurar en la clase del profesor Brogi?

—Claro que la recuerdo. ¿Cómo sabe de ella? Esperaba a que secara para hablar con usted; quería enseñársela. La dejé en el laboratorio, pero cuando fui a buscarla había desaparecido.

Sabatini abrió un cajón y extrajo dos cartulinas ajustadas por un elástico.

Retiró la goma y los cartones se abrieron. Dentro estaba la página que ella había trabajado.

—¿No será ésta, ¿verdad? —le dijo, enseñándosela—. Espere.

Encendió la lámpara de rayos ultravioletas y la colocó bajo la luz.

—Ahora, puede observarla.

Ella se acercó y lo que vio le pareció maravilloso. Era y no era. La pieza que había dejado en la rejilla estaba llena de espacios en blanco y palabras sueltas. La que tenía delante rebosaba de palabras y significados.

—¿Le sorprende? Todavía no conoce a fondo las armas de la restauración. Podemos leerlo porque, a pesar de su lavado el hierro de la tinta continúa en el papel. Esta pieza ya había recibido los embates del agua; es probable que sea otra víctima del *Alluvione*. Si existe esta página, ¿por qué no ha de existir el diario? Le traeré el espejo.

—¿Me permite?

Ella tomó el cuentahílos que se encontraba sobre la mesa y con mucho cuidado lo acercó a la página. Era el mismo trazo que de tanto analizarlo sabía de memoria.

—Lea —el profesor le pasó el espejo—. Es la carta desesperada de un hombre copiada en otro papel, suponemos que a un diario, por una mujer. Tal vez ésta fuera la única forma de conservarla. Pondría mi mano en el fuego de que esta página proviene del mismo autor que la suya, aunque no estaría mal cotejarlas para asegurarnos.

—Si me espera, puedo traerla. Vivo muy cerca de aquí.

Veinte minutos después volvía.

Colocaron las páginas una junto a la otra y compararon: papel, tinta, trazo y letra. Todo coincidía.

60

Cada vez dormía menos.

Cuando se despertaba así, de golpe, en medio de la noche, el corazón se le desbocaba y durante unos minutos vivía en estado de pánico. Tenía la sensación de que iba a ser castigado por su superior por no haberse levantado a tiempo para rezar los maitines; la sensación de que todavía estaba en el seminario y que las dudas sobre su vocación, que tanto lo habían mortificado, se le escribían en la cara.

Se alegró de estar en su viejo piso de la via del Crocifisso. Se levantó y, al hacerlo, sus helados pies crujieron; era el sonido de su propio frío, anunciando que se ponía en marcha. Avanzó por el pasillo y se detuvo un momento delante de la puerta que hacía tantos años permanecía cerrada. Allí se conservaban todas las cosas de su madre, que tras su muerte nunca quiso remover; aquella habitación hacía parte de la zona que un día había decidido clausurar. Seguía pensando que el piso era demasiado grande para él.

Fue a la cocina y se preparó un café bien cargado. Después, con la taza entre sus manos, regresó a la habitación y de la inmensa columna de periódicos viejos que descansaban en el suelo, aún por leer, tomó al azar el primero que encontró.

Le gustaba leer las noticias atrasadas, recrearse en las equivocaciones de tantos titulares, comprobar que de todas las desgracias anunciadas, algunas no habían sucedido. Entre las páginas seguían vivos los que tal vez habían muerto; ocupaban columnas asesinos sin capturar cumpliendo ya condena; sospechosos de fraude ya juzgados; presidentes en funciones que hacía tiempo gozaban de su retiro; parejas aún por convertirse en marido y mujer, ahora divorciadas; nacimientos, muertes, mentiras y verdades.

Antes de empezar a leer, se acercó a la ventana y miró el reloj: eran las tres y cuarenta. Echó una ojeada a la vieja ciudad: llovía y sobre el cristal resbalaba cansada la noche. Nada se movía. Pensó en ella. ¿Viviría cerca? La imaginó durmiendo, con un libro entre sus manos. Su pelo extendido en la almohada, su frágil cuerpo abandonado al sueño y la suave música de su respiración, como las olas de un mar tranquilo. ¿Cómo debía ser dormir toda la noche abrazado a un cuerpo de mujer, sentir su aroma, su aliento, el roce de sus piernas entre las sábanas? ¿Qué clase de placer sería mirar de cerca el hueco de sus ojos cerrados, sus orejas, su nariz, la curva de sus hombros, sin que nada se lo impidiera?

Acercó la taza a su boca y de un sorbo acabó el café. No había entrado en calor, pero lo que le quedaba del maldormir se había ido. Se sentó en el viejo sillón de cuero que conservaba de su padre, encendió la luz y abrió el diario, repasando despacio cada página. Al llegar a la crónica de sucesos, se detuvo y leyó:

ABANDONAN LA BÚSQUEDA DE LOS CUERPOS. La mujer continúa afirmando que, cuando ocurrió el accidente, su marido y su hija estaban en el coche.

—¡Dios mío! —dijo, espantado, al reconocer en la foto que acompañaba la trágica noticia a la mujer que visitaba su librería—. ¡Pero si es ella!

61

Seguía yendo a la via Ghibellina buscando sentirse acompañada y tocada, aunque sólo fuera de lejos; tratando de que
aquellos desconocidos la alejaran de su miedo.

Su silencio, su no hablarles, era más máscara que la que
se ponía para esconder su rostro. Sin pronunciar palabra,
entraba en el juego de ser una presencia mentirosa. Todos
llegaban no por lo que era, sino por lo que no era. Y lo que
no era seducía, atraía como el polen a las abejas.

Esa antesala de la espera —perfumar el salón, encender las velas, elegir el incienso, dejar que el humo lo inva-
diera todo, desnudarse para después vestirse con la capa,
los zapatos y la máscara— la excitaba. ¿La excitaba? ¿Qué
querría decir la palabra «excitación»?

Al traspasar el gran portal, echó una ojeada al buzón,
retiró un montón de sobres que guardó en su bolso y tomó
el ascensor. Abrió la puerta y repasó con la mirada el suelo,
buscando el sobre que esperaba desde hacía quince días.
Lo encontró bajo un asiento. ¡L. le había escrito! Allí estaba su caligrafía. Sin quitarse el abrigo, lo abrió y extrajo el
contenido.

Como era habitual, guardado entre el papel venía otro
pétalo grabado. Lo acercó a la luz. Era la letra E, que suma-
da a las anteriores se convertía en «vie».

V I E

Se sirvió un vodka y antes de empezar a pensar lo que podía significar aquella letra, decidió leer la carta.

El párrafo transcribía un texto atormentado que hablaba del silencio; parecía el extracto de una carta prohibida que llevaba la misma entonación y el mismo amor que las anteriores. Al finalizar, una estrofa de un poema de Juarroz invitaba a una reflexión.

Impaciente por revelar lo oculto,
la luz se vuelve a veces
parte del dibujo entrañable
y ya no tiene que alumbrar,
sino tan sólo dar un salto.[9]

Y pegada a su inicial:

...así pues, el único futuro que nos queda, enigmática señora, es el presente.

Suyo,

¿Quién era?

Tomó el diccionario y buscó en la V.

Había muy pocas palabras que empezaran así: **vie**-ja, **vie**-nés, **vie**-nto, **vie**-ntre... y **vie**-rnes.

Era ¡VIERNES! Estaba preparando la cita. Él era quien decidía cuándo iría a visitarla.

Abrió un cajón del antiguo buró que presidía el salón y guardó la carta en la carpeta donde conservaba las anteriores.

Se fue a la habitación y comenzó el ritual de prepararse para la visita que estaba a punto de llegar. Se lavó la cara y se recogió el pelo hacia atrás, marcándose la línea central. Tomó de la mesa la botella de perfume y con delicada parsimonia fue vaporizando su cuello, el centro de sus senos, el ombligo y el inicio de su pubis, sus piernas y sus pies. Se miró al espejo y cuando estaba a punto de colocarse la máscara apareció La Otra y le habló.

—No volverá a escribirte —le dijo—. Mira que eres patética. ¿Cómo puedes ilusionarte así? No te mereces nada.

Ella se tapó los oídos, como cuando era pequeña y no quería escuchar los regaños de su madre, y empezó a gritar.

—¡Me escribirá, me escribirá, me escribiraaaaaaaaaaaaaaá!

—Quítate las manos de las orejas, ¡maldita sea!, o te irás al cuarto oscuro.

Ella no obedeció.

—¡Estás castigada! Vete inmediatamente y no salgas hasta que yo vaya a buscarte. ¡He dicho que te vayas!

No quería ir; allí no. En el cuarto oscuro la esperaba aquella sombra negra que no la dejaba en paz. Ya no quería luchar más contra ella. Allí se le aparecía la mano nauseabunda y leprosa que quería tocarla. Necesita huir, escapar por su mente, encontrar una ventana abierta, un prado y un conejo, casas de manjarblanco, soldaditos buenos, niñas felices jugando «a la rueda rueda de pan y canela», bailes y pájaros que la elevaran por encima del mundo; historias que se la llevaran lejos, que la apartaran de la bestia. Necesitaba huir.

Retiró sus manos y volvió a mirarse. La Otra seguía allí.

—Así me gusta; una niña obediente. Por hoy te perdono.

—¿Me perdonas? ¿Dices que me perdonas como si fueras el Dios bondadoso?... Tú no puedes hacerme daño.

—Yo no sólo puedo hacerte daño. Escúchame bien: voy a acabar contigo.

—Aunque me hables, ¡sé que no existes!

El timbre de la puerta sonó y Ella le dio la espalda al espejo.

—¿Adónde vas?

—Donde no te oiga. ¡Púdrete!

62

El desconocido cubría su rostro con una fascinante máscara, mitad trágica, mitad cómica, y sobre sus hombros sostenía una capa de caballero antiguo. Ella lo estudió a fondo a través de la mirilla, pero esperó a que las iglesias lanzaran al vuelo sus campanas para pulsar el botón que abría a distancia la puerta.

Al entrar, el hombre hizo una gran reverencia, como si estuviera frente a un abarrotado público a pesar de encontrarse completamente solo, y avanzando despacio se dedicó a observar a través de su máscara los altos techos de molduras doradas, las paredes cubiertas de exóticos helechos y los vitrales de lánguidas doncellas en paisajes renacentistas.

Cuando llegó al final del recibidor, un cartel lo invitó a continuar. Cruzó el arco que separaba las dos estancias y una nube de humo perfumado se lo tragó. Las paredes forradas de espejos venecianos multiplicaban su fantasmagórica imagen. Caras que reían y sufrían lo observan desde todos los ángulos, creando un ambiente intimidatorio. Antiguos candelabros goteaban luz y cera, en un silencio matizado por los aleteos de los pájaros azules que aguardaban inquietos en sus jaulas la aparición de *La Donna di Lacrima*.

Al llegar al centro de la espectacular sala, se detuvo. El

diván de terciopelo rojo, del que tanto hablaban los hombres, esperaba vacío.

De repente, las jaulas de madera empezaron a agitarse enloquecidas y un estruendo triunfal de cantos en fuga acompañó la entrada de la mujer.

—Me la habían descrito de muchas maneras, pero se quedaron cortos. Mirarla es como contemplar la luz y la oscuridad en simultáneo.

El hombre hizo una profunda inspiración.

—Usted huele a olas agitadas. ¿Me permite?

Trató de acercarse a su cuello, pero ella lo detuvo con un ademán y le indicó dónde sentarse.

—Sabía que no se la podía tocar, pero... ¿oler tampoco?

La Donna di Lacrima hizo caso omiso al comentario mientras se tendía sobre el diván. Al hacerlo, su espectacular capa se abrió.

—Dígame, ¿por qué lo hace? ¿Le produce algún morbo? ¿Le gusta provocar? A mí no me engaña. He conocido muchas mujeres y absolutamente todas quieren parecer únicas. Usted también lo quiere, ¿verdad? Todas son iguales. Se mueven, gesticulan, hablan, caminan, ríen y lloran, tratando de inventarse un personaje que impacte y conmueva al hombre, con el único fin de atraparlo en sus redes. Es la cacería. Confiéselo: somos un delicioso manjar.

»Ustedes dicen que son poseedoras del sexto sentido, pero... ¿nosotros? Nosotros tenemos el séptimo, el octavo, el noveno y el décimo.

»A pesar de su máscara, adivino que le molesta lo que acabo de decirle. Las verdades duelen, señora.

La Donna di Lacrima acercó la pipa a sus labios, aspiró y soltó despacio un delgado puñal de humo.

—Quiere hacerme creer que no le importa, pero esa inmovilidad la traiciona; la *donna inmobile* sigue tratando de seducir. Su serenidad glacial, ese silencio arrogante, dejarse ver a distancia enseñando parte de su cuerpo, ¿es una manera de excitar y hacerse memorable o...? —El hombre hizo un chasquido con los dedos y, al moverse, la luz de las velas dio de lleno sobre la parte cómica de su máscara—. Se me acaba de pasar algo por la cabeza: ¿quizá se esté vengando de los hombres?... Eso también podría ser: la venganza es un buen móvil para hacerlo.

»Si algo sé es distinguir la verdad de la mentira, señora. Conozco a la perfección cuando alguien está interpretando un papel, y eso es lo que usted está haciendo. Y créame si le digo que lo hace de maravilla. Sí, reconozco que es bastante buena. Soy un actor, no lo olvide, un actor versátil; modestia aparte, el mejor de Firenze, y sé interpretar todos los papeles.

Se puso de pie y *La Donna di Lacrima* levantó la mano y le indicó que volviera a tomar asiento mientras daba otra calada a su pipa.

—Le gusta dominar, ¿verdad? No importa, hace parte del espectáculo. Ésa es la vida, querida. Interpretar, jugar a ser, mantener el interés a costa de lo que sea. Si toca mandar, se manda; si toca obedecer, se obedece; si toca reír, se ríe; si toca llorar, se llora; si toca gritar, se grita; si toca callar, se calla. La vida es el mayor escenario que tenemos para actuar y los que no lo hacen se la pierden. Usted y yo haríamos una extraordinaria pareja: *La Donna di Lacrima* y Angelo Violato juntos, ¿se imagina? O mejor aún: Angelo Violato, yo estaría en primer lugar pues soy el más conocido, y *La Donna di Lacrima*. ¿Qué le parece?

El hombre levantó los brazos remarcando sus palabras con un gesto grandilocuente.

—Nuestros nombres brillando en luminotecnia a la entrada de los grandes teatros del mundo. Londres, París,

Roma, Venezia, Nueva York... ¡¡¡Ahh...!!! Broadway... el mundo rendido a nuestros pies, gritando vivas. Estoy convencido de que en el fondo suyo hay una gran actriz que está buscando un público; gente que la aclame.

De pronto, el hombre calló, se acomodó en el sillón y, al girar su rostro, la cara trágica que permanecía en penumbra quedó iluminada.

—¡Qué desgraciado me siento! Nadie se fija en mí. Soy un ser que no inspiro nada de nada. Le cuesta creerme, ¿verdad? Usted dirá: tiene todo lo que buscaba. Entonces, ¿de qué se queja? Sí, no lo niego; he alcanzado la fama y la gloria... ¿y de qué me ha servido? Todos me aplauden, quieren mi autógrafo, fotografiarse conmigo, tocarme para saber si existo pero, al final, cuando el telón se cierra y el teatro se vacía, me quedo solo, viviendo entre los ecos de una masa a la que he distraído. Una masa que una vez me ha devorado se va satisfecha. ¡Caníbales!

»En realidad, no sé quién soy. He interpretado tantos papeles en mi vida que he perdido mi propio yo. He sido bueno y malo, inteligente y tonto, sagaz y estúpido, seductor y repulsivo. He abrazado tantos personajes que he olvidado transmitir lo que soy. No sé exponer mis verdaderos pensamientos, ni mis experiencias, ni mis sentimientos: el amor, el odio, la indiferencia, el gusto, el asco... He perdido la posibilidad de emocionarme de verdad.

»Toda mi vida he vivido balanceándome, moviéndome entre dos mundos, verdad e invención, un raro vaivén con mar de fondo. Me he mecido entre la gloria y el fracaso, creyendo que en la gloria estaba la felicidad. He luchado por mantenerme a la orilla de mi realidad, acariciándola, como cuando descansas en la playa y las olas te lamen tímidamente los pies. Mojándome sin sumergirme, sin lanzarme del todo, y el viento me ha arrastrado a la nada. ¿El amor? ¿Quiere saber lo que es el amor? ¿Dónde está el hombre verdadero y la mujer verdadera? Cuando aparezcan, le diré lo que es. ¿Quién no termina actuando cuando hay un acercamiento? ¿Quién no es más dulce y amable cuando quiere seducir? Debemos reconocer que el ser humano es un jodido alien. Si, un extraterrestre imposible de entender. ¿Puede creer que un día estuve enamorado? Cuando nadie sabía de mi existencia y no me importaba ser famoso. —El hombre se queda en silencio, como buscando entre archivos el recuerdo y, tras una larga pausa, vuelve a hablar—. Era una chica dulce y buena; una especie de ángel, quince años, tierna y bella. Me lo dio todo y yo la engañé, la hice sufrir... la arrastré a su destrucción. ¿Sabe por qué? Porque me aburrió soberanamente tanta bondad y tanto amor. Sus manos acariciándome, sus ojos a la espera de mi mirada. Siempre disponible para mí, ninguna dificultad en alcanzarla. Me regaló su vida. La hubiera preferido menos buena, para así sentirme mejor persona. Sí, así de retorcidos somos los seres humanos. Nos gusta lo viciado y truculento, lo complejo y difícil; queremos redimir a los malvados.

»Estoy cansado, querida.

Se puso de pie y, alzando los brazos, dijo:

—Damas y caballeros, les presento al gran fracasado de la historia, el incomparable y maravilloso ¡Angelo Violato!

Después se inclinó ante ella.

—¿No me va a aplaudir?

La Donna di Lacrima era una estatua de sal. El actor se acercó al gran candelabro de bronce que alumbraba el salón y dos sombras alargadas se proyectaron en el suelo. Aquel rostro ficticio, mitad comedia, mitad drama, quedó bañado por la luz dorada de las velas.

—Y ahora, dígame, ¿quién demonios soy?

El silencio fue roto por el silbo de un pájaro. La mujer se levantó del diván y, al pasar por delante del actor, cerró su capa. Su cuerpo quedó escondido. Antes de marchar, dejó la pipa sobre la mesilla y, tal como había entrado, se perdió entre el humo.

—Espere... me habían dicho que...

Trató de seguirla, pero se encontró con los espejos y su imagen repetida.

—¡Eh!... ¿Dónde se ha metido? ¿No me va a dejar que la acaricie? Sólo he venido a eso. Debería probarme; dando placer, no hay quien me supere. Mire lo que he traído para acariciarla... —De debajo de la capa sacaba libretos que nombraba y lanzaba al aire—. *Hamlet, Romeo y Julieta, Otelo, Macbeth, La vida es sueño*... ¡Vuelva!...

Las hojas subían y bajaban cayendo sobre él, envolviéndolo. De pronto, el sonido quejumbroso de la puerta del recibidor lo obligó a detenerse. Todas las velas se apagaron de golpe y el salón quedó a oscuras. Cuando estaba a punto de irse, gritó.

—Es usted mejor que yo, querida. Vaya si lo es, maldita sea.

Bajó por las escaleras, arrastrando su capa por los mosaicos hasta alcanzar el gran portal.

—Y no ha dicho una sola palabra, ¡la muy puta! —gritó, furioso.

El eco de su voz fue repitiéndose en los techos abovedados hasta morir en el silencio.

63

¿Iba o no iba? Ése era su gran dilema.

Lívido llevaba horas encerrado en el segundo piso de la librería, estudiando la posibilidad de visitar a *La Donna di Lacrima.*

Las últimas cartas que había ido deslizando por debajo de su puerta dejaban sutilmente implícitas sus intenciones. Si ella era inteligente, y estaba seguro de que lo era, debería saber que con los pétalos le estaba enviando un mensaje.

Tomó una hoja de papel y, tal como le había enseñado su madre que hiciera cuando una duda lo asaltara, trazó una línea en el centro y creó dos columnas.

En la izquierda escribiría el por qué ir; en la derecha, el por qué no ir.

Comenzó por la columna de la izquierda.

Por qué ir:

1. Tenía ganas de comprobar lo que decían de ella en el Harry's Bar.

2. Le seducía la idea de conocer a la mujer que tenía rendidos a sus pies a todos los hombres de Firenze.

3. Se aburría mucho y aquello podía significar un diver-timento.

4. Estaba solo.

5. No tenía nada que perder, y tal vez mucho que ganar.

6. Hacía mucho tiempo que no veía de cerca el cuerpo de una mujer.

7. Quizá le serviría para comprobar que estaba vivo.

8. Necesitaba saberse capaz de doblegar a la extraña que todos tildaban de invencible.

9. Quería superar su enfermiza timidez.

10. Quería probar su hombría.

11. A sus cincuenta y nueve años, no tenía nada que perder.

12. Por llevar la contraria a su madre muerta, que pensaría que estaba cometiendo un pecado.

13. Porque tenía ganas de saltarse todas las normas del decoro y los buenos modales.

Tras haber escrito los pros que lo impulsaban a ir, pasó a la columna de la derecha y con su vieja pluma escribió.

Por qué no ir:

1. Porque le gustaba mucho la mujer que visitaba su librería.

2. Porque estaba convencido de que haciéndolo sentiría que le era infiel.

3. Estaría expuesto al análisis de una desconocida que, además, no hablaba.

4. Porque, si le gustaba, estaba seguro de que no podría obtener nada de ella.

5. Porque aquella mujer podría estar jugando con todos.

6. Porque corría el riesgo de que quizá le gustara demasiado.

7.   Porque a sus cincuenta y nueve años tal vez podría hacer el ridículo.

8.   Porque lo más probable era que se burlara de él.

Después de leerlos detenidamente, sumó los pros y los contras y llegó a la conclusión de que iría. Continuaría llevándole cartas y se prepararía para el día del encuentro.

Todavía faltaba hacerle llegar los pétalos con las letras R, N, E y S, y el número 7. La hora era la que ella había determinado: las doce en punto del mediodía.

Le quedaban cinco cartas por escribir.

64

Día: Sábado.
Lugar: Carretera de Arezzo a Roma.
Hora: 11 de la mañana.
Estado de ánimo: inquieto y triste.

El frío continuaba azotando sus días; se metía en los agujeros negros de su alma y congelaba sin misericordia los incipientes brotes de esperanza que empezaban a germinar. Una cosecha muerta antes de madurar. Ella seguía teniendo la imperiosa necesidad de respirar el recuerdo de su niña y el último paisaje que tal vez habían visto sus inquietos ojos.

Aparcó en el camino que conducía a la casa abandonada, se cubrió el cuello con la bufanda, cogió el ramo de violetas que a primera hora de la mañana había comprado en el mercado de Sant'Ambrogio y bajó del coche.

El viento lanzaba aullidos tristes que estremecían el campo y convertían aquel inhóspito lugar en un camposanto anónimo. Al pisar la grava, la invadió aquel sentimiento de culpabilidad y con él llegó su propia imagen asustada, vestida con el uniforme del colegio; ínfima frente a la omnipotente imagen del Cristo sangrante de la capilla; golpeándose el pecho con su puño cerrado, mientras rezaba el «por mi culpa, por mi culpa, por mi grandísima culpa»...

Por eso ya no estaban. Por su culpa. Ella había tenido la culpa de perderlos. Se había dormido.

Trató de reconstruir en su cabeza los últimos minutos antes del impacto. Había detenido el coche para cubrir con la manta a Chiara, que dormía su cansancio en el asiento de atrás, y mientras lo hacía le dijo a Marco que descansara tranquilo, que se sentía en perfecto estado para conducir. Después, la calefacción del coche calentó su cuerpo y la envolvió en un abrazo placentero.

Le había llegado aquella narcosis, el peso de sus párpados, su resistencia al sueño y, finalmente, el paso a otra dimensión. El desprendimiento de sus reflejos y su conciencia. La hilera de hormigas trepando por la cuna, dirigiéndose a su cabeza para devorarle el cerebro: la eterna pesadilla que desde el accidente había desaparecido. Y después..., ¡¡¡crash!!! El maldito despertar que la había hecho pasar del todo a la nada. ¡¡¡Dios!!!

Al llegar al árbol, cambió las flores marchitas y con sus brazos rodeó el viejo tronco.

Abrazarlo era abrazar a su pequeña, era abrazar a Marco: tener por un instante el hueco de sus brazos lleno. Todo lo que de verdad había poseído ahora estaba contenido en aquel espacio. Haciéndolo, estrechaba la vida; los últimos recuerdos y suspiros de lo que había sido su familia. No quería que se disolvieran de su memoria, del único lugar donde ahora existían. Sintió de nuevo aquel doloroso nudo en su garganta y con todas sus fuerzas gritó:

¡¡¡CHIARAAAAAAA!!!

El nombre emergió de su boca majestuoso, desplegando sus inmensas alas, convertido en una espléndida águila blanca que rasgó en dos el paisaje y fue sobrevolando con sus letras sonoras las copas de los árboles, la superficie helada del río, hasta abrir con su luz los confines más espesos del bosque. Viñedos, olivos, pinos, tejos y cipreses se estremecieron con su grito desgarrado.

Cuando su voz se secó, permaneció impasible frente al árbol, ejecutando aquella absurda ceremonia de ausencia hasta que sus pies absorbieron el helaje de la tierra. Entonces se separó del tronco, le dio la espalda y empezó a subir la colina con sus ojos clavados en el suelo, buscando entre las piedras y las hojas podridas algún resquicio; otra prueba que le dijera algo.

En su última visita había descubierto, alejada de la edificación principal, una casucha que parecía haber sido el lugar donde antiguamente guardaban las herramientas para trabajar el campo. Después de haberlo revisado todo, le quedaban muy pocas cosas por hacer, y una de ellas era darle un vistazo. Si en el río había encontrado la cinta azul, era posible que hubiese algo más.

Cuanto más avanzaba hacia el sitio, éste más se le alejaba. Finalmente, tras caminar un largo trecho, se encontró delante de una reja que lloraba óxido. Había llegado. En el centro, un candado reventado colgaba de una cadena rota.

La habitación estaba oscura y exhalaba un olor a humedad rancia. Retiró los restos de eslabones que quedaban y abrió la reja. Al hacerlo, decenas de murciélagos le azotaron la cara, buscando ciegos y enloquecidos la salida sin parar de chillar; aquellas alas pegajosas revoloteando sobre su cara le produjeron un asco profundo. Una vez se los quitó de encima, entró. No sabía lo que pisaba ni adónde se dirigía. No podía ver absolutamente nada.

Pasados unos minutos, cuando los ojos se habituaron a la oscuridad, fue distinguiendo bultos que se convirtieron en palas, azadas, picos, dallas y carretas. Todo estaba roñoso y abandonado.

Siguió buscando. En la pared, vestidas de telarañas, colgaban un hacha, una hoz y unas tijeras, todas herramientas de poda, cosecha y recolección; canastos y monos de trabajo deshilachados que se pudrían. Y en medio de todo aquello, una ventana mínima con sus porticones cerrados. Los abrió y un haz de luz cayó sobre sus ojos iluminando una enorme paca de paja, una silla de mimbre y una especie de baúl antiguo. ¿Qué era lo que reflejaba el sol entre la paja? Parecía una moneda.

Se acercó y al agacharse lo descubrió. Era una hebilla; la hebilla de...

¡Un zapato de charol negro!

65

Era la medianoche y a pesar del frío en el Ponte Vecchio seguían circulando algunos turistas.

Sentados bajo el busto de Benvenuto Cellini, un grupo de estudiantes cantaba *La canzone di Marinella*, mientras otros bebían unas cervezas y reían.

Tras el descubrimiento del zapato, Ella se sentía más ansiosa que nunca. Había salido a pasear, forzándose a calmar su mente, que no paraba de acosarla.

Se acercó al muro para ver crecer la oscuridad sobre el río y, al hacerlo, descubrió en la piedra cientos de escritos que prometían amor eterno. Corazones encerrando iniciales, frases de despecho y juramentos rotos cargaban la barandilla con el peso de los amores contrariados.

Se entretuvo un rato leyéndolos. ¡Cuántas palabras decía la gente cuando estaba enamorada, y cuántas cuando estaba despechada! Mirándolos, se dio cuenta de que sumaban lo mismo. Igual cantidad de amor y desamor. El cálculo era bueno, los muros lo certificaban.

El enamoramiento y el despecho tenían algo en común: los dos se gestaban en las vísceras y reventaban sin pasar por el intelecto. Se quedó mirando un corazón que destacaba entre los otros; estaba pintado de verde y en el centro se leía en rojo dos iniciales, M y M, y la palabra

SEMPRE. ¿Por qué nunca había pintado con Marco ningún corazón?

Abajo, las edificaciones se reflejaban sinuosas sobre el oscuro fondo de las aguas; luces que iban y venían, moviéndose acompasadas en un ballet estudiado y uniforme.

Mientras se entretenía observando, una luz dorada surgió de debajo del puente. Una góndola iluminada con dos antorchas partió en dos las aguas, y el eco de una voz sublime silenció a los jóvenes. Lo reconoció. Era el vagabundo recitando *La divina comedia*, acompañado por las notas lúgubres de un violonchelo; las estrofas correspondían al *Purgatorio*.

L'anime che si fuor di me accorte,
per lo spirar, ch'i' era ancora vivo,
maravigliando diventaro smorte.
E come a messagger che porta ulivo
tragge la gente per udir novelle,
e di calcar nessun si mostra schivo.

Y como aquella gente me veía
respirar, advirtió que estaba vivo
y pálida de asombro se ponía.
E igual que al nuncio portador de olivo,
por noticias saber, siguen las huellas,
sin que nadie a empellones sea esquivo.[2]

—¡¡*Signora* sin nombre!! —gritó el cantante al descubrirla en lo alto del puente—. Venga, la invito a dar un paseo por el Arno. Es la hora mágica en que todos los fantasmas duermen. Baje.

—Gracias, no puedo.

—¿Qué se lo impide?... ¿O quién?

—No tengo ga...

El tenor la interrumpió.

—No tiene que tener nada.

—No pued...

—No, no, no... ¿Siempre dice «no»? Ahora entiendo por qué se la ve tan triste. Ha dejado instalar en su interior el «no», y la sombra de esa palabra es alargada. Destiérrela de una vez por todas o acabará paralizándola.

Ella observó el río. En pocos segundos se había cubierto con un manto de niebla que se comía a mordiscos luces, sombras y destellos. Todo había desaparecido; incluso los reflejos de las antorchas. No podía ver ni siquiera la barca.

—*Signora*, aunque no pueda verme, estoy aquí.

La voz abrió un surco entre la bruma y subió limpia.

—Por favor, quiero estar sola.

—Estoy convencido de que en verdad no lo quiere.

—Por favor...

—No pienso moverme hasta que baje. Cuando todos me habían convertido en un ser invisible, usted se fijó en mí. Me ha regalado algo y yo quiero agasajarla con lo único que tengo: un paseo y mi voz. Así que, si no viene, empezaré a gritar y le advierto que no callaré. Cuento hasta diez. Uno, dos, tres, cuatro...

—Está bien; usted gana.

Decidió bajar. El puente se había vaciado y la soledad era total. Del grupo de estudiantes, sólo uno permanecía fumando. A lo lejos, las campanas de una iglesia marcaron la llegada de la una, y el ladrido de un perro le contestó. Unas escaleras de piedra la condujeron hasta los arcos, donde la esperaba la góndola.

Al ver a los tres hombres —gondolero, violonchelista y cantante— vestidos de bruma en medio de una barca que flotaba sobre una nube, pensó que aquello no existía. Todos le sonrieron con sus dientes carcomidos y ella los encontró hermosos.

—*Buona notte, principessa* —dijeron los tres al unísono—. *Viaggeremo al dì, sopra dell'acqua e la vita. Non dev'essere preparata. Dica solo di sì.*

«¿Viajar por encima del agua y la vida...?», pensó.

—Sí, sí, sí.

Se subió a la barca y se dejó llevar por el monótono sonido del remo entrando y saliendo del agua. El aire espeso de la noche, la nota ronca y triste del violonchelo y la voz del cantante actuaban como un bálsamo sobre su alma.

A pesar de estar amortajada por el frío, en su interior sentía un calor que la envolvía. No había voces atormentándola; La Otra estaba lejos.

Aquel ruido interior se replegaba y le daba una tregua. Los recuerdos, por un instante, la dejaban en paz. ¿Y si todavía quedaban cosas por vivir que aún no conocía? ¿Y si, como ellos, se convertía en otro ser errante de la noche? ¿Dónde estaba la paz?

Aspiró profundo. Aquel instante alcanzado acababa de esfumarse. La sombra de sus tribulaciones volvía a poseerla. El vagabundo se dio cuenta.

—Le cuesta estar aquí, ¿verdad? La mente siempre nos juega malas pasadas. Cuando ve que podemos ser felices, recurre a la estrategia de hacernos sentir inferiores. Algo te dice que no eres tan especial como para merecerte un momento de alegría y te llenas de remordimientos.

Ella cerró su abrigo; sentía la humedad del río escalar por sus piernas. Se estremeció; necesitaba un trago.

—Se cree que es la única que sufre, pero no lo es. El dolor hace parte del ser humano. A veces necesitamos sentirlo para reconocer su contrario. Si no existiese la oscuridad, ¿sabríamos distinguir la luz? Es posible que una existencia sin sobresaltos sea lo más parecido a una muerte en vida.

—No sabe lo que dice.

—Sí que lo sé. Todo dolor tiene cura, hasta el más terrible. Todavía puedo ver el suyo en sus ojos. Aquella cicatriz de la que le hablé cuando la conocí; ahora, además, veo miedo.

—Usted ve demasiadas cosas.

—Dígame, ¿a qué tiene miedo?

Ella permaneció unos segundos en silencio.

—A soñar. Hay sueños que dan mucho miedo.

—Ningún sueño da miedo, señora. Ellos son los que nos salvan. Sobre todo, si permitimos que hagan parte de nuestra realidad.

¿Cómo podría integrar en su vida aquellas pesadillas? Él no conocía la tipología de sus sueños. Lo miró a los ojos y se encontró con algo que hacía mucho tiempo no veía: ilusión.

—Escúcheme bien: el sueño que más miedo da es atreverse a vivir. No hay otro que lo supere; y ése lo hemos tenido todos. Si yo no soñara cada día con inventar mi realidad, hace mucho tiempo que estaría bajo tierra.

El violonchelista empezó a tocar una melodía triste y bella que le abrazó el alma. En las aguas del Arno, las edificaciones volvían a reflejarse. La góndola avanzaba despacio, fragmentando las estelas de luces que se desperezaban cansadas. La voz del vagabundo se alzó imponente sobre la noche cantando el *Nessum Dorma*.

Cuando estaban a punto de llegar al ponte all'Indiano, la barca entró en otro banco de niebla y desapareció.

66

Había llovido todo el día y el cielo empezaba a despejarse. Los últimos nubarrones se teñían con el rojo extenuado de la tarde. Mientras Ella se dirigía a la vieja librería, un cielo de vino tinto caía sobre la ciudad y la emborrachaba de rosas y violetas.

Había pasado el día en la academia restaurando una novela a la que le faltaba un capítulo completo, el más importante de la trama. Allí se resolvía el enigma que desde el inicio sobrevolaba las páginas.

A pesar de que las reglas de restauración hablaban del purismo y de no añadir ni quitar nada que no perteneciera a la obra, Ella iba pensando cómo hacer para completar la historia. Le seducía la idea de reescribir las páginas que habían desaparecido, aunque haciéndolo sabía que la historia podría coger otros derroteros. Se trataba de una novela de amor y odio en la que los amantes, al saberse descubiertos, se reunirían en el bosque para planear el asesinato de sus cónyuges y la fuga.

Bordeó las orillas del Arno y en el camino se encontró, unidos a las barras de hierro que lo bordeaban, decenas de candados cerrados que formaban racimos de promesas. La tradición consistía en dejarlos en algún lugar cercano al río y arrojar la llave al agua para que el amor nunca se rompiera. Cada uno llevaba pintados corazones y, otra vez, como vio en el muro del puente, la palabra *sempre*. Si el «siempre» tenía la misma fuerza que el «nunca», ¿por qué no había candados con la palabra «nunca»? Tropezó con una pareja de ancianos cogidos de la mano que, tras hacer el ritual, lanzaron al río la llave. Quiso sentirse así, ilusionada, y por una fracción de segundo pensó en el librero.

Al llegar a la altura de la piazzale degli Uffizi tropezó con un turista que buscaba un monumento. Le indicó el camino y dobló por la via Vacchereccia, en dirección al Mercato Nuovo.

Se dirigía a la vieja librería con una extraña sensación; una especie de agradable desasosiego que no sabía identificar, un canto de luz que iluminaba su oscuridad. En el instante en que aquel hombre fijó sus ojos en ella se había sentido viva. Aquella sensación la alejaba del terror. ¿Lo estaba idealizando? ¿Era posible pensar en sus manos, imaginar una caricia, el roce de sus labios cuando ni siquiera había cruzado más de cuatro frases con él?

Desde la noche en que lo había visto en el Harry's Bar, la percepción que tenía de él había cambiado. No era un ser insulso como en principio lo había calificado. Era un solitario, como ella, que acompañaba su soledad con las letras de otros. La distancia entre los dos no era tan grande. Ambos buscaban, en las palabras, compañía.

Tenía ganas de llegar. Ahora, además del placer de ojear las joyas que almacenaban sus estanterías, iba con la ilusión de ver si en el viejo pupitre había algo para ella.

Llegó a la librería con el alma expectante y timbró. Mientras esperaba, se asomó por la ventana y por vez primera vio entre las mesas a un anciano encorvado que analizaba concienzudamente un enorme códice. En las veces que llevaba visitándola, nunca se había encontrado con nadie. Era como si aquel sitio sólo existiera para ella.

Consultó su reloj. El librero tardaba en abrir. Volvió a pulsar el timbre y en el instante en que lo hacía la puerta se abrió. No lo había visto bajar ni acercarse.

La esperaba con la misma expresión de siempre. El traje azul sin una arruga, el chaleco cerrado, su rostro limpio, impasible, y el frío que lo envolvía. A pesar de haberla mirado en el bar, ella no notó ningún cambio... ¿o quizá sí? ¿El hielo que desprendía su cuerpo era menor?

—Siento haber insistido —le dijo, disculpándose—. Los timbres son odiosos. No lo vi bajar.

Él no contestó. A pesar de no recibir respuesta, ella continuó.

—La otra noche coincidimos. ¿Suele ir a menudo al Harry's Bar?

El hombre volvía a mirarla como la había mirado en el restaurante; sus ojos eléctricos se clavaron hasta el fondo y ella advirtió en aquel extraño brillo un atisbo de miedo. ¿Por qué no le hablaba? Probó con otra frase.

—Me gusta su librería. Imagino que sabe que posee un gran tesoro.

El librero no se movió; sin embargo, a pesar de su hermetismo, ella supo que se alegraba de verla.

—¿Puedo? —le dijo, señalándole el camino.

Él asintió con su cabeza y sin esperar a que ella avanzara, le dio la espalda y se perdió por el pasillo. Mientras lo hacía, el anciano que deambulaba por la librería se marchó. Volvían a quedar los dos solos.

Caminó entre las columnas de libros, pisando la oscuridad que empezaba a dibujarse sobre el suelo. Giró a la derecha y se detuvo delante de su estantería favorita, mirando de soslayo el pupitre. La pálida luz que provenía de las velas iluminaba la orquídea que continuaba sumergida en el tintero. La flor había ido perdiendo el blanco y un rojo sangre teñía la mitad de sus pétalos.

Buscó entre los libros el tomo de *Veinte poemas de amor y una canción desesperada* que había estado ojeando la última vez, pero no estaba. Entonces, supo con certeza que lo encontraría bajo la tapa del pupitre. Buscó la figura del librero, pero no vio nada. Aun así, no le quedó ninguna duda: entre las tinieblas, aquellos ojos negros la seguían.

Antes de aproximarse al pequeño escritorio, hizo una última prueba: tomó de la estantería *En busca del tiempo perdido* de Marcel Proust y repasó sus páginas despacio, haciendo tiempo para que él tomara nota. Si de verdad la observaba, en la próxima visita lo encontraría en el pupitre.

Se sentó y levantó la tapa con delicadeza, como si temiera que alguna alondra escapara de su interior. Al hacerlo, un aroma a mar y a crepúsculo y el ruido tranquilo de olas y gaviotas que iban y venían acompasadas la envolvió. En su interior reposaba una antigua postal con un atardecer púrpura de Isla Negra, y bajo ella la edición de 1924 de *Veinte poemas de amor y una canción desesperada*, abierta en el poema número 12.

Para mi corazón basta tu pecho,
para tu libertad bastan mis alas.

Desde mi boca llegará hasta el cielo
lo que estaba dormido sobre tu alma.

Es en ti la ilusión de cada día.
Llegas como el rocío a las corolas.
Socavas el horizonte con tu ausencia.
Eternamente en fuga como una ola.

...
...

El poema seguía y acababa con la última estrofa:

Acogedora como un viejo camino.
Te pueblan ecos y voces nostálgicas.
Yo desperté y a veces emigran y huyen
pájaros que dormían en tu alma.

Acercó la postal a su nariz y la olió. El aroma a salitre fluía de ella. La acercó a su oído y sintió que dentro, como en una caracola, estaban contenidas todas las voces del océano. Le dio la vuelta y escrita a máquina encontró una frase:

Cómo te sienten mía mis sueños solitarios.[10]

Estaba claro que a través de esas líneas le hablaba. Lo que decía, cada párrafo marcado, todo iba dirigido a ella. Para llegarle, pedía prestadas las palabras de otros. Estaba convencida de que si no hubiera sido porque una vez había oído su voz, hubiese jurado que era mudo.

Entonces, si podía hablar, ¿por qué no le contestaba?

Trató de evocar la única vez que le había hablado. ¿Qué

le dijo? ¡Ahhh, sí!, lo recordaba. Comentaron su encuentro en la via Maggio. Él le preguntó si el profesor Sabatini era su marido, y al enterarse de que no lo era había enmudecido; sólo eso. Luego fue imposible sacarle una sílaba más.

¿Cómo era su voz? Buscó en los archivos de su memoria y le llegó perfecta. Era lo contrario a él: acogedora y cálida. Quería volverla a oír.

¿Le dejaba escrito algo? ¿Y si le contestaba con otro texto, otro del mismo libro?

Cogió la cinta de seda que hacía de separador y después de leer algunos poemas eligió, de entre los veinte, el número 17.

67

En busca del tiempo perdido de Marcel Proust. ¿Qué podría gustarle?... ¿El episodio de la madalena en el café? No; ése era demasiado obvio. Graduó sus binóculos y, a pesar de hacerlo, no pudo distinguir la página que en ese momento ella leía. Buscó entre su colección de lentes, lupas y prismáticos, el catalejo que había adquirido hacía años en una subasta; decían que había pertenecido a Simón de Utrecht, jefe de la escuadra hanseática contra los piratas, y tenía una mira capaz de adivinar hasta los poros del papel. Lo encajó en su ojo y apuntó de lleno al libro. Miró el número de la página y lo anotó en un papel. Ya lo tenía. Después, decidió observarla. Acababa de descubrirle un lunar en el cuello; llevaba el cabello recogido y un mechón caía sobre su nuca, al descuido. Se había sentado y levantaba el sobre del pequeño escritorio. Sus ojos se maravillaron, su boca sonrió.

Era como él; sabía apreciar las cosas.

Los solitarios eran una raza especial. Tenían el don de ver lo invisible. La mayoría, a falta de compañía, desarrollaban la capacidad de emocionarse y percibir. ¿Cuántas veces él había corrido tras una página suelta y la había visto convertirse en pájaro mientras el viento la elevaba? Todas las cosas tenían su propia alma.

Las hojas, las piedras, una lata en el suelo, una bolsa vacía, una copa rota, una botella abandonada en un rincón de la calle, los postes de la luz, las ventanas abiertas, una cama deshecha, un helado derretido. Detrás de cada objeto había una historia. Eran los ojos de los observadores los que tenían la potestad de infundirles la vida.

Ella y él sabían encontrar en un poema lo que escondían los silencios, los espacios en blanco. Las mayúsculas y minúsculas, el punto aparte, los suspensivos, las comas. Los adjetivos y sustantivos; la música del verbo.

La vio oler la postal, llevarla al oído, cerrar los ojos y sonreír. La imaginó pequeña, corriendo con su pelo al viento y su risa limpia y sonora. Hermosa en su fresca ingenuidad.

Nunca había podido observar a ninguna niña y menos jugar con ellas. Su madre se lo había prohibido.

Él era el «niño santo» y no se pertenecía. Era el regalo de Dios a trece años de esterilidad, espera y súplicas, que en agradecimiento debía volver a Dios. En definitiva, era un obsequio prestado.

Desde antes de nacer había sido consagrado a no ser lo que él quisiera; los designios de su madre habían caído sobre el peso de sus pequeños hombros. Sólo abrir sus ojos sietemesinos, en aquel cuarto lúgubre había visto el crucifijo que siempre llevaría colgado al cuello y, más tarde, colgado en su alma.

Ahora quería que la vida le devolviera lo que le había quitado: la mejor parte de sí mismo. La parte que había estado prisionera en una promesa ajena: la que le había arrebatado el miedo de su madre.

Volvió el catalejo hacia al pupitre y enfocó la orquídea. Faltaba muy poco para que se tiñera completamente de rojo; cuando esto ocurriera, ¿sería capaz de hablarle? Siguió espiándola. Adivinó todo su sufrimiento. Esa mujer había sido madre y esposa; lo había leído en el viejo periódico; llevaba a sus espaldas una doble ración de pérdida. Cuando conversaran, cuando se hicieran amigos, ¿podría hablarle de ello? Quienes inventaban historias de sufrimientos, dudas y alegrías, ¿sentirían igual que los demás mortales? Además del revólver, ¿podría ver ella otra salida? ¿Eran los escritores de carne y alma?

Se movía; la siguió a través del lente. De nuevo abría el libro de Neruda. Se puso en pie y su espalda le tapó toda visión. No pudo continuar espiándola. Cinco minutos después, marchaba.

Esperó hasta oír que la puerta se cerraba y bajó las escaleras.

Al llegar, sobre el pupitre le esperaba el poemario abierto en el número 17.

68

Pensando, enredando sombras en la profunda soledad.
Tú también estás lejos, ah más lejos que nadie.
Pensando, soltando pájaros, desvaneciendo imágenes,
enterrando lámparas.
¡Campanario de brumas, qué lejos, allá arriba!
Ahogando lamentos, moliendo esperanzas sombrías,
molinero taciturno,
se te viene de bruces la noche, lejos de la ciudad.

Tu presencia es ajena, extraña a mí como una cosa.
Pienso, camino largamente, mi vida antes de ti.
Mi vida antes de nadie, mi áspera vida.

...
...
...

Pensando, enterrando lámparas en la profunda soledad.
¿Quién eres tú, quién eres?[10]

69

Estaba a punto de quedarse dormida cuando los oyó. Venían en dirección a ella. Un zumbido enloquecedor, como el de los gigantescos cucarrones negros que sobrevolaban las calles de Cali después de una tormenta y quedaban amontonados en las cunetas de la avenida Roosevelt. La plaga a la que tanto temía taladraba sus tímpanos. No eran cucarrones; eran voces diciendo, gritando, opinando todos al tiempo, dándole órdenes, susurrándole frases que no lograba comprender o no quería obedecer. Entre ellas, las de Chiara y Marco, las de su padre y su madre, las del maldito abuelo y las de La Otra.

Ella les suplicaba que callaran, que la dejaran descansar, que necesitaba dormir, pero no le hacían caso.

Trató de silenciarlos cantando —«quien canta sus males espanta», le decía su madre—, primero suave y después fuerte, pero no lo consiguió. Sabía que si se hundía en el pozo negro del sueño se la iban a comer, y necesitaba la luz. Trató de levantar el brazo, pero no le respondió. Finalmente, tras un gran esfuerzo consiguió pulsar el botón de la lámpara de la mesilla de noche y, al iluminarse la habitación, las voces se fueron.

A pesar de tener las manos y los pies helados, se levantó empapada de sudor. Fue al baño y mojó su cara, evitando mirarse al espejo por temor a encontrarse con La Otra. Abrió el minibar y, como una autómata, sacó el vodka. Llamó a la recepción y pidió una cubitera con hielo. Mientras la traían, desenroscó la tapa y se bebió a pico de botella un trago. El líquido entró con furia quemándole su estómago vacío. Salió al balcón sin abrigarse y el frío de la noche la despejó.

La ciudad dormía un sueño placentero. Sobre un cielo de petróleo, el perfil de la cúpula de San Miniato al Monte se dibujaba a lo lejos, leve, como un gigante sin ojos. Todo era paz; una luna creciente sonreía, paseándose de puntillas por los tejados. Se apoyó en la baranda y sintió que el río la llamaba. Se sentó en la barandilla y jugó a balancearse. Por una fracción de segundo tuvo la sensación de que podría hacerlo; era fácil, sólo llevar el peso de su cuerpo hacia adelante. Una voz sibilina le susurró al oído: «No te detengas, será maravilloso; es sólo un vuelo. Tu gran y único vuelo.» La reconoció. Era La Otra; trataba de engañarla empleando un tono seductor. Entonces, cuando estaba a punto de dejarse caer, oyó el timbre y una voz que la llamaba.

—Señora Ella, le he traído el hielo. Soy Fabrizio...

El hechizo acababa de romperse. El río seguía abajo, con los brazos abiertos, esperándola.

—Señora Ella...

Abandonó el balcón y se dirigió a la puerta.

—Hace una noche espléndida —le dijo el conserje, al tiempo que dejaba la cubitera sobre la mesa—. ¿No le parece?

Ella asintió.

—Es una lástima que sólo los que estamos de vigilia podamos disfrutarla. Hacía mucho tiempo que la luna no se dejaba ver.

—¿Puedo preguntarle algo?

—Desde luego, señora.

—¿Cómo era yo?

—Excúseme, debo de ser muy torpe; no la entiendo.

Ella le repitió.

—¿Cómo era yo... antes?

—¿Antes de qué...?

—Cuando vine la primera vez. Usted es el único que queda de aquella época.

—Magnífica, señora. Era usted magnífica —la miró compasivo—, y lo sigue siendo, sin duda. Aunque por respeto no se lo digamos, quiero que sepa que aquí la queremos.

Ella le agradeció.

—¿Desea que me quede un rato? Abajo todo está controlado. Si quiere...

—No importa.

—A veces no sabemos pedir compañía; creemos que si lo hacemos somos débiles. Señora Ella...

—¿Sí?...

—¿Se encuentra bien?

Ella asintió y abrió la puerta.

—Buenas noches, Fabrizio.

El conserje se retiró y, antes de perderse en el ascensor, la miró.

—Pedir es de valientes —le dijo—. Me lo repetía mi abuela.

Una vez el hombre se marchó, fue al armario, buscó el paquete que le había enviado su madre y releyó la carta. Mientras lo hacía, sintió una punzada de nostalgia. Echó de menos el olor a cebolla de sus manos cansadas de cocinar y el roce de la cobija cayendo sobre su cuerpo en la oscuridad; la única caricia que recordaba. ¿Por qué culpaba a su madre de lo que le había pasado? Porque tenía la culpa, maldita sea; porque no se había dado cuenta; porque no la había cuidado lo suficiente; porque, tras superar el miedo, cuando se lo dijo, la tildó de mentirosa. Inventarse aquella monstruosidad del abuelo, ¡qué imaginación tan retorcida tenía esa niña! Porque cuando volvió a orinarse en la cama, en lugar de entender que le estaba sucediendo algo, la hacía cargar con el colchón hasta el patio, convirtiéndola en el hazmerreír de sus hermanas. Porque la castigaba continuamente por todo y la encerraba en aquel cuarto repugnante.

Dobló la carta y abrió el cajón donde guardaba las dos páginas del antiguo diario. Las sacó y extendió sobre la mesa. Buscó un vaso, lo llenó de hielo y dejó caer un chorro de vodka.

Bebió un trago largo y se dedicó a observarlas, tratando de encontrar alguna otra relación aparte de saber que la letra era de la misma persona.

La que le había enviado su madre tenía en el centro el dibujo del diamante azul, y alrededor el desesperado texto del amante que desfallecía de amor.

La que le había entregado el profesor Sabatini tenía la peculiaridad de estar a la luz del día casi invisible, aunque ella sabía muy bien las palabras que escondía. Allí había encontrado también la frase con la que L. cerraba sus cartas: «...el único futuro que nos queda, enigmática señora, es el presente». Seguramente ahora le intrigaba, más que lo que contenía el diario, la relación que L. podía tener con él.

No sabía qué hacer con esa historia que en verdad no era suya; era el proyecto frustrado de su padre, y a él no le debía absolutamente nada. En sus años de adolescencia se había encargado de repetírselo hasta la saciedad: ella había nacido por equivocación, por un gatillazo; un fallo a la hora de dar marcha atrás. Había dejado preñada a su madre y había nacido. Era verdad que le había dado la vida, a regañadientes, pero ella ni se la había pedido ni la quería.

Le faltaba lo más importante para seguir con la búsqueda del diario perdido: tener ganas. Además, había otro tema mucho más importante que la acosaba día y noche: saber si su niña aún seguía con vida para tomar su última decisión. Estaba convencida de que aquel diario no le devolvería el interés por la vida. Su carrera como escritora había muerto; le faltaba tener fe en su capacidad creadora. Ya no sabía contar historias. Una página en blanco ahora era sólo la sábana con la que, en la morgue, cubrirían su cuerpo desnudo ensangrentado.

Lo único que tenía claro era que no podía vivir, pero tampoco sabía morir. Eso sí lo tenía clarísimo.

En otro momento, aquellas páginas hubiesen dado lugar a un gran libro. Sintió nostalgia por el tiempo pasado, cuando de un gesto o una noticia vieja había sido capaz de crear una novela.

Alzó el antiguo folio y por un momento se forzó a pensar. Imaginó la fina mano de la escribiente, su cuerpo entregado a la labor prohibida de copiar la carta de su amado, el diamante colgado de su cuello, un corpiño ciñendo sus senos, la respiración agitada, su larga cabellera cayendo por su espalda en cascadas, la ventana abierta por donde había escapado él y el velo de la cortina creando cabriolas por el viento. Un mensaje hinchado de adioses. La hermosa doncella, con el calor del cuerpo de su amado todavía entre las sábanas. Qué bello hubiese sido empezar ese libro, diciendo:

«Se habían quedado dormidos, cubriendo con sus respiraciones la rotunda desnudez de sus cuerpos...»

No, no, no.

«La carta era obscena. Llevaba el enigma de una flor abierta. Cada letra rozaba la punta de...»

No, no, no.

«El destemplado canto de los gallos anunció la llegada del día. De un momento a otro, la dama de compañía abriría las cortinas y descubriría sobre ella el hermoso cuerpo de...»

No, no, no.

«Tenía miedo de que su padre encontrara la carta que Lorenzo le había dejado esa mañana escondida bajo su almohada. Miedo a que se le notara la dicha en sus labios. Corrió a la chimenea y antes de lanzarla a las brasas que aún ardían...»

No, no, no.

«Lo vio descender por los muros a plena luz de luna y huir entre los olivos, tratando de esconderse de los búhos que esa noche lo vigilaban todo. Le dolía el alma saberlo tan imposible...»

No, no, no.

Por más que trataba, nada le sonaba interesante. De ninguna manera podía escribir la historia; tal vez porque todo aquello había existido. No conocía su partitura, y sin partitura era muy difícil interpretar nada.

La vida real poseía otro ritmo, más lento y aburrido. Días planos que no merecían la pena ni siquiera de ser mencionados por su nombre de pila. Lunes, Martes, Miércoles, muchos nadas vividos... Quizá aquellos pobres amantes no podían verse sino una sola vez al mes, y a lo mejor con el miedo palpitándoles en la yugular. La realidad llevaba un tiempo narrativo diferente, y para poderlo escribir necesitaba conocerlo, investigar, saber más, mucho más.

¿La archivaba definitivamente?

Antes de decidirlo, se bebió de un sorbo el resto de vodka que quedaba en el vaso y miró por la ventana pensando en la mujer que las había escrito. ¿Querría ella que su secreto viera la luz? Quien escribía un diario, ¿lo hacía con la intención de que algún día fuese descubierto? Quizá sí. De todas maneras, no era ella la indicada. No, no iba a hacerlo. Volvió a guardar las páginas en el cajón.

Al cerrar el armario, no pudo evitar pensar en el diamante azul.

70

A las doce vendría a visitarla un tal Maximiliano Lucido, profesor de Politología de la Università degli Studi di Firenze.

La carta recibida en el buzón de la via Ghibellina, además de muy bien escrita, tenía la particularidad de llevar anexados los resúmenes de dos tratados: uno sobre el deseo y otro sobre el miedo; según palabras de Lucido, cíclopes a los cuales tarde o temprano debía enfrentarse el ser humano. De todas las cartas que le llegaban, ésta era la primera que la hacía trabajar.

Se leyó los folios y, aunque estuvo de acuerdo en algunos de sus párrafos, llegó a la conclusión de que la metafísica era una entelequia.

Desganada, abrió la puerta del ático. Empezaba a cansarse de ser *La Donna di Lacrima*; de representar aquel personaje que últimamente no le reportaba ningún tipo de placer. Después de recibir a aquel actor pedante y estúpido, había decidido que no permitiría que la tocaran. Le estaban pasando demasiadas cosas.

Desde que había leído los versos que el librero le dejara en el pupitre, algo en su interior no la acosaba. Tal vez se tratara de aquello que tantas veces había hecho sentir a los personajes que inventaba en sus novelas y que había descrito con lujo de detalle en muchos capítulos, pero que al vivirlo en carne propia tomaba otra dimensión.

Una cosa era describir y otra muy distinta, sentir. ¿Qué iba a hacer con ese sentimiento que no tenía pies ni cabeza?

Y peor aún, ¿seguía yendo al ático para ver a aquellos hombres? ¿O lo que le interesaba, en realidad, era comprobar si había llegado alguna carta más del desconocido que firmaba con la letra L.? ¿Era posible esa dicotomía interior? ¿Que por un lado le empezara a atraer el librero y por el otro tuviera esa fascinación por aquel desconocido que le escribía esas cartas tan extrañas?

Al entrar, las hermosas jaulas de bambú se agitaron. Los pájaros azules le daban la bienvenida, enseñando vanidosos sus aristocráticos plumajes. Ella los saludó imitando su canto y las aves respondieron con una algarabía monumental. Ese día traía algo entre sus manos que la tenía entusiasmada: dos jaulas, una repleta de pichojués y otra de colibríes traídos de Cali. Se los había encargado a un viejo hippy caleño que tenía un puesto en el mercato Centrale de la via dell'Ariento y que era capaz de conseguir lo imposible. Vendía chinchorros guajiros, hamacas de San Jacinto, filigranas de Mompós, carrieles paisas, cántaros en werregue chocoanos, sombreros vueltiaos, totumas vallunas, alpargatas tolimenses, mochilas wayúus y algún que otro manjar colombiano como dulce de paila, carimañolas, guarapo, chontaduros, arequipe, chicha, bienmesabe, desamargado y cocadas. Después de una larga espera, finalmente los pájaros habían llegado. Le gustaban porque concentraban el sonido de su niñez. Aquel fondo musical que en los mejores y peores momentos de su vida había permanecido inalterable.

Abrió la jaula de los toh y fue metiendo uno a uno los pichojués, hablándoles mientras los dejaba dentro.

Tras una batalla en la que los pájaros azules lucharon con picos y coletazos por mantener su soberanía y no aceptar a los intrusos, al final, toh y pichojués se pusieron de acuerdo y empezaron a cantar una suerte de galimatías que finalmente se convirtió en un maravilloso concierto.

Después, se acercó a las plantas florecidas y dejo en libertad a los colibríes. Puso una mezcla de mirra y azahar en los incensarios y los encendió. Caminó hasta el salón y buscó, entre las paredes forradas de espejos, la trampilla que la llevaba a su habitación. Al entrar, sacó del clóset la capa de seda, la máscara y las sandalias de tacón finísimo y los dejó preparados sobre la cama. Fue al baño, se desnudó y, como todavía era pronto, abrió la llave de la bañera, calibró la temperatura del agua, vertió aceites y sales y, cuando estuvo llena, se metió. El agua caliente la recibió amorosa. Sumergió su cuerpo y luego la cabeza, despacio, sintiendo cómo el agua abrazaba su cuello, su mentón, su boca, su nariz, sus ojos, su frente, su pelo, todo hasta el fondo, y cuando estaba dentro, de repente la oyó.

—Qué tonta has sido, Ella. La otra noche tuviste la posibilidad de haber tenido un final apoteósico. ¡De libro! ¿No querías ser importante? ¿No sabes que cuando un escritor muere de forma trágica sus libros cobran mayor importancia? Acuérdate, «no hay muerto malo». Si me hubieras hecho caso, ahora tu desaparición estaría en grandes titulares. ¿No querías ser una escritora intimista y profunda? Pues lo intimista y profundo es así; llega al desgarro y la destrucción. Eso tiene morbo, querida, gusta y conmueve.

»He luchado contigo para que me entiendas, pero no has querido. Todo lo he hecho por tu bien. Me has culpado siempre de quererte morir, fíjate que no digo «quererte

273

matar», escritora, lo hago ex profeso; «quererte morir», porque ése es tu deseo, no el mío. Yo sólo te ayudo, pero cuando estoy a punto de prestarte la mejor colaboración, vienes tú y, zas, lo jodes todo. Creo que estás buscando un final literario para lograr llanto, y después... ¿sabes lo que pasa después? Que viene otra historia y nadie se acuerda de ti. Por eso es tan importante que tu final sea memorable. Vas de final literario pobre, y eso no tiene impacto, ¿me entiendes? Necesitas un final que sobrepase la media literaria, que alcance el do de pecho. No sé si me explico.

»Bebes, bebes y bebes. Vienes y vas. Quieres que te abracen pero no abrazas; quieres escribir pero no escribes; abandonas tu cuerpo cada noche sin darle ni una gota de placer. ¡Mírate! Mira tu sexo..., ahí lo tienes, dormido. Abre las piernas y míratelo bien. ¿Qué ves? Un clítoris marchito. Una vagina cerrada y reseca. ¿Hace cuánto que no te tocan de verdad? ¿Hace cuánto que no te tocas? ¡Qué pena me das, escritora!

»Caminas y caminas sin saber realmente adónde van tus pasos. Del hotel a la academia, del hotel a la librería, del hotel al ático, del hotel a la carretera... ¡Pierdes el tiempo!

»No te dejas aconsejar, cariño. Yo podría ayudarte, pero no me dejas. Si quieres escucharme, y veo que hoy lo haces, quédate así, tal como estás, quietecita. Hasta que te duermas. El agua está caliente, como te gusta, tiene la temperatura justa. Deja que entre el agua en tu boca... No te resistas. Por un instante querrás salir. No lo hagas. Serán unos pocos segundos y después entrarás en un dulce sueño. Te prometo que en él no habrá nada; nadie va a molestarte. Sólo encontrarás una luz blanca...

Blanca, blanca, blanca...

—¡¡¡NOOOOOOOOOOOOOOOOOOOOOOOOO!!!

La puerta del ático era de roble macizo y tenía en la parte superior una inmensa chapa de bronce con la cara enfurecida de un león en altorrelieve. El animal sostenía entre sus dientes la circunferencia de un reloj sin agujas que hacía de mirilla.

Mientras esperaba a que le abrieran, el filósofo se dedicó a buscar en aquella cabeza más de un significado. «La bestia ha dominado a la bestia», pensó.

Observó el timbre y sintió la necesidad de pulsarlo varias veces, pero se contuvo, aplicando el método de respirar hondo y contar. Su gran defecto era la impaciencia y aunque en una de sus cátedras más brillantes enseñaba cómo vencerla, en verdad no tenía ni idea de cómo lograrlo.

Empezó a caminar en círculos por el rellano, tratando de controlarse, y miró la hora. Todavía faltaban diez segundos para que dieran las doce. De repente, el centro del reloj incrustado en el hocico del león se amplió y, desde el otro lado de la puerta, un ojo lo observó detenidamente.

Se sentía ridículo con la máscara que llevaba, no tanto por lo que ésta representara, sino porque nunca en su vida se había puesto ninguna. Era una antigua *hypokritas* griega, con la frente exageradamente marcada de surcos, el entrecejo fruncido y una expresión soberbia en su boca abierta. ¿Causaría algún impacto en la mujer?

Tal como decía en la carta, con el primer repique de campanas, la puerta del ático se abrió, invitándole a pasar.

Una vez dentro, se sintió desconcertado. No sabía exactamente qué motivación o mecanismo interior lo había empujado a estar allí.

Le gustaba tener el control de su vida; creía que hasta ahora lo había logrado, pero en este caso era como si sus esquemas se hubiesen roto. «La curiosidad es la madre de todos los vicios», se repitió mientras repasaba uno a uno los objetos que encontraba.

¿Qué hacía allí? Él, un pensador nato, reflexivo hasta la médula, dejándose llevar por un impulso banal e incluso mundano. Él, con todos sus temas resueltos, sensato, contenido, docto, educado, preciso, visitando a una... ¿Qué nombre podría darle a la mujer que tenía tan alborotada a su ciudad? De todas las palabras que existían en el diccionario, ninguna conseguía definirla. ¿Qué hacía él allí? Se dejó guiar por las indicaciones, colocadas estratégicamente a lo largo del pasillo, hasta que llegó al centro del exuberante salón.

Se miró en sus paredes forradas de espejos, vestido con su careta de pensador griego y, tras reflexionar unos minutos sobre la intención de su visita, finalmente halló la justificación.

Había ido a ese lugar única y exclusivamente para analizar el comportamiento de la mujer y realizar dos estudios pormenorizados. El primero, que hablara sobre el deseo irrefrenable de jugar a ser otro, y el segundo, que se extendiera en el arte de la curiosidad.

El sitio estaba plagado de simbolismos. Podría asegurar, sin temor a equivocarse, que cada objeto estaba allí por alguna razón. El exceso de espejos debía significar el deseo de reivindicar la falsedad. Los pájaros, puesto que estaban enjaulados, un ansia de volar reprimida. El verde tal vez simbolizaba el aire y la vida. Los incensarios produciendo continuamente cenizas, lo perecedero: la muerte. Las velas... Cuando estaba a punto de decodificar su simbología la vio venir, majestuosa y fresca, y todos los esquemas que acababa de crear se desplomaron.

Tal como le indicó la mujer con un gesto, tomó asiento y esperó hasta que ella se recostó en el diván.

El silencio lo incomodó. ¿Cuánto tiempo debía transcurrir antes de empezar a hablar? Trató de permanecer quieto, pero la pierna empezó a temblarle; se le acababa de disparar aquel tic que no podía controlar.

Cuando vio que la espera se hacía insoportable y que la pierna estaba a punto de estallarle, habló.

—Bueno, bueno, bueno. Aquí estamos —dijo, involucrándola a ella—. Usted y yo, frente a frente. Máscara y máscara, es decir, falsedad contra falsedad. Porque... ¿qué es en realidad una máscara? ¿No es un escudo con el que nos resguardamos para no ser nosotros? Detrás de ella, nos ocultamos hasta de nuestras peores pesadillas. Llevándola no tenemos que hacernos responsables de nuestro comportamiento; perdemos la identidad, y con ella el decoro. En cierta forma, nos libera de todos los prejuicios. ¿Es eso lo que busca?

»No sé por qué, tengo la impresión de que usted es todo lo contrario de lo que representa. Perdóneme, no quisiera ofenderla, pero creo que hasta le cuesta mucho estar así, desnuda, vistiendo sólo esa capa, exhibiendo su cuerpo a un extraño por el que no siente absolutamente nada.

»Hay otras mujeres que lo hacen, enseñan su cuerpo y además lo venden, pero usted no tiene nada que ver con ellas. Me temo que recurre a esto como podría recurrir a cualquier otra cosa para perderse de sí misma. Esa sensualidad o sexualidad que quiere demostrar en todo lo que la rodea no es real. ¿O sí? No sé por qué, me la imagino una mujer recatada y de principios que anda un poquillo perdida.

»He pensado mucho en usted, y en toda esta... —señaló la habitación— rara escenografía que ha montado para nosotros, los hombres. Le mentiría si no le dijera que tenía muchas ganas de conocerla y ver con mis propios ojos lo que comentan quienes ya han pasado por aquí.

»Siento tener que decirle que, a diferencia de muchos que la puedan haber visitado, a mí no me intimida nadie y menos alguien que no habla. Tal vez, con todo esto usted simplemente esté buscando ayuda o llamar la atención. Estoy seguro de que detrás de esa mujer que llora con su máscara hay una persona confundida, que tiene miedo de aceptarse tal como es. Usted tiene miedo de sí misma, que es lo mismo que tener miedo a la vida, pero ha olvidado que la vida le está enseñando algo, algo que tal vez se niega a ver.

La Donna di Lacrima tomó de la mesilla la picadura aromatizada a canela que guardaba en una pequeña cartera de piel y con un gesto vaporoso fue llenando su pipa. Una vez la encendió y lanzó algunas volutas que se mezclaron con el humo del incienso, volvió a estirarse imperturbable.

—Se ha movido, ergo he dado en el clavo, ¿verdad?

»Mire, la vida no es feliz ni infeliz. Ése es un cuento que nos contaron cuando éramos pequeños y que nos quisimos creer. La vida sencillamente ES. Hoy estamos aquí, nos lo pasamos bien o nos fastidiamos; y eso es todo. Los días y las noches se suceden en filas ordenadas, y aunque a veces queremos adelantar para saltarnos los peores o dar marcha atrás para repetir los mejores, no podemos. Tenemos que vivirlos uno a uno, todos sin excepción. ¿Para qué? Para aprender. Y usted se preguntará... ¿y para qué aprender? Pues para saber más, para morir más sabios. ¿Qué le parece? ¡Vaya estupidez! Pero es así. Esa realidad la aceptas o no la aceptas, pues es imposible modificarla.

»¿Ha oído hablar del ánimo? Viene del griego άνεμος, *ánemos*, que es igual a viento, a alma. Es el impulso, la fuerza para continuar. Necesitamos impulsarnos hacia el futuro, saber ver más allá de lo que ven nuestros ojos. La falta de ánimo de la que se quejan tantos mortales, esa falta de aliento, es lo que produce el resquebrajamiento, la pérdida de interés; la que lleva a no entender el porqué de todo. ¿Cómo está de άνεμος? Si el *ánemos* está muy bajo, entra el aburrimiento, y no hay peor peligro que él. ¿Está usted aburrida? ¿Es acaso la razón por la que se viste así y recibe a hombres de esta manera? ¿Lo hace para entretenerse?

El filósofo la miró, buscando alguna reacción. Salvo su delicada mano acercando la pipa a la boca, su acerado cuerpo continuaba rígido: bello y rígido.

—¡Es tan difícil hablar con una estatua! ¿Es eso en realidad lo que quiere parecer? ¿Una *statua* sin sentimientos? Ya veo. Aunque no diga nada, aunque yo no tenga acceso a su mente, hay algo que en este instante nos iguala. Yo hablo y usted escucha. El acto de hablar y el de escuchar parten de una sola fuente: el sentir. Usted siente, como yo, como todas las personas. Quiere ser diferente, pero no lo es. La harina con la que usted quiere hacer su pan es la misma con la que los demás trabajamos.

»Déjeme decirle que el corazón de la energía, del ánimo, está en el centro emocional y es al que peor atención se le da. Aunque a veces, por mucha atención que le pres-temos, no alcanzamos a entenderlo. También hay cosas con las que no se cuenta, por ejemplo, el dolor de nuestros antepasados. Y es que existe una memoria celular, guarda-da en nuestros genes, de la que nunca se habla. En ella es-tán registrados los dolores y las frustraciones de generacio-nes anteriores...

La Donna di Lacrima se incorporó despacio y se puso de pie. Lo miró, cerró su capa, le dio la espalda y el ruido de la seda arrastrándose se propagó como un incendio hasta abrasar los techos. Su silueta se perdía entre el humo.

—Señora, aún no he terminado. Falta que profundice-mos sobre el *anima mundi,* sobre el espíritu etérico del mundo, lo subyacente en toda naturaleza... Señora, ¿adón-de va? Me habían dicho que además podría acariciarla y me he permitido traer varios papiros, la materia prima que dio lugar a...

Oyó una puerta que se cerraba. Fue hasta los espejos y, aunque probó de empujarlos, ninguno cedió. La mujer ha-bía desaparecido.

73

Estaba a punto de abandonar el ático cuando la vio. En la base de la puerta, reposaba otra carta de L.

La recogió, dejó su bolso y el abrigo en el respaldo de una silla de estilo dantesco en la que se dibujaba en madreperla y hueso una mujer renacentista con un ave en su hombro, y regresó al salón. Encendió la luz del viejo escritorio y buscó el abrecartas con empuñadura de ébano que había adquirido en un viejo anticuario de la via Maggio y la pinza de metal. Quería hacerlo poco a poco, pues la anterior, con el afán por abrirla, había estado a punto de estropearla. Se sentó en el sofá y con la punta del estilete fue desprendiendo el lacre que la sellaba. Sacó del sobre la carta y la desplegó, buscando en su interior el pétalo grabado... ¡Allí estaba! Lo retiró despacio con la pinza y lo acercó a la lámpara para examinarlo. Tal como había supuesto, dibujada por la punta de un alfiler y en un evidente estilo gótico, aparecía la letra R.

Ahora sí; estaba segura de que la palabra era «viernes». Además, tenía mucho sentido. Sus cartas, salvo alguna excepción, siempre habían llegado ese día.

Desplegó la hoja y, como acostumbraba a hacer antes de leerla, la olió. Nieve, seguía percibiendo el perfume a nieve y a eucalipto.

Empezó a leer. El texto empleaba el mismo tono desgarrador de las anteriores misivas; hablaba de ruptura y dolor, de la razón de ser de la vida. Algo se había roto entre los dos amantes. La dicha había acabado.

«Amor, amor mío, ¿me dejas que te llame así? Aún me cuesta dejar de sentirte mía. ¿Cómo identificar el instante mismo en que el hilo que nos unía, ese delgado hilo que nos conectaba a la vida, se rompía? No entiendo cómo nos pudo pasar. Nosotros, que ensalzamos y glorificamos el amor. Nosotros, que fuimos capaces de romper cadenas y prejuicios, que nos enfrentamos al mundo y sus obstáculos.

¿Qué nos pasó? ¿Sucedió en medio de un sueño? ¿Mientras hablábamos y enaltecíamos el atardecer? ¿Mientras acariciaba tu cuerpo como si fueras mi escultura más preciada? ¿Cuando te leía los diálogos de Platón? ¿Cuando te besaba? ¿En qué maldito momento se vinieron abajo nuestras ilusiones?

Demasiado joven, demasiada dicha, demasiado todo para alguien como yo.

¿O es todo mentira, y en verdad te obligaron a hacerlo?

¿Quién te fuerza a olvidarme?

No me resigno a esta muerte en vida.

Es la hora del alba. ¿Duermes? Ni siquiera puedo imaginarlo. Me duele. Sí, aún me dueles. En esta vigilia que me mata, puedo imaginarte abandonada a tu sueño, perdida y encontrada en esos mares que te llevan y te traen.

Hermosa mía, no sé qué hacer sin ti. Firenze espera. ¿Qué les digo? No sé pensar ni decidir. Tengo audiencias, decretos, concejos, asambleas, recepciones, interminables reuniones... Veo sus bocas hablándome, pero no los oigo. Nada me importa. ¿Qué futuro tengo? ¿El poder? ¿La gloria? ¿De qué me sirven si no puedo alcanzarte?

Siento mis manos vacías, rotas, perdidas, porque era tu piel la que las llenaba, las unía y encontraba.

¿Qué me queda de ti? No sé, tal vez saber que aún existes. La vida tuya acabará siendo mi única esperanza. Tú, mi esperanza última.

Amor, amor mío..., ¿dónde puedo esconderme de mi dolor?»

Leyó hasta que el texto cambió y las comillas se cerraron, dando paso a una frase de un autor italiano, Salvatore Quasimodo.

Soy un hombre solo. Un solo infierno.[11]

Al final, la carta se cerraba como siempre:

...así pues, el único futuro que nos queda, enig-
mática señora, es el presente.

Suyo,

L.

La voz literaria de la carta, aquella voz triste y desgarra-
da... tenía un tono familiar. Era hermana gemela de la página que le había entregado Sabatini; la que había leído
ayudada por los rayos ultravioleta.

Ese texto tenía que pertenecer al diario que tanto había
buscado. ¿Sabía L. de su existencia? ¿Tenía páginas sueltas
como ella? ¿De dónde tomaba los textos que copiaba?

No entendía absolutamente nada. Si todo lo que pensaba era verdad y el mensaje cifrado en los pétalos coincidía
con lo supuesto, le quedaban muy pocas cartas para conocerlo. ¿Tres, cuatro, cinco?

¿Cómo sería el hombre que escribía con tanta pulcritud y en esa caligrafía?

74

Pasó por delante del battistero di San Giovanni y se detuvo un momento a observar la puerta del paraíso de Ghiberti. Eran las tres de la tarde y curiosamente no había ningún turista observándola. Nunca se cansaba de admirarla. El manejo de la perspectiva y la profundidad, que rompía con el rosetón gótico de las otras puertas, la deslumbraba. Siempre que la miraba encontraba algo nuevo. El pliegue de un vestido, un gesto, la rama de un árbol, un sombrero, las alas de un ángel, las facciones de un rostro; cada uno de los diez paneles transmitía una fuerza visceral impresionante. Adán y Eva, Caín y Abel, Noé, Abraham con Esaú y Jacob, Salomón y la reina de Saba, todas esas miniaturas perfectamente esculpidas eran magnificentes obras de arte.

Tras largo rato contemplándolas, continuó. Se dirigía al caffè di Carlo a matar su soledad.

Mientras caminaba, oyó un quejido suave que a cada paso crecía; un grito leve que fue multiplicándose hasta convertirse en un lamento largo, terrible y desgarrado. Miró a su alrededor, buscando la fuente que lo provocaba, pero no la encontró. Se detuvo. El quejido continuaba creciendo y creciendo hasta alcanzar su garganta. Provenía del centro de su alma y, aunque era un grito apocalíptico, nadie más lo oía.

El cuello le dolía de aguantar aquel monstruo. Cuando estaba llegando, levantó la mirada y la vio, a lo lejos.

Era.

Cruzaba por la piazza del Duomo, dando pequeños saltos, cogida de la mano de un hombre alto y calvo. Llevaba un abriguito y una boina rojos, y el cabello suelto.

El viento traía las notas de su voz: «Y la iguana tomaba café, tomaba café a la hora del té...»

—¡¡¡CHIARA!!! ¡¡¡CHIARA!!! ¡¡¡CHIARAAAAAAAAAA!!! —gritó.

Todos se giraron, menos la niña y el hombre.

Empezó a correr desesperada.

—¡¡¡CHIARAAAAAAAA!!!

El desconocido y la pequeña se detuvieron frente a una tienda de zapatos y, después de repasar los modelos que se exhibían en la vitrina, entraron.

En la carrera, los pies de Ella trastabillaron y cayó de bruces sobre los adoquines. Un joven *carabiniere* que pasaba por ahí en aquel momento corrió a auxiliarla.

—¿Se ha hecho daño? —le preguntó, al tiempo que la ayudaba a incorporarse.

Ella trató de deshacerse de su brazo.

—Está sangrando —le dijo él—. Será mejor que vayamos a un dispensario.

La media se le había roto y de su rodilla brotaba sangre.

—No es nada.

—Sí que lo es.

—Por favor, por favor...

—De ninguna manera.

—Necesito irme, ¿no lo entiende? ¡¡¡Suélteme!!! —le gritó, enérgica.

—Está bien...

El policía recogió el bastón, que había ido a parar al otro lado de la calle, y se lo entregó, molesto. Trataba de ser amable y la mujer no lo entendía. Finalmente la dejó sola.

Sentía que había perdido unos minutos valiosísimos. A pesar de que la rodilla le dolía, caminó de prisa tratando de no perder de vista la entrada de la zapatería. Nadie salía ni entraba. Dedujo que Chiara y el hombre todavía continuaban dentro.

Al llegar, espió a través de la ventana. Las dependientas atendían a varios clientes, mientras algunos niños se entretenían en una mesa con un *meccano*. Empujó la puerta, entró y miró a su alrededor, buscándolos desesperadamente.

No estaban.

Al fondo descubrió una pequeña escalera de caracol que conducía al segundo piso.

—¿Arriba hay algo más? —preguntó agitada a una dependienta.

—Zapatos para niños.

Subió.

—¡¡¡¡CHIARAAAAAA!!!

Arriba, zapaticos de niña expuestos en estanterías, asientos vacíos.

¡Nadie!

La había perdido. Segundos malditos. ¡Estúpido *carabiniere*!

No quería vivir sin ella; no sabía vivir sin ella. Vida prestada, monstruos atentos riendo a carcajadas, burlándose de su tristeza.

¿Qué me fija al suelo para no volarme? ¿Quién me riega gasolina y prende fuego a este sinsentido innato que me retiene? Remordimiento, lepra que se come a pedazos mi cerebro, muñones de neuronas pudriéndose.

¿Dónde estaba ahora?

Desconsuelo, en oleadas. Tristeza infinita. Soledad: la de un perro apaleado y sarnoso que no encuentra su lugar. ¡Impotencia y rabia! Pérdida de espacio y tiempo.

¡¡¡Pobrecita Ella!!!

Autocompasión; lo peor. Profunda sensación de estar en el limbo total de la vida. El alma reventada...

¡¡¡Puffff!!!

No poder vivir; tener conciencia de esa frase desde el momento de llegar al mundo. ¿Dónde se habrá metido el ángel de la guarda? De rodillas y con fervor, las manos juntas... «No me desampares ni de noche ni de día...» ¡Oh, la dulce compañía!... Sabor a manjarblanco.

No saber ver más allá de sus ojos, de su realidad. Ceguera emocional profunda.

El mundo: un espacio amorfo, oscuro, inmenso, desangelado, descielado. Noche cerrada por millares de candados sin llaves.

Ella: un espermatozoide inoportuno, aguafiestas, despistado, fecundando un óvulo estoico, cansado y aburrido.

Necesidad de esconderse donde nadie la encuentre. Una cueva, un pozo hondo, un armario en un sótano, un zulo acompañado de ratas amigas, un agujero húmedo. Arroparse con telarañas, cubrirse los oídos para no oír más retahíla. Maldita cháchara que la persigue. Un alma desfondada por la que escapa todo. No pensar. Borrar recuerdos, todo el pasado, como se borra de un gesto una frase, un logaritmo, una ecuación, un mapa en un tablero...

Yo, hija de la muerte, suplicando muerte.

¡¡¡Basta!!!

77

A pesar de haber permanecido enclaustrada en el hotel durante dos días tratando de mitigar su ira y frustración, bebiendo vodka, tomando analgésicos y luchando por mantenerse despierta, esa mañana tenía un día en el que se sentía buena, omnipotente y comprensiva. Hacía algo útil por dos personajes que, tras casi cuatrocientas páginas de luchar contra el mundo y sus maldades, finalmente iban a encontrarse en el capítulo XXIII para planear escapar de sus retorcidos cónyuges fingiendo un accidente.

Ahora, por culpa del barro, los años, la humedad y la descomposición, aquello no había sucedido, o por lo menos no había quedado registrado en ninguna parte.

En los fragmentos que lograron salvarse del *Alluvione* no volvían a encontrarse. Los folios que correspondían a aquel pasaje de la novela estaban carcomidos, y de todo lo escrito únicamente permanecían los bordes y alguna que otra palabra suelta.

Mientras los demás alumnos se tomaban un descanso y salían a comer, ella decidió quedarse en la academia trabajando. No sólo se trataba de limpiar las páginas; ése era un procedimiento mecánico que dominaba a la perfección. Pretendía, además, reponer las palabras desaparecidas, imaginando el encuentro y lo que sucedería entre los amantes quizá cambiando sus intenciones y el escenario, creando diálogos y descripciones, suspense y emoción. El libro, que estaba para el desguace, se lo había regalado el profesor Brogi y tenía total libertad de hacer con él lo que quisiera.

Si era capaz de resucitar la palabra y ocuparse en algo que llenara sus horas, tal vez podría apartar a La Otra de su vida. Tal vez podría conseguir algo de paz en esa espera sin fin.

Lo tenía todo preparado. Semana tras semana, con mucha paciencia había ido despegando las páginas, removiendo manchas y partículas de lodo, empleando con mucho cuidado el bisturí. Todas las inmundicias que se habían comido palabras, frases y episodios enteros, ya no estaban. Después, con la goma de piel de ciervo, había acabado de limpiar los últimos residuos adheridos y, finalmente, hoja a hoja, el libro entero había pasado por el baño.

Ahora, después de haber realizado las tareas menos gratificantes, estaba listo para ser rehabilitado. Iba a devolverle la vida a aquel libro que agonizaba.

Encendió la luz de la mesa y, antes de empezar a trabajar las páginas rotas, repasó su gramaje. Buscó entre las resmas de papel japonés el que más se le parecía y lo colocó debajo de la primera hoja a restaurar para tomar de ésta el faltante.

Mientras trabajaba con el punzón, los pinceles, los pegamentos y los papeles, su imaginación empezó a volar por encima de los años y los siglos. En medio del silencio y la soledad de la clase, comenzaron a desfilar imágenes y sonidos: carruajes brillando en la noche, aullidos de lobos, fango y piedras, caballos desbocados, relinchos y gritos. En su mente se escribían acciones cargadas de tensión que imprimían fuerza al relato.

Las palabras volvían, primero a tientas, dando golpes de ciego; después, fluidas. Una a una, se ponían en fila convertidas en frases coherentes.

No esperó a que las hojas se secaran. Las escribía sobre el papel japonés sin corregirlas ni pensarlas, como cuando había escrito su primer cuento.

Por un instante pensó en el librero y sintió que se lo debía. Él era el artífice de ese renacer, quien le regalaba la fuerza, esa brizna de ilusión.

La alegría de dejarla husmear entre sus tesoros. El pupitre preparado, en su interior el libro con alguna página abierta, palabras que refrescaban su convulsionada alma; la orquídea tiñéndose de rojo... ¿Una esperanza a la que quizá tenía derecho?

Esa tarde pasaría. Si todo se confirmaba, si era verdad lo que ella suponía, en el pupitre debía de estar *En busca del tiempo perdido*.

Salió de la academia al filo de las cinco, con el libro que restauraba bajo el brazo y un sentimiento nuevo: satisfacción. Por una vez era capaz de hacer algo productivo.

Tenía hambre.

Se detuvo en D'Mario, la única *trattoria* que a esa hora permanecía abierta, y se tomó una copa de vino y un plato de *antipasto* variado: *bresaola, prosciutto, melanzane*, algunos tacos de queso y pan tostado con *olio* virgen, tomate y albahaca, la *bruschetta* que tanto le gustaba.

Ese día, La Otra la había dejado tranquila.

78

Llegó al Lungarno Suites con los minutos justos para ducharse y cambiarse. Después de mucho tiempo, tenía ganas de arreglarse y vestirse no sólo para ella.

Al verla entrar, el conserje se le acercó.

—Tiene muy buena cara hoy, señora. Se la ve contenta.

—¿Usted cree?

—Desde luego.

—¡Ay, Fabrizio!, usted es muy amable y... un poquito mentiroso.

—No le miento: le aseguro que tiene otro semblante. Si necesita algo, ya sabe.

—Hielo, necesito hielo —le dijo—. ¿Podrá subirme...?

—¿Una cubitera? En su cuarto la espera; yo mismo acabo de dejársela.

Ella se lo agradeció y cortó rápidamente la conversación.

Llamó el ascensor. Dentro, un matrimonio americano con una niña de rasgos orientales metida en un cochecito esperaba salir. Los dejó pasar y la niña le sonrió.

Al llegar a la habitación, sacó del bolso la novela que había estado trabajando y buscó el capítulo XXIII: su pequeña letra destacaba sobre el papel.

Releyó con calma el fragmento añadido. Tenía ritmo y

fuerza, y a pesar de haber sido escrito a mano y de que estéticamente se alejaba del resto del libro, encajaba a la perfección. Constituía un todo en el que los personajes eran los auténticos protagonistas. Había un lenguaje, una épica especial que correspondía al momento que estaban viviendo.

Se felicitó, y mientras lo hacía se sirvió un trago de vodka y brindó por ello.

Después del accidente era su primer logro; por fin había sido capaz de escribir algo. Pensó en Marco y lo imaginó con sus gafas, releyendo cada palabra, analizando cada frase. Actuaba como el profesor de literatura que era. ¿Hubiese estado orgulloso de ella? ¿Los adjetivos que había empleado para describir la escena eran los adecuados? Se regañó. ¿Por qué pensar en él? ¿Para qué pensar en él? No quería, ya no más. No estaba. ¿Cuándo iba a asumirlo? Se sacudió el pensamiento como se sacude la nieve de un abrigo y se desnudó.

Fue al baño y abrió el grifo de la ducha. Mientras lo hacía, observó de reojo el perfil de su cuerpo que se reflejaba en el espejo. Esquivó mirarse de lleno por temor a llamar a La Otra con sus ojos. Podía sentirla, acechando como una hiena en todos los rincones. Percibía su voz como un pitido constante, como la alarma disparada de un coche lejano que nadie atiende, pero se hacía la que no lo oía. No podía recibir su odiosa visita. Hoy no. No tenía tiempo ni ganas. Quería sentirse normal.

El agua resbalaba por su cuerpo y la envolvía. Un vapor cálido subía y se pegaba al cristal, convirtiéndolo en un lienzo blanco que la llamaba. ¿Cuántos animalitos, caras y figuras habían dibujado ella y Chiara mientras se duchaban juntas?

«Adivina, adivinador, ¿qué puede ser esto?» Su mano traza una línea y en el centro un círculo. «No lo sé, mamá, dímelo, dímelo...» «Es... ¡un mexicano en bicicleta!» Sus risas, su cuerpecito pegado a su cintura, abrazándola. El contacto de las pieles mojadas, génesis, vientre, agua tibia, madre e hija. «¡Me toca a mí, mamá, me toca a mí!» «Adivina, adivinador, ¿qué puede ser esto?» Su dedito, un punto que crece y se convierte en una línea larga, larga, larga, que va cruzando la puerta empañada y no se acaba nunca. «¿Una... carretera?» Carcajadas, buches de agua, pompas de jabón. «Perdiste, mamá; es la vida...»

Fin del recuerdo.

El jabón la limpiaba; sus pensamientos más oscuros se reblandecían mezclados entre la espuma y el agua, y desaparecían por el desagüe convertidos en nada.

Se sentía limpia. Después de mucho tiempo, se sentía limpia y fresca, como nueva.

Levantó la cara y, antes de dar por finalizada la ducha, giró la llave del grifo hacia la derecha, para que el agua helada cayera en sus mejillas. Abrió la boca y, como hacía cuando era pequeña, bebió del chorro hasta calmar su sed. Aguantó un poco más el frío en su cuerpo: su sangre reaccionaba. Estaba lista. Entonces, pensó en él. Lo imaginó delante del pupitre, preparándole el libro, marcando con algún separador la página que le regalaría. ¿Seguiría viva la orquídea?

¿Se ponía el vestido rojo que tenía por estrenar desde hacía cuatro años? ¿Le gustaría al librero verla con ese color?

79

Estaba atrapada.

Trataba de abrir la puerta de la habitación pero no lo conseguía. La llave que había dejado colgada de la cerradura había desaparecido.

La buscó sobre la mesa, en el armario, en el escritorio, pero no la encontró. Abrió cajones, miró debajo de la cama, en la cocina, en el baño; no estaba en ninguna parte.

Necesitaba llamar a la recepción, hablar con Fabrizio.

Corrió hasta el teléfono, levantó el auricular y, cuando estaba marcando, se dio cuenta de que no tenía línea.

¿Dónde estaba su móvil? «Piensa, Ella, piensa», se dijo. Ah, sí, acostumbraba a guardarlo en el bolsillo interior de su cartera. Llamaría con el móvil. Metió la mano y lo fue buscando, giró el bolso y vació su contenido: no estaba.

Entonces la oyó.

—¿Creías que te ibas a salir con la tuya? Ducha, pelo arreglado, perfume, vestido nuevo, zapatos de talón y hasta regalito para él. Ja, ja, ja...

—Dame la llave.

—¿Te creías que todo era tan fácil? ¿Dónde está el amor que decías tenerle a Marco? ¡Eres una furcia!

—Dame la llave, maldita sea.

—¡Mira que creer que te podías deshacer de mí! ¡Qué ilusa! Eso dalo por imposible; te vigilo siempre. Estoy incluso en los lugares donde ni siquiera me esperas. Por cierto, ¿crees que lo que estuviste escribiendo hoy, «carruajes brillando en la noche», bla, bla, bla, etcétera, etcétera, etcétera, tiene algún valor? ¡Eres penosa!

—No pienso escucharte. Dame la llave.

—¿Y tu hija? ¿Se te olvidó que tu deber como madre es seguir buscándola, remover cielo y tierra hasta que aparezca? ¡Mala madre!

—Dame la llave o...

—¿O qué, cariño? ¿Quién te ha dicho a ti que estás en condiciones de amenazar? Eres mi prisionera y aquí se hace lo que yo digo, y lo que digo es que hoy no sales..., a no ser que quieras saltar por el balcón. ¿Te sientes capaz?

—Dame la llave.

—¡Uff..., qué pesadita! Dame la llave, dame la llave, dame la llave. ¿Ésa es la única frase que se te ocurre, escritora? ¡Qué barbaridad! ¡Qué pocos recursos lingüísticos!

—Dame la llave.

—¡Mírate al espejo! ¿Creíste que porque no lo hacías, porque no te mirabas, ibas a conseguir evitarme? ¡Qué horrorosa te ves con ese vestido! Quítatelo ya. Eso no te queda bien. Te ves ridícula.

—DAME LA LLAVE O...

—¡Venga!, atrévete de una vez, escritora. ¿Quieres matarme?

—¡¡¡DAME LA LLAAAAAAAAAAAAAVE!!!

—¡Mátame!

—Por favor, QUE ALGUIEN ME AYUDE...
¡¡¡FABRIZIOOOOOOO!!!

—¿Pides ayuda al conserjito de los cojones? ¿Quién crees que te va a oír?

—Voy a acabar contigo de una vez por todas.

—Si eres tan valiente, saca el revólver y ¡¡¡MÁTAME!!!

—¡¡¡¡FABRIZIOOOO!!!!

80

Se perfumó, haciendo caso a un impulso excéntrico; una especie de relámpago tardío de vanidad surgido de repente. Sus días inodoros, incoloros e insípidos, su ayer y su futuro se habían modificado. Ahora esperaba algo. Su monotemática vida de pronto se pluralizaba. Se abrían caminos.

A pesar de dormir muy poco, se sentía energizado. Como si hubiese bebido del elixir con el cual la vida se veía de otro color. De ser un cultivador de desesperanzas había pasado a convertirse en un cosechador de sueños.

Lo absurdo tenía sentido. Quería volver a ver la luz, pasear por las calles y sentir el sol. Cabalgar en su caballo y perderse entre paisajes de suaves colinas.

Tenía ganas de que volviera la primavera. Todo, porque esa tarde ella iría a su librería.

Arriba, junto a su despacho, tenía una habitación que había equipado con cama, baño, tina, ducha y todos los menjurjes necesarios por si un día, cansado de trabajar en las traducciones, se le hacía tarde y decidía quedarse o sencillamente le surgía un imprevisto y necesitaba arreglarse.

Ahora el imprevisto había llegado.

Se afeitó con esmero y peinó con sus dedos los rizos negros entreverados de plata. Cerró su chaleco, abotonó el cuello de su camisa azul y se ajustó el nudo de la corbata de espigas de *cashmere*, comprada en Londres. Miró su reloj y se arregló la cadena que colgaba de su bolsillo. Revisó sus zapatos de ante marrón y, para matar el tiempo, los cepilló. Volvió a hacerse la lazada en sus cordones.

Otra vez, el reloj. Los segundos no avanzaban. El día goteaba lento, lento. Faltaban cuarenta minutos para que fueran las siete.

Había gastado toda la mañana eligiendo la página del libro que quería dejar en el pupitre.

Tras ojear *En busca del tiempo perdido* de Proust, se dio cuenta de que ninguno de sus párrafos reflejaba su actual sentir; en ninguno encontraba las palabras adecuadas, aquello que deseaba decirle. Lo apartó y reservó para más adelante. Buscó y buscó hasta hallar, en el *Libro del desasosiego* de Pessoa, lo que necesitaba.

Junto al ejemplar marcado, le dejaba una sorpresa que estaba seguro de que le iba a encantar.

Faltaban escasos minutos para que la orquídea estuviera completamente roja. ¿Sería capaz de hablarle? Y en caso de hablarle, ¿qué iba a decirle?

Volvió a mirar el reloj: siete menos diez.

Encendió las velas de la gran lámpara que iluminaba el pupitre y se alejó, dejándolo todo preparado.

Caminó por el segundo piso, comiéndose a zancadas los ochenta metros de libros y estanterías. Sus pasos retumbaban en el silencio por el largo pasillo. Izquierda, derecha, izquierda, derecha, izquierda, derecha. Adelante, atrás, adelante, atrás. Ir, volver, ir, volver. Aquí, allá. Parada y mirada al reloj: siete menos cinco. Vuelta a empezar.

Izquierda, derecha, izquierda, derecha, izquierda, derecha, izquierda, derecha, izquierda, derecha... Parada y mirada al reloj:

Siete. ¡Por fin!

Siete y uno. Oído atento.

Siete y dos. Silencio.

Siete y cinco. En la calle, un grito: «*¡Porca miseria!*»

Siete y quince. Campanas lejanas.

Siete y treinta. El goteo de las velas sobre la madera.

Ocho. Oscuridad. Vacío.

Ocho y treinta. Decepción.

Nueve. No vino.

Once. Lluvia. Alma y zapatos de ante destrozados.

Doce. Desconcierto.

Una. Preocupación.

Dos. El revólver. «¿Le habrá pasado algo?»

81

Había estado tiritando toda la noche y todavía llevaba el vestido rojo. Se había metido en la cama y envuelto en las cobijas, tratando de ahuyentar el frío como fuera, sin siquiera quitarse los zapatos.

La Otra finalmente dormía o se había ido, no sabía, pero ella continuaba atenta, sin bajar la guardia.

Todo desfilaba ante sus ojos rompiéndola y manchándola. Imágenes buenas y peores, un caos de hilos embrollados. Metáforas de su vida soñada contrastadas con la vivida. Por un instante, el remoto deseo de haber creído en la felicidad; su ingenuidad primera.

Amanecía en tonos invernales. Desde la cama podía ver un cielo inmortal tiñéndose de manchas malvas y violetas, como si hubiera recibido los golpes de un castigo. Sobre la mesa de la terraza, la primavera despistada, escarchada de nieve, se amontonaba en desorden y creaba extrañas figuras, pirámides convertidas en omnipresentes ojos justicieros que la observaban.

Otro paisaje. Necesitaba ver otro paisaje. Rememorar su calor y su verde. Su Valle del Cauca. Olor a caña de azúcar, a trapiche y a guarapo. Necesitaba pegarse a los recuerdos bellos para huir, como hacía en el cuarto oscuro.

Cerró los ojos...

Kilómetros de cañaduzales mecidos por el viento. Un mar verde. Paisaje plano. Tractores y hombres cortando con machete. El vidrio de la ventanilla se ha atascado y se ha quedado abajo. Ojalá que siga dañado. Sus hermanas cantan «Se va el caimán, se va el caimán...». Ella lo mira todo. ¡Qué delicia! El aire golpea sus mejillas, el pelo se mueve y acaricia su nariz. En el camino, un grupo de negritos chupan el jugo de la caña. Las trencitas de las niñas están llenas de bolitas de colores ¿Por qué nadie la peina así? ¿A qué sabrán esos palos que chupan? Ella quiere, pero el coche no para. Plantas y plantas cargadas de motas blancas... ¿Será así la nieve? Las quiere tocar, pero el coche sigue. Mamá dice: «Miren, niñitas, ¡es algodón!» Ella piensa en el de azúcar, pero no, éste no se come. Es del otro, con el que le ponen el mertiolate en los raspones que se hace en las rodillas por culpa de jugar tanto al «*coclí, coclí, al que lo vi, lo vi...*».

Van a Buga, a conocer al Señor de los Milagros, el crucifijo chiquito que encontró una indiecita pobre mientras lavaba la ropa a la orilla del río y que milagrosamente fue creciendo hasta hacerse grande. Dicen que todo lo cura, y que lo que se le pide con fervor lo concede. ¿Y si le pide que se muera el abuelo, le haría ese milagrito? De todas formas, se lo pedirá, por si acaso.

Es el primer paseo que hace la familia y ella está feliz. El abuelo se ha ido con la tía una semana. No hay mano ni dolor. Ojalá que no vuelva, que lo mate un carro, lo parta un rayo y lo espiche un tren.

Paran.

«¿Quién quiere jugo?», dice mamá. Todas gritamos «¡YOOO!». El hombre canta que hay «de mora para la señora y de piña para las niñas», pero al final tomamos de lulo, de mango, de guayaba y de uva. El pandebono está recién salido del horno y sabe a gloria. Nos vamos, quiero otro jugo, pero no puedo porque si no esa noche me orino en la cama. Colchón, burla y castigo.

Llegamos.

Calor y gente, mucha gente. Venden caspiroletas, brevas con manjarblanco, cuaresmeros y santicos de dulce de todos los colores; una amiga del colegio me dio a probar, están rellenitos de miel, yo quiero. No hay plata para más, dice papá. En muchos puestos hay escapularios y estampitas del Milagroso; aseguran y rejuran que protegen. Si me cuelgo uno, ¿el abuelo no se me acercará? La gente camina de rodillas. Miro las mías: todavía tengo carachas que aún sangran de mi última caída. «¡De rodillas, no, por favor!», suplico para adentro. Observo a mamá de reojo, sigue caminando y no dice nada. ¡¡¡Ufff, qué descanso!!!

Alrededor, mucha gente en muletas, mujeres con niños escuálidos, hombres sin piernas, quemados, paralíticos, caras de dolor y sufrimiento. No me gusta más el paseo, me quiero ir. Olor a incienso y cera derretida. Tumulto, una gorda me pisa y no pide perdón. Me empujan. Hay que hacer cola para tocar al Milagroso. Huele a sudor y a mugre revuelta. El dolor huele. La señora de delante tiene una llaga grande con pus en la cara, me da asco, no debería dármelo, hay que tener caridad; las monjas no están para pellizcarme ni decírmelo, y yo no he abierto mi boca. ¿Se me notará? ¿También será pecado que no se me note? Avanzamos despacio, papá dice que es como una procesión de Semana Santa; nos acercamos al altar, la cera ha manchado el mantel bordado de espigas de oro, las flores están podridas.

Allí está. Mamá hace un gesto con el dedo. Tenemos

que quedarnos callados y pedir. Me acerco y lo toco. Me da mucho miedo. Le sale sangre, mucha sangre, está muy triste y se le ve que sufre mucho. ¿Quién lo salva a él?

Abrió los ojos. Estaba en la cama del Lungarno Suites.

—Lo siento, señora. Pensé que había salido —le dijo un camarero filipino al verla—. Venía a hacerle la habitación, pero si quiere puedo volver más tarde.

Detrás de aquella figura, vestida de blanco, la luz intensa del pasillo. La puerta estaba abierta.

¡ABIERTA!

82

—Por favor, no la cierre —le dijo.

—Perdón, ¿me ha dicho algo?

Ella le repitió.

—Le decía que no hace falta que cierre la puerta.

—Bueno, si es lo que quiere; aunque no importa: tengo la llave.

—¿Me permite? —Ella señaló el manojo que colgaba de la puerta—. Es que... no encuentro la mía.

El camarero se acercó y sacó del delantal un llavero.

—¿No es ésta?

Ella la recibió.

—La encontré en la papelera. Iba a dejársela en la mesa antes de irme.

—No entiendo cómo pudo llegar hasta allí. La había dejado pegada a la cerradura.

—Uno a veces hace cosas que no se da cuenta. Si yo le contara. Mire, a veces voy buscando mis gafas y, ¿sabe qué?, las llevo puestas. No se preocupe, eso nos pasa a todos.

—¿Le importa acabar de limpiar la habitación más tarde?

—Cuando quiera. Lo único que tiene que hacer es marcar el número dos y decirlo.

El filipino levantó el cable del suelo.

—Claro que, antes, tendría que conectar el teléfono —le sonrió, mostrándole la clavija—. ¿Quiere que lo haga yo?

Ella asintió; tampoco recordaba haberlo desconectado.

—La entiendo; seguramente no quería que la molestaran, ¿verdad? Yo también lo hago a veces. Este cacharro es un mal invento. Te obliga a estar siempre, lo quieras o no.

Antes de marchar, murmuró.

—Sí, señor, un mal invento, desafortunadamente necesario. Que tenga un buen día.

Mientras se quitaba el vestido, pensó en el librero. ¿La habría estado esperando? ¿Se habría dado cuenta de que no había ido? ¿Sentiría lo mismo que ella?

Esa tarde acudiría sin falta. No pensaba volver al hotel; allí siempre estaba La Otra. ¡Maldita asquerosa!

Saliendo de la academia iría a verlo.

Miró el reloj. Iban a ser las diez de la mañana y no quería llegar tarde a la clase del profesor Sabatini. Se duchó a la carrera, se enfundó los primeros tejanos que encontró, un jersey negro y unas botas, y salió con el pelo mojado y el abrigo en la mano. En el camino paró en la cafetería de la esquina y se bebió de prisa un café con leche.

Al llegar a la entrada del Palazzo Spinelli, se dio cuenta de que había olvidado el bastón y pensó que quizá ya no lo necesitaba. Volvía a sentirse ágil; su pierna ya no le dolía. Del accidente ahora sólo le quedaban dos cicatrices: la que recorría su pantorrilla de arriba abajo y la que le había partido en dos el alma.

Antes de subir las escaleras se cruzó con los ojos del catedrático que la miraban de una manera rara, como si buscaran en ella una respuesta a no sabía qué.

—Hace días que no la veía —le dijo, manteniendo su mirada—. Me preguntaba si ha vuelto a ir al lugar del...

—No importa, puede decirlo: al lugar del accidente. Sí, he vuelto, como cada sábado.

—¿Ha avanzado en su búsqueda?

—Tal vez sí; en verdad, no sabría decirle. He descubierto entre los árboles un pequeño almacén de herramientas, totalmente abandonado.

—Si es el que creo, lo conozco. Era mi escondite y el de todos los niños de mi familia.

—La puerta estaba cerrada con una cadena oxidada, aunque quiero aclararle que el candado estaba abierto. No me acusará de allanamiento de morada, ¿verdad?

—¿Cómo puede ocurrírsele semejante cosa?

Antes de contestar, ella sonrió.

—Es de su propiedad, profesor.

—Me parece que ya es propiedad de nadie, o de los árboles que se han ido adueñando de todo. ¿Sabe lo mejor de ese viejo almacén? Que tiene un pequeño sótano..., bueno, tenía; no sé cómo estará ahora. Uno de nuestros pasatiempos era escondernos allí. Había latas de comida, leche condensada, galletas..., el abuelo siempre lo tuvo preparado para cualquier emergencia, hasta muchos años después de la guerra. Decía que había que ser previsor. Incluso llegó a enterrar dinero y cosas de valor que, años después, por más que se buscaron nunca aparecieron. Para acceder es necesario conocer el camino; si no, es imposible encontrarlo. Hay una trampilla de acceso camuflada.

—¿Y esa trampilla..., dónde está?

—Dentro de un baúl: el gran cofre de la abuela. En realidad, era como un refugio.

Ella pensó en la habitación. Aunque todo estaba oscuro, creyó recordarlo. Sí, junto a la paca de paja había un baúl.

—¿Cree que el refugio aún existe?

—Dudo que alguien lo haya destruido. Los que sabían de él ya no están. Sólo quedo yo, y nunca volví. Me trae demasiados recuerdos.

—¿Le importa que investigue allí?

—En absoluto.

—Quizá halle otra pista. Todo me guía a ese lugar.

—¿Encontró algo en el almacén?

—No quisiera hacerme ilusiones, pero sí. Encontré algo.

—¿Desea contármelo?

—No.

—Pues no se hable más. Todos tenemos derecho a nuestros silencios. Aunque... —la miró a los ojos— si necesita cualquier cosa, ya sabe dónde encontrarme.

Se despidieron. Quince minutos más tarde, mientras preparaba el carrusel de diapositivas con las cuales apoyaría la cátedra del día, Sabatini recordó las palabras de la escritora. Estaba seguro de haberla visto entrar en el almacén de las herramientas, no una, sino dos veces. Había sido ella quien, a golpe de martillo, había violentado el candado. ¿Por qué mentía?

83

Eran las seis y treinta y, a pesar de que los demás alumnos ya no estaban, todavía seguía en la academia.

Había pasado toda la tarde sumergida en su trabajo, respirando ese silencio acogedor, cargado de paz, que tanto le gustaba. Allí nunca aparecía La Otra, esa maldita que tanto la atormentaba.

Terminaba de restaurar la última página y estaba satisfecha. Lo inventado encajaba perfectamente con el capítulo siguiente. Se sentía como un ángel salvador. Había ayudado a que los personajes lograran lo que querían.

Tenía ganas de hablar con alguien. Se quedó meditando lo que acababa de pensar. No. En realidad no tenía ganas de hablar con alguien. Tenía ganas de hablar con él. Sí, con el librero. Mostrarle el ejemplar, ojearlo folio a folio, comentarle lo que había hecho por aquella historia y leerle alguna de sus páginas. Estaba segura de que, además de entenderla, sabría apreciar su valor. Pero ¿cómo abordarlo sin que se sintiera intimidado o acosado?

Se hacía tarde. Ordenó todos los utensilios y los guardó en el cajón. Apagó las luces, cerró la puerta de la clase y, poniendo a prueba su pierna, bajó las escaleras de dos en dos. El dolor era mínimo. Aquella sensación de agilidad la hizo sentir adolescente. Salió contenta, llevando consigo la vieja novela en su bolso.

Fuera, la noche había caído sobre Firenze. Las luces de las tiendas se reflejaban sobre el suelo mojado y lo convertían en una espléndida seda pintada de estrellas. Una luna llena se ahogaba en un charco. En la frutería de la esquina exhibían, sobre un lecho de hojas de vid, manzanas y ciruelas maduras. Se detuvo, eligió una *mela* y la acercó a su nariz. Su perfume era intenso. Al llegar a la fontana dello Sprone, la lavó y le pegó un buen mordisco.

Giró por Borgo San Jacopo, desviando intencionalmente la ruta para evitar acercarse demasiado al hotel, por si La Otra la acechaba. Necesitaba despistarla hasta llegar a la librería.

Atravesó el Ponte Vecchio, miró a la izquierda y alcanzó a distinguir de lejos la entrada del Lungarno Suites. Pensó en La Otra. «Jódete, imbécil», le dijo. No tenía intención de hacerle caso. No iba a permitir que le estropeara la noche.

Caminó rápido hasta perder de vista el hotel. Continuó por la via de Santa Maria y dobló en Porta Rossa. A medida que se acercaba a la antigua librería sus palpitaciones se aceleraron. Se regañó. ¿Y si se estaba ilusionando más de la cuenta? Quizá aquel hombre sólo dejara esos libros marcados porque quería compartir su lectura con ella y nada más. Pero... ¿y la flor? ¿Cuál debía de ser el sentido de aquella orquídea que se teñía de rojo? No tenía lógica.

¡No, no, no! Lo que el librero iba dejando en el pupitre no estaba allí sólo para ser leído; pensarlo era una soberana estupidez. Estaba, sobre todo, para que lo sintiera. Y si no, aquello era un completo absurdo.

Al llegar a la piazza di Mercato Nuovo se detuvo. Un sudor frío la recorrió de arriba abajo. Tenía que reconocerlo: se moría de ganas de saber lo que esa noche escondía el pupitre.

Antes de timbrar, se miró en el cristal. La imagen reflejada le recordó su rostro adolescente. En tejanos y jersey parecía mucho más joven. Su pelo cobrizo caía desordenado sobre sus mejillas y de sus ojos tristes brotaba una luz especial.

¿Qué debía de pensar él de ella?

Observó desde fuera el interior de la tienda. Como siempre, el largo pasillo se vestía de sombras. Un ronquido cósmico invadió sus oídos; los libros dormían. Lo recorrió despacio, tratando de adivinar algún movimiento. Al fondo, el tímido parpadeo de la luz de las velas la llamaba. Provenía de la lámpara que iluminaba el pupitre. Aquel pequeño rincón se le había convertido en una especie de altar. Si aquellas velas estaban encendidas, significaba que él la estaba esperando.

Pulsó el timbre y esperó. A los pocos segundos lo vio descender por las escaleras. A pesar de ir lento, su caminar había cambiado. Era como si de pronto su cuerpo hubiera hallado la respuesta a una pregunta. Ya no encontraba en él aquella palidez de hombre marchito; su tez había cogido un poco de color y hasta parecía mucho más alto.

La puerta se abrió y esta vez él no le dio la espalda. Sus ojos se deslizaron en los suyos, buscando una rendija para colarse en su alma.

Como si volviera de un largo viaje, aquella mirada limpia la abrazó con suavidad. El tacto de sus ojos era tibio y desbordaba ternura. Invitaba a quedarse en ellos.

—Ayer no vino —le dijo, sin dejar de mirarla.

—No pude.

—Los libros la esperaron.

—Lo siento.

—Estaban tristes.

—¿De veras?

—Notan su ausencia.

—Yo también los eché de menos.

—Para ellos, es importante su visita.

—¿Y para usted?

Él no respondió. La pregunta a bocajarro había puesto en guardia su timidez. Se creó un silencio sostenido, como una nota musical sin desenlace en un escenario con un público expectante. Sus ojos se pasmaron. El instante se había roto. «Qué frágil el universo de la palabra, figuras de cristal que se astillan; que difícil la gramática del alma —pensó Ella—. Sin embargo, tratando de ocultar, mostramos más. Quizá lo que no se dice es lo más sonoro. El silencio muchas veces es el gran sonido del miedo o del dolor.»

Un soplo helado abrazó su cuello.

—Nevará —dijo ella, triste.

—¿Cómo lo sabe?

—Puedo olerlo.

—¿La nieve huele?

—Sí.

—¿A qué huele?

—A frío.

—«Sólo el blanco para soñar» —añadió él, mientras se alejaba por el pasillo.

—¿Cómo dice?

—Lo dijo Rimbaud. «Sólo el blanco para soñar.» ¿De qué color es su frío, Ella?

—Espere... ¿Cómo sabe mi nombre?

84

No le había contestado. Escapaba a su torre de silencio, donde se protegía de sí mismo. ¿Qué debía tener arriba? Esperó hasta oír que el eco de sus pasos se diluía en las sombras para acercarse a la estantería. Le sorprendió ver en una esquina *En busca del tiempo perdido*. Estaba convencida de que ése iba a ser el libro que se encontraría bajo la tapa. Era evidente que, si continuaba allí, no había sido el elegido. Sus suposiciones habían fallado. Entonces, si no era éste, ¿cuál?

Quiso aproximarse al pupitre, pero se contuvo por si la observaba. Si él no había sido capaz de contestar a su pregunta, ella no iba a correr a ver lo que le había dejado.

Se entretuvo un buen rato repasando algunos libros, releyendo página a página, saltando de uno a otro hasta tropezar con un párrafo que llamó su atención. En la página 256 de la edición del poemario de Pedro Salinas acababa de encontrar la estrofa perfecta del verso que le iba a dejar. Lo separó y volvió sus ojos hacia arriba, buscándolo. Nada se movía.

Se fue aproximando al pupitre y, mientras lo hacía, empezó a oír los compases melancólicos de una guitarra. Levantó la tapa y, al hacerlo, liberó las notas de un fado. Lo conocía: era el *Fado de saudade*, la música provenía de una carta antigua. Un escrito en portugués firmado por Fernando Pessoa. Lo acercó a su nariz: olía a tristeza. Debajo, su *Libro del desasosiego* la esperaba abierto en una página.

A las horas en que el paisaje es una aureola de Vida, y el sueño es solamente soñarse, he erigido, Oh amor mío, en el silencio de mi desasosiego, este libro extraño como portales abiertos en una casa abandonada.

He cogido para escribirlo el alma de todas las flores, y de los momentos efímeros de todos los cantos de todas las aves, he tejido eternidad y estancamiento...

... eres la Esperada y la Ida, la que acaricia y hiere, la que dora de dolor las alegrías y corona de rosas las tristezas...

Deshoja sobre mí, pétalos de mejores rosas...

Y yo moriré en mí tu vida, oh virgen, que ningún abrazo espera, que ningún beso busca...[12]

Cerró el libro y en su mente empezó a escribir una carta sin papel. Un mensaje que no iba a ninguna parte. Palabras impronunciables, consteladas a escondidas en el infinito de su nada:

Librero, no me has dicho tu nombre y no sé si me importa o no me importa, porque sé que ERES. Vivimos en esta irrealidad oscura porque la vida se nos hace grande y cuesta arriba. Lo adivino; ni tú ni yo sabemos vivirla como otros. Quisiera confesarte y advertirte: no sabes muy bien quién te visita. Has pronunciado mi nombre como si me conocieras, pero no me conoces. ¿Quieres algo de mí? ¿Qué puede darte esta esperadora de la nada, que va a ninguna parte cada noche, que huye hasta de su silencio; que no tiene más que el diálogo callado de las sombras, que no puede ser ni estar, continuar ni parar?

Librero, quiero adherirme a ti, a esta extraña manera que tienes de acercarte. Tal vez estés más perdido que yo, no lo sé. A veces lo pareces. Quizá puedas salvarme, quizá pueda salvarte. Salvarnos de la vida y de la muerte. Y crear otro mundo. Quisiera pronunciar una sola palabra, la palabra que ni tú ni yo sabemos pronunciar: ¡ayúdame!

Descubrir ante ti ese sentimiento que escondo: el Miedo.

Hablar, librero, hablar, ¿cuántas palabras duermen entre tus libros?... ¿No eres tú el gran amador de las palabras?... Háblame otra vez, pronúnciate, librero.

Las velas se consumían. En la lámpara, sólo dos débiles llamas continuaban alumbrando. Poco a poco, la oscuridad se adueñaba de la librería; del piso superior llegaba la respiración uniforme y cansada de los libros dormidos.

Había estado tres horas leyendo el *Libro del desasosiego* y quería llevárselo, pero no se atrevía. Lo guardó en el pupitre y lo cerró. Antes de marchar, preparó el de Pedro Salinas y lo dejó abierto en el verso elegido. Pegado a éste, una orquídea ebria de rojos empezaba a sudar gotas de sangre.

Mientras las últimas luces se extinguían, se dirigió a tientas hasta la salida y, al pasar por delante de las escaleras, gritó:

—«El paisaje es un estado del alma.»[13]

—¿Cómo dice? —preguntó él en la penumbra.

—Lo dijo Amiel: «El paisaje es un estado del alma.» ¿En qué estación vive su alma, librero?

Abrió la puerta y, cuando estaba a punto de marcharse, un cartel que colgaba la hizo detenerse. Siempre había es-

tado allí y, sin embargo, era la primera vez que reparaba en
él. Se acercó y leyó.

Chiuso

Después, le dio la vuelta.

Aperto

Lo estudió detenidamente y su cabeza empezó a darle
vueltas. No podía ser. El trazo, esa caligrafía tan cuidada,
las mayúsculas y minúsculas, la tinta, todo era idéntico a
las cartas que recibía en la via Ghibellina. ¿Era posible
que el librero fuese el mismo hombre que le escribía
aquellos mensajes tan maravillosos que siempre finaliza-
ban igual?

...así pues, el único futuro que nos queda, enig-
mática señora, es el presente.

Suyo,

L.

Cerró la puerta pero no se marchó.

Al oír que la puerta se cerraba, Lívido encendió la luz de las escaleras y bajó. Su perfume aún aleteaba en el aire. Un vago aroma de deseos sin resolver. ¿Por qué la había dejado marchar cuando quería tenerla cerca, cuando la noche anterior había estado esperándola hasta el cansancio? ¿Qué diferencia había entre establecer contactos y crear vínculos? Volvía a ser el solitario tenedor de libros. No era un hombre; era un boceto inacabado, torpe y estúpido.

Fue hasta el viejo pupitre y se sintió más solo que nunca. A cambio del roce de una mano, lo esperaba un libro abierto. Siete líneas; el verso que ella había pedido prestado a Salinas y que por un instante se convertiría en su voz. Otra manera de acariciarlo. Mientras lo leía, la imaginó a su lado.

> *Qué alegría, vivir*
> *sintiéndose vivido.*
> *Rendirse a la gran certidumbre, oscuramente,*
> *de que otro ser, fuera de mí, muy lejos,*
> *me está viviendo.*
>
> *Que hay otro ser por el que miro el mundo*
> *porque me está queriendo con sus ojos.*[14]

Se había ocultado detrás de una de las estanterías para observarlo. Escondida entre los tomos, lo había visto bajar y acercarse hasta el pupitre. Su delgada figura rezumaba un helaje sin tiempo. Pensó que era un hombre herido, herido de silencio; que de tanto haber vivido sin pronunciar palabra, su boca había olvidado el arte de hablar. Al verlo levantar el libro y acercarlo a su nariz, la embargó una ternura infinita. Era como ella, también olía las cosas. Esperó a que leyera el poema y, mientras lo hacía, abandonó el escondite y se fue acercando.

Cuando estuvo detrás de él, le habló.

—Las palabras son como el agua. Si no encuentran salida, terminan por crear su propio cauce.

Lívido se giró aturdido. No podía creer lo que veía. Tenía que intentar hablarle.

—Pensé..., pensé que se había marchado —le dijo.

—Olvidé algo importante.

Él buscó en el mueble, pero no encontró nada.

Ella le señaló la orquídea.

—Es para mí, ¿verdad?

—Sí.

—Era blanca.

—Pero ya no lo es.

—Me gusta más ahora.

—Sin embargo, puede manchar.

—El rojo es vida.

—Y pasión: lo dicen los escritores.

—Aunque muchos no la hayan sentido.

—Pero si lo han escrito, es verdad.

—Si eso fuera cierto, entonces podríamos decir que usted vive rodeado de verdades —le dijo Ella, sonriendo—. ¿Qué se siente viviendo entre tantos libros tan maravillosos?

—¿Qué se siente creándolos? —le contestó él.

—¿Qué sabe de mí?

—Lo suficiente.

—¿Lo suficiente, para qué?

—Para dejarle mi pupitre.

—Y sus libros.

—No son míos. Son de quien los sabe leer.

—He visto que algunos están estropeados.

—Muchos sufrieron la embestida del Arno.

—Si quiere, podría restaurarlos.

—No sé hacerlo.

—Pero yo sí. Déjeme enseñarle algo.

Ella sacó de su bolso el libro que había estado trabajando en la academia y cuando estaba a punto de abrirlo, la oyó. ¿Qué hacía La Otra en ese lugar?

—Así que estabas aquí, ¿eh? ¡Vete, antes de que te lo estropee todo!

—Por favor —suplicó Ella.

Lívido se quedó mirándola. De pronto, decía cosas extrañas y la expresión de su rostro había cambiado. Era como si su alma hubiera huido de su cuerpo. Miraba sin ver.

—Lo siento, debo irme —le dijo, caminando hacia la puerta.

—Así que ahora tratas de seducirlo con tus trabajitos manuales.

—Espere —le dijo él—, todavía no me ha mostrado el libro.

—Fuera. Aléjate de él o te arrepentirás.

—Por favor —volvió a rogar ella.

—¿Quiere que cenemos juntos esta noche?

—No puedes. Dile que no puedes.

—No puedo. Hoy no puedo.

Salió corriendo y en la huida el libro cayó al suelo.

87

Sobrevivirse a sí misma; eso era lo que ahora necesitaba. Matar de una puta vez a aquella que la perseguía y no la dejaba en paz. Pero ¿cómo acabar con La Otra sin acabar consigo misma? ¿De qué manera utilizar sus manos contra ella sin hacerse daño?

Necesitaba encontrar un lugar donde fuera indivisible. Quería ser una sola. Matar la maldita ubicuidad de ese ser que aparecía por todas partes. Esa voz tan familiar y tan odiada que la perseguía, regañaba, odiaba y juzgaba.

No le quedaba otro camino que encontrar ese abismo y saltar. Alcanzar la otra orilla mientras la sombra caía al precipicio.

Iba dando vueltas a la Loggia del Mercato Nuovo sin alejarse demasiado de la librería, porque en el fondo algo le decía que junto a aquel hombre estaba a salvo. La plaza se vaciaba. Los últimos vendedores guardaban sus mercancías en sus carros. Abandonada en el pavimento, una Venus de Botticelli pintada a tiza la observaba desnuda sobre su concha, arropada por el soplo de Céfiro y Aura. Esquivó sus bordes, se acercó a la fontana del Porcellino y metió la cabeza bajo el hocico del animal hasta sentir que el agua helada la despejaba. La Otra había desaparecido.

No sabía adónde ir. Miró la librería y pensó en volver, pero se contuvo por temor a encontrársela de nuevo. A pesar de que la tienda estaba cerrada, desde el interior se filtraba hacia la calle una luz.

Esperó un largo rato y al darse cuenta de que el librero no salía, decidió ir al Harry's Bar para mezclarse entre la gente y protegerse. La soledad era peligrosa.

Al llegar al local se encontró con la misma clientela de siempre; la misma ruidosa vacuidad. Todos contaban sus logros y se hacían los interesantes aupados por el licor.

Se acercó a la barra y, como siempre Vadorini, sin preguntarle nada, le sirvió un vodka sour. Se lo bebió de un trago y pidió otro. Cuando ya se había bebido tres, la puerta se abrió y una ráfaga helada inundó el bar.

Sólo podía ser él; llevaba en sus manos el libro que ella había estado restaurando y que en su carrera hacia la calle había perdido. El maître le dio la bienvenida y, una vez recibió su abrigo, lo acompañó hasta el comedor. Se sentaba en la misma mesa de la última vez.

Lo vio pedir, abrir el libro y empezar a ojearlo muy despacio, como si estuviera muy interesado. El camarero le sirvió una copa de vino; mientras lo hacía, un hombre se acercó a la mesa y los interrumpió. El librero se puso de pie, le dio la mano y lo invitó a sentarse.

¿Qué hacía el librero con el profesor Sabatini?

88

Hacía muchísimos años que no lo veía, o por lo menos eso fue lo que creyó el profesor Sabatini cuando lo descubrió en la mesa de al lado, reclinado sobre el libro. Estaba seguro de que lo conocía de algo, pero no lograba acordarse de qué. Al final, buscando entre sus recuerdos almacenados, el cabello ensortijado y ese aire ausente lo habían delatado.

Era aquel chico retraído que en los días siguientes al *Alluvione* había estado con él, hombro con hombro, salvando libros y obras de arte que el diluvio se había tragado. Otro *Angeli del Fango*. Recordaba que por esos días estaba a punto de entrar en el seminario y que le había confesado sus dudas.

Después de aquellas semanas nunca más se volvieron a ver, pero guardaba muy buen recuerdo de él.

Ahora, mientras hablaban, pensaba que la vida siempre terminaba enseñando las entrañas. Ambos ya llevaban su destino marcado desde esa época. Seguían siendo dos solitarios: los mismos solitarios que por amor al arte habían acudido ese lejano noviembre al llamado de auxilio de la Comune di Firenze.

—Nunca supimos qué pasó con tantos cuadros que salvamos —le dijo Sabatini a Lívido.

—Ni con los que ayudamos a salvarlos. Nunca volví a encontrarme con nadie —le contestó el librero.

—¿A qué te dedicas?

—Tengo una librería de incunables, cerca de la Loggia del Mercato Nuovo. ¿Y tú?

—Soy el responsable del Gabinetto Scientifico Letterario; me dedico a la restauración de libros antiguos. Imparto una cátedra en el Palazzo Spinelli.

—¿Restauración? Debe ser una labor fascinante. ¡Tengo tantas obras por restaurar!

El profesor Sabatini descubrió el libro que Lívido tenía sobre la mesa.

—Éste es de los míos —le dijo, señalándolo—. Sé reconocerlo de lejos. Además, lleva el sello del Palazzo. ¿Puedo?

Sabatini lo tomó en sus manos y empezó a explorarlo.

—En la academia existen centenares como éstos. ¿De dónde lo has sacado?

—Es de una... amiga.

—Pues tu amiga lo ha hecho muy bien. Salvo por...

El profesor se detuvo en las hojas escritas a mano.

—Es lo que más me ha atraído; el capítulo que ha reescrito.

—Pues lo que ha hecho es *peccato mortale*. Un buen restaurador nunca haría esto.

—¿Quién lo dice? Para mí ha hecho algo grandioso. Le ha devuelto la vida al libro. Creando el capítulo desaparecido, la historia vuelve a tener sentido.

—Sí, pero tal vez ésa no era la verdadera historia.

—¿Verdadera? ¿Y qué importancia tiene que lo sea, si a fin de cuentas todas terminan siendo lo que el lector quiere? Una misma novela nunca es igual para dos personas. Las palabras tienen el don de colarse por los orificios más inesperados del alma y llegar al lugar donde habitan los fantasmas más íntimos, donde se gesta el auténtico significado de lo que se lee.

—Bueno, digamos que eso es relativo. Cuando se es purista como yo, se busca ser fiel al documento del creador, a su intención, y esa fidelidad pasa por alterarlo lo mínimo. Tendrías que venir una tarde al Gabinetto. Existen algunas piezas que son dignas de ver. Tengo un espléndido ejemplar de Petrarca que acabo de restaurar. Muchos de éstos provienen del *Alluvione*, claro.

Sabatini cerró la novela y se la devolvió. Levantó la mirada y descubrió que en la barra del bar se encontraba Ella. La saludó.

—Es alumna mía —le dijo a Lívido.

Lívido también la saludó.

—¿La conoces? —preguntó el profesor.

—Es la amiga de la que te hablé. La persona que restauró la novela.

—Es escritora —dijo Sabatini—. ¿Lo sabías?

—Sí, claro. Quizá por eso completó el capítulo.

—Tuvo una terrible tragedia; fue un caso que dio mucho que hablar.

—Lo sé; lo leí en un periódico.

—Perdió a su marido y a su hija en un accidente; qué drama más terrible, ¿verdad?

—Sí que lo es.

—Sus cuerpos nunca aparecieron.

—No la conozco tanto como para haber hablado de ello. Es un tema muy duro, sobre todo para la persona que lo ha sufrido en carne propia. Yo diría que en el fondo, y tal vez por su misma tragedia, es una mujer reservada, con un universo interior muy especial.

—Reservada y... hace cosas un poco extrañas.

—¿Por qué lo dices?

—No lo sé. La he visto comportarse de una manera rara. Aún continúa buscándolos. Está convencida de que siguen vivos.

—Tal vez tenga razón.

—No lo creo, aunque... nunca se sabe.

Mientras la observaba, Lívido sólo pensaba en el motivo que debía existir para que Ella, esa noche, no hubiera aceptado cenar con él cuando en realidad estaba allí completamente sola. A no ser que esperara a alguien, no entendía por qué había huido tan intempestivamente. Sus últimas frases no habían tenido ninguna coherencia. Su acercamiento se contradecía con todo lo sucedido al final.

Quizá Sabatini tuviera razón y fuera una mujer con algún tipo de problema. Una persona común y corriente no llevaba consigo un revólver, aunque aquello era mejor ni mencionarlo.

Al final, el infierno no estaba esperándonos en la otra vida, ni era lo que tanto nos habían sermoneado: llamas y cuerpos retorciéndose de dolor mientras el demonio se alegraba de engrosar la cifra de malvados. Estaba en la propia vida, en el día a día. Cada ser humano tenía que hacerse cargo de su sombra. Nada ni nadie podía salvarlo de llevarla a cuestas.

Era agradable sentir que podía ser importante para alguien, aunque ese alguien fuera un ser incomprensible.

El azar había hecho que esa noche se encontrara de
nuevo con él, así, de lejos; y ese mismo azar ahora hacía
que estuviese delante, viéndole charlar con su profesor.
¿De qué estarían hablando? Tenía que admitir que, a pesar
de haber trabajado muchos años la palabra, a la hora de la
verdad, cuando se trataba de emplearla verbalmente se hacía un lío. Otra en su lugar quizá se hubiera acercado a la
mesa a saludarlos, pero para ella eso resultaba impensable.
Ni siquiera en la barra del bar era capaz de pronunciar ninguna sílaba, a pesar de que Vadorini insistía en darle conversación. Lo único bueno era que allí se sentía segura. Sí,
hasta ese lugar no llegaba La Otra.

Una cosa no paraba de darle vueltas en su cabeza: si el
librero era L., ¿sabría L. que *La Donna di Lacrima* era ella?
¿Qué vida había detrás de él? ¿Qué se traía entre manos?
¿La L. sería la inicial de «Librero»?

Deseó con toda su alma que lo fuera.

Esa noche no regresó al hotel; se fue a dormir al ático. A la mañana siguiente tenía de nuevo la visita del juez. Accedía a recibirlo por última vez porque, de todos los hombres que habían desfilado delante de su diván, era el único a quien tenía cariño y hasta un poco de lástima. Una vez lo hubiera visto, lo dejaría.

Hacía muchos días que no contestaba a ninguna carta, y el buzón comenzaba a vomitar sobres que el viento se llevaba. Se había cansado de oír sandeces y, sobre todo, de no ser ella. Después del juez, al único que a partir de ahora estaba dispuesta a recibir era a L.

Introdujo la llave en la puerta y, al hacerlo, los pájaros enloquecieron. Convencidos de que era de día, empezaron a gritar y a cantar, golpeando sus alas contra las rejas de las jaulas, volando a ninguna parte.

No pudo dormir. Consumió la noche tratando de serenar su corazón y sus sentimientos encontrados; obligándose a ahuyentar la voz que insistía en hostigarla; repasando una a una las cartas recibidas de L., hasta llegar a la conclusión de que las probabilidades de que fuese el librero eran muchas. Hacía conjeturas, como si se tratase de una ecuación:

si el librero era L. y los textos de L. coincidían con las páginas que ella guardaba en el hotel, entonces lo más probable era que él tuviera el viejo diario. Demasiadas coincidencias.

Un amanecer sonrosado y tenue se coló por la ventana y los espejos lo capturaron. El salón se convirtió en un cielo repleto de motas de algodón de azúcar. Trató de no pensar en su pequeña, pero le llegó su carita golosa y feliz; arrancaba con sus deditos trozos de algodón de azúcar y se los metía a la boca. Su voz, «Mira, mamá...», sacaba su lengua pintada de fucsia.

Dolor. No quería sentir más dolor. ¿Dónde guardar tantas imágenes? Quería abrir su cuerpo y extraer su pena, como hacían los médicos con los tumores.

Se lavó la cara y salió en busca de un café. Lo encontró en el bar de la esquina. Mientras desayunaba, se distrajo leyendo el diario y escuchando la conversación de los madrugadores. Al regresar, le esperaba en el recibidor una nueva carta de L. Se arrepintió de haber tardado. Si no se hubiera entretenido, estaba segura de que lo habría cogido in fraganti. ¿Cómo accedía al edificio? ¿Quién lo dejaba pasar?

La abrió despacio. Como en las últimas, escondía entre sus pliegos un pétalo grabado. Lo acercó a la lámpara y, tal como había imaginado, era la letra S. La última que completaba la palabra «viernes». Lo juntó con los demás y los observó.

VIERNES

\Ahora sólo faltaba que le dijera, de todos los viernes, cuál. Miró el calendario que tenía sobre su escritorio y repasó las fechas. Los próximos eran 7, 14, 21 y 28. Aquella incertidumbre le gustó. Al pensarlo, una mariposa despistada revoloteó en su estómago. Pensó en La Otra y trató de ocultar su alegría para que no se lo notara.

Comenzó a leer la carta y, mientras lo hacía, entre líneas fueron apareciendo similitudes con las páginas que el librero dejaba en el pupitre. Los detalles, los pétalos, debían provenir de la misma mano. El hombre capaz de teñir de rojo una orquídea blanca, quien elegía aquellos pasajes, quien le había preparado aquel rincón de velas, no podía ser otro que él. ¿Cómo no se le había ocurrido antes? ¿Podría existir una ínfima posibilidad de que por un instante se sintiera así de feliz?

«Si me dices que vienes a las cuatro, desde las tres empezaré a ser dichoso.» Antoine de Saint-Exupéry.[15]

Si me dices que vienes un viernes, desde el lunes empezaré a...

Así de sencilla y primaria era la ilusión, y ella ahora tenía una: la emoción de la espera.

91

Las campanas alzaron el vuelo y la puerta se abrió. El juez ya conocía el lugar y sin dilaciones se dirigió al salón. Parecía como si llevara una pesada carga que tenía que aliviar. Al entrar, los espejos le devolvieron una imagen descompuesta. Llevaba su máscara torcida, con aquella sonrisa irónica y controlada, y todo él era un completo desaliño.

Esta vez, *La Donna di Lacrima* lo esperaba en el diván vestida con un traje renacentista de seda azul y brocados que aprisionaban y escondían sus senos. Era la primera vez que se vestía y también la última. Sobre sus hombros aún llevaba la capa con la que siempre lo había recibido, y su rostro continuaba cubierto con la máscara. El humo creaba sobre ella un fantasmagórico velo.

Sin esperar a ser invitado, Salvatore Santo tomó asiento.

—¡Muerta, maldita sea! —espetó con ira—. Mi mujer está muerta. ¿No es increíble? Muerta, y yo todavía no me hago a la idea. Pero no, no te confundas, querida. Lo que me trae aquí no es el dolor de su pérdida, nada más lejos; tú bien sabes lo que sentía por ella. Me trae esta rabia que no puedo controlar. Estoy ¡FURIOSO! Lo siento, a ti no tengo por qué engañarte; además, he venido a eso: a desahogarme. Necesitaba de tu maravilloso y comprensivo silencio, un bálsamo para sanar esta herida, porque has de saber que la rabia es una herida que duele mucho y, además, si no la curas acaba por infectarse y devorar tu corazón.

»Odio tener que reconocerlo, pero un juez también es un ser humano. Aunque lleve la máscara de magnánimo que imparte justicia, siente amor, odio, rabia y, a veces, hasta deseos de matar... ¿Por qué no? ¿Cuántas veces no decimos "te mataría"? ¿Y por eso nos convertimos en asesinos? No, señor. Claro que la hubiera matado. Pero hasta el final se salió con la suya: tenía que joderme la vida.»

Respiró profundo y continuó.

—¡Maldita mujer! ¿Que cómo la maté? ¿Me preguntas que cómo la maté? No, pero si la muy cabrona ni siquiera se dejó matar: se murió sola. Amaneció en mi cama, en MI cama, muerta, sin dar explicaciones. Su cuerpo dormido; su cara, con una mueca cínica, hasta parecía que se burlara de mí. El médico lo certificó: infarto, me dijo mirándome a los ojos, compungido. «Su esposa ha tenido la mejor muerte.» Así que hasta eso se llevó a la tumba: mi satisfacción de haberla hecho pasar a la otra vida.

»Y por si no fuera suficiente, después de irse, me dejó su presencia esparcida por la casa; sus cremas, vestidos, zapatos, bolsos, fotos, collares, música y libros, las novelitas ridículas y sus manuales de autoayuda con los que se hacía la interesante y equilibrada.

»Cada cosa me habla de ella, y me enloquece. Todos me dan el pésame, me compadecen, me dicen «No sabe cuánto lo siento»; «lo acompaño en su dolor»; «qué pena, pobre mujer, con lo buena que era». Porque has de saber, querida, que una vez muertos, todos tenemos alguna virtud.

No más. No podía más. Cuantas más frases escuchaba, más pena le daba aquel hombre tan lleno de odio. ¿Se podría diseccionar su caso en un tribunal? ¿Entrarían en consideración todas las minucias, estornudos, copulaciones, malos alientos, aburrimiento, cansancios, familias de los cónyuges, domingos y fiestas de guardar? La depravación del amor era la peor de las locuras. ¿Dónde estaba la medida justa de los sentimientos? ¿Se podía hablar de cantidades, de mediciones, de porcentajes, como en la aritmética? Odio un treinta por ciento, amo un cincuenta por ciento. Me permito el cincuenta y ocho por ciento de placer o el veinticinco por ciento de tristeza ¿Hasta qué punto era lícito el odio, la ira, el dolor, la frustración? ¿Podían ser considerados como iguales los contrarios? ¿Amor y odio, por ejemplo? ¿Placer y dolor? ¿Había un orden en el momento de valorar los sentimientos? ¿Existían sentimientos buenos, regulares y malos como en las calificaciones que daban en los colegios? ¿Excelente, pasable y mediocre? Si el sentimiento se desbocaba, ¿la razón tenía la gran respuesta? «Todo exceso lleva a la destrucción.» ¿Podía aplicarse esa premisa a todas las emociones? Necesitaba que existiera un valorador, una máquina, un ente superior, un algo que equilibrara al ser humano para que no sufriera.

Deseó hablarle, interrumpirlo, pero *La Donna di Lacrima* era silenciosa, y esta vez no iba a ser la excepción.

Se levantó despacio y, mientras él seguía con su absurda diatriba, se fue alejando entre la niebla hasta desaparecer.

El juez continuó maldiciendo unos minutos más, hasta que se cansó. Lo oyó vagar por el salón, llamarla un par de veces, y finalmente caminar hasta la puerta. Antes de marcharse, gritó.

—¡Muerta, maldita sea!

92

Como cada sábado, el profesor Sabatini seguía de lejos a la escritora. La carretera estaba despejada. Una hilera uniforme de cipreses custodiaba el camino y cortaba el aliento del viento. Los coches se abrían paso entre las suaves colinas, repintadas con el verde rabioso que había provocado tanta lluvia caída. Mientras conducía, pensaba en aquella mujer. Llevaba meses siguiéndola. Al principio lo había hecho por mera distracción, pero ahora el motivo que lo empujaba era diferente. Sospechaba que estaba enferma.

Desde muy temprana edad había sentido fascinación por los comportamientos humanos. Incluso en su juventud había tomado varios cursos de psicología y durante diez años, dos veces a la semana, estuvo asistiendo a la consulta de un psicoanalista. Primero, buscando entenderse él, y después, porque creía que la restauración, tarea a la cual se dedicaba en cuerpo y alma, tenía mucho que ver con la percepción anímica y la salud.

Extrapolando el concepto médico, si a un libro se lo trataba como a un ente capaz de sentir, las posibilidades de que mejorara eran mucho mayores que si se lo trataba como un simple objeto. Así pues, hasta el arte de la restauración estaba estrechamente ligado a la psicología.

Su cátedra tenía como base manejar el documento o

manuscrito como si fuera un enfermo que podía morir en caso de que se le hiciera un mal diagnóstico.

No paraba de decírselo a sus alumnos: al igual que una persona cuando enfermaba necesitaba de una buena auscultación y un buen dictamen para aplicarle el tratamiento adecuado, con los libros deteriorados pasaba exactamente lo mismo.

Ella era una mujer que invitaba a ser observada y analizada. Lo supo desde el primer día que la vio.

Ésta era la segunda vez que la grababa con su cámara de video y, aunque era una afición secreta a la que se dedicaba desde joven y la había practicado con otras personas que llamaban su atención, el caso de la escritora lo tenía impresionado.

La había filmado el sábado, cuando violaba con furia y a golpes de martillo el candado del viejo almacén de herramientas.

La vio salir del coche, caminando perfectamente sin su habitual bastón; llevaba en una mano el mazo, y en la otra, un paquete pequeño.

Después de haber conseguido abrir la destartalada puerta, había entrado con aquel envoltorio, y un momento después salía con las manos vacías y regresaba al coche.

Minutos más tarde, para extrañeza suya, su alumna volvía a aparecer repitiendo la misma acción, pero esta vez lo hacía con dificultad; cojeaba y se apoyaba en su bastón, portando en la mano el ramo de violetas que solía dejar cada semana en el lugar del accidente.

Se había acercado al árbol, donde cambió las flores marchitas por las frescas. Después de unos instantes de abrazarse al tronco, se había dirigido hasta el cuarto de las herramientas y había entrado. Un rato después, surgía apretando en su pecho un zapato de niña.

Por eso estaba allí. Porque lo que ella le había contado en la academia no coincidía en absoluto con lo que su cámara guardaba.

Al llegar al camino de la casa abandonada, se detuvo. Estaba a pocos metros de su coche y volvía a grabarla.

Con el *zoom* acercó la imagen hasta tenerla muy cerca y apretó el *play*.

La vio bajar caminando con soltura; llevaba entre sus manos lo que parecía ser el vestido azul de flores de una niña. Iba otra vez en dirección al bosque, al sitio donde se encontraba el cuarto de herramientas. Al llegar, había desaparecido por la puerta y, minutos después, volvía con las manos libres.

Más tarde, la misma acción del sábado anterior: bastón, ramo de violetas, abrazo al árbol, cabaña de las herramientas, para después salir llevando entre sus manos el vestido que hacía pocos minutos había dejado.

No lograba entender qué sentido podía tenía todo eso. Hasta que, por la noche, tras repasar las grabaciones una y otra vez, llegó a una conclusión.

93

El insomnio lo obligó a levantarse de la cama a las dos de la mañana. Lívido pasó la noche releyendo los diarios que recogían la noticia del bestial accidente de Ella, la infructuosa búsqueda de los cuerpos de su marido y su hija, y todas las especulaciones que se habían tejido alrededor de las extrañas desapariciones.

Una vez amaneció, se duchó sin prisa, se bebió un café negro y se dirigió a la via Ghibellina guardando en el bolsillo de su abrigo la penúltima carta que había preparado para *La Donna di Lacrima*.

Su piso estaba muy cerca del de ella; los separaban cuatro manzanas, y lo había cronometrado con su reloj: desde que atravesaba el dintel de su casa hasta ponerse delante de la de ella tardaba sólo diez minutos.

Por la ventana de su habitación, y con un telescopio que a veces empleaba para observar la luna, divisaba las exuberantes plantas y árboles que rodeaban su terraza. Aquel ático respiraba un aire diferente. De todo Firenze, era el único lugar donde parecía que las estaciones no llegaban; vivía el verdor de la eterna primavera.

Bajó por la via del Crocifisso y, al llegar a la esquina, dobló a la izquierda por la via Ghibellina. Cuando faltaban veinte metros para llegar al número 46, la vio surgir de la portería y el alma le dio un vuelco.

¡Ella estaba saliendo del edificio! No podía creer lo que veía. Una mezcla de emociones lo atrapó. ¿Era posible que ambas vivieran en la misma casa? Deseó que las dos fueran una; que aquella enigmática mujer, a la que le había estado escribiendo durante meses y por quien sentía una extraña atracción, fuera la misma que cada tarde visitaba su librería.

Esperó hasta que se metió en la cafetería de la esquina y minutos más tarde, aprovechando que un vecino abandonaba el portal, se coló dentro.

Al llegar al ático, el olor del incienso que escapaba por las rendijas de la puerta lo atrapó.

¿Cómo era posible que, habiendo percibido aquel perfume tantas y tantas veces, cuando había llevado las demás cartas, no lo hubiera relacionado jamás con ella?

No tenía ninguna duda. Estaba convencido de que *La Donna di Lacrima* era la escritora, pero no se lo iba a dejar saber. Todavía no.

94

Sentía un intenso dolor en la pierna que casi no podía soportar. Caminaba con dificultad entre los olivos retorcidos ayudándose de su bastón, pero a pesar de hacerlo le costaba avanzar.

La colina había quedado marchita y devastada. Un viento asesino había arrancado de cuajo árboles enteros, y en muchos lugares la tierra enseñaba adolorida sus entrañas. Las raíces de los árboles se levantaban amenazantes como tentáculos siniestros mientras sus troncos calcinados agonizaban en el suelo. Todo el campo estaba sembrado de boquetes chamuscados. Descomunales agujeros que vomitaban una tierra encenagada, repleta de gusanos. De pronto, oyó una vocecita que la llamaba con insistencia y se acercó.

Allí estaban; en una fosa abierta, mezclados entre la tierra y los gusanos: los cuerpos de Marco y Chiara.

—*Mamá, ven aquí.*

—*No puedo, Chiara.*

— *Por favor, métete aquí conmigo.*

—*No puedo, hijita. Allí hace mucho frío.*

—*¿Verdad que no, papá? Dile a mamá que venga. Por favor, mamá...*

—*Chiara tiene razón. Ven con nosotros, Ella. Se está muy bien* aquí.

—*Es que no tengo sitio. El agujero es muy estrecho.*

—*Mamá, mira, ya me he hecho a un lado. Ven... abrázame, mamá. Te echo de menos, papá no quiere abrazarme. Dice que no puede moverse.*

—*Hijita... es que no puedo.*

—*Si no vienes, no me quieres; si no vienes, no me quieres; si no vienes, no me quieres; si no vienes, no me quieres...*

—*¡Basta, Chiara! Marco, dile algo.*

—*La niña tiene razón, Ella. Si no vienes, no nos quieres; si no vienes, no nos quieres; si no vienes, no nos quieres...*

Lanzarse al agujero, dejarse caer entre los dos: por fin todos juntos. Un vacío en la boca del estómago, taquicardia, sudor en las manos, ganas de vomitar y defecar; los gusanos y la tierra; los cuerpos y las moscas.

¿Dónde están ellos? Marco, Chiara. Nada. Sólo tierra y gusanos.

Caer, caer despacio sobre esa tierra fangosa, barro que se licua y absorbe los cuerpos descompuestos hasta engullírselos enteros. Los gusanos que vienen, las iridiscentes moscas que revolotean...

Caer,

caer,

caer,

un agujero sin fondo...

—¡¡¡¡AUXILIO!!!!

346

El estruendo del cristal sobre el mármol la despertó. Los vidrios se astillaron en mil pedazos. Se había quedado dormida con el vaso de vodka en la mano, y la pesadilla lo había lanzado al suelo.

Miró a su alrededor y no supo reconocer dónde estaba. Sólo su conciencia le aclaró que acababa de escapar de otra de sus terribles pesadillas.

Cada una la mataba un poco más. ¿Por qué la perseguían?

Se le metían dentro, la zarandeaban y poseían. ¿Cómo librarse de aquel perverso monstruo que la acechaba cada vez que sus ojos se cerraban?

Rogaba, maldecía y buscaba. Quietud, paz, silencio.

Quería vivir un estado neutro y llano. Algo que no le supusiera más dolor y la apartara de tanta ansiedad.

¿Qué dios podía salvarla? ¿Quién le enviaba ese enfurecido castigo de sombras, voces y gritos? ¿En qué endiablado lugar se escondía la luz, el sol y la poesía de la vida?

Se sentía cansada de todo. De investigar sin encontrar, de tratar de escribir y concentrarse en algo, de no dormir, de sufrir, de la soledad, de oír, de La Otra y de sí misma.

Le dolió la palma de la mano, se la miró y retiró una esquirla de vidrio que se le había clavado.

Ahora lo sabía. Por fin aterrizaba en la realidad y reconocía el lugar. Estaba en el salón del ático. Por la ventana se colaba un atardecer opaco y desteñido que se derretía en el suelo, como si fuese un hielo sobre el charco de licor. El licor, lo único que la tranquilizaba.

Eran las seis y media de la tarde y tenía media hora para llegar a la librería. La esperaba él, el librero... ¿L.?

95

El teléfono de la librería timbró y Lívido contestó. Era el profesor Sabatini, que lo invitaba esa tarde a visitar su taller. Tenía ganas de mostrarle las últimas restauraciones realizadas en unos documentos de Savonarola.

Le dijo que sí, sobre todo porque sentía empatía por aquel hombre que, como él, vivía rayando los límites de la misantropía; y también porque, ya que parecía conocer a fondo a la escritora, quería que le hablara un poco más de ella.

Antes de abandonar la librería, giró el cartel que colgaba de la puerta indicando que estaba *Chiuso* y miró el reloj. Tenía dos horas para ir y volver; quería estar de regreso antes de las siete. Tenía preparada una sorpresa para Ella, pero necesitaba dejarla en el pupitre unos minutos antes de su llegada; por nada del mundo quería perderse su cara cuando la descubriera.

Dejó las luces encendidas y salió a la calle llevando un maletín con algunos ejemplares para que Sabatini valorara sus daños; entre ellos, estaba el viejo diario.

Lo recibieron espesos nubarrones y un inminente olor a lluvia contenida. El aire iba enrareciéndose y la gente caminaba de prisa, tratando de llegar a sus destinos antes de que se desatara el chaparrón.

Cogió la via Porta Rossa, y al llegar a la piazza Trinità caminó en dirección al río hasta alcanzar el puente. De pronto tuvo la sensación de que llevaba años sin sentir su ciudad. Se detuvo y la observó: a pesar de las desgracias sufridas, conservaba su serena belleza. En el agua, el reflejo del Ponte Vecchio sobre el que nadaban dos gaviotas le trajo el terrible recuerdo del *Alluvione*. Parecía mentira que ese río manso pudiera ser el mismo de aquel día. El caudal desbordado llevándoselo todo y, en medio de la inundación, los gritos desgarrados de las viejas monjas del convento de San Piero a Ponti siendo devoradas por el agua. Se había lanzado a socorrerlas con varios compañeros y lo habían logrado. Sus gritos maldiciendo... los de ellas bendiciendo. Lágrimas y abrazos en medio de tanta destrucción. La vida estaba llena de encuentros y el sentido radicaba en coincidir.

Empezaba a caer una lluvia fina, pero en lugar de guarecerse dejó que lo mojara.

Bajó por la via Maggio y se encontró con la sede de la academia. Enfrente, el palazzo de Bianca Capello aguantaba con dignidad el paso de los años. En ese sitio había tropezado con Ella mientras trataba de rescatar páginas que escapaban de un camión en marcha. Al verla agarrada del brazo de Sabatini, había pensado que era su marido. Y aunque lo había reconocido, al ver que él parecía no recordarlo, decidió hacer lo mismo.

Caminó dos esquinas más y se detuvo en el número 42. Cruzó el antiguo portal y al fondo se encontró con otra puerta. Un joven salió a recibirlo y lo condujo hasta el despacho del restaurador. Sabatini tenía la cabeza inclinada sobre un documento que analizaba con un cuentahílos. Al verlo, lo dejó todo y fue hacia él con los brazos extendidos.

—Amigo mío, bien venido a mi guarida.

Lívido se dejó abrazar, conservando una prudente distancia. No estaba acostumbrado a ningún tipo de roce; aquél era el primer abrazo que recibía en muchos años. Sentir el calor de ese cuerpo le pareció extraño, pero en el fondo no le incomodó. Era la sensación de importar a alguien. ¿Hasta qué punto la soledad lo había llevado a extraviarse? ¿De cuántas cosas se había perdido encerrándose en su torre de libros? El ser humano necesitaba del ser humano; era completamente absurdo renunciar a relacionarse con el mundo; haciéndolo, se castigaba al ostracismo, se sumergía en un pozo sin fondo del que ahora que había conocido a Ella quería salir como fuera. Estaba a punto de cumplir sesenta años y el resumen de su vida era que, por culpa de una promesa que su madre hizo a su Dios, él no había vivido y no tenía a nadie.

Se sentó y durante un rato escuchó con atención todo lo que Sabatini le explicó del códice que en ese momento restauraba.

Se dejó pasear por los distintos habitáculos hasta acabar en el cuarto donde el catedrático acostumbraba a leer, con rayos ultravioleta, los manuscritos más deteriorados. Aunque todo le parecía apasionante, en el fondo estaba allí porque quería saber más sobre Ella, pero no se le ocurría cómo manifestarlo sin que pareciera que le interesaba demasiado.

No tuvo que saberlo. Después de haber hecho todo el recorrido, fue el mismo Sabatini quien abordó el tema sin rodeos.

—¿Qué tan amigo eres de la escritora?

Antes de hablar, Lívido carraspeó. No esperaba que la pregunta fuera tan directa, y se puso a la defensiva.

—¿Es que existe algún porcentaje sobre la amistad que yo desconozco?

—En absoluto. Quiero decir que si para ti es importante ella.

—Mucho.

—¿Sabes que es una mujer oscura?

—¿Qué quieres decir?

—Que una parte de ella es... digamos que vive en la oscuridad.

—Todos tenemos esa parte.

—Sin duda, pero en su caso es posible que la pérdida que sufrió la haya acentuado más. Creo que tiene un problema de personalidad.

—¿A qué te refieres?

—No sé cómo explicártelo sin que suene a intromisión o a violación de la intimidad. En fin: hace meses que la espío... y la he grabado con mi cámara sin que ella lo sepa.

Lívido clavó una mirada interrogante en sus ojos.

—No me mires así. Lo que hago quizá visto desde fuera no se entienda. Amigo, a estas alturas, tú bien sabes que todos somos unos supervivientes de la vida; que llega un momento en que nos damos cuenta de que nada tiene sentido y acabamos fabricándonos alguno para continuar. Yo me dedico a restaurar y, para hacerlo, hay que saber ver. Me gusta observar los comportamientos de otros, investigar, tratar de entender en ellos lo que no entiendo en mí. Pura psicología. ¿Me ves anormal porque lo haga?

Lívido no contestó; entendía lo que decía. No eran tan diferentes. A su manera, él, con sus binóculos y sus telescopios, hacía exactamente lo mismo.

—Tengo grabados cientos de cintas de hombres, mujeres y niños, y si me preguntas qué criterio utilizo para elegirlos, te juro que no sabría contestarte. No siempre tenemos respuesta a todo lo que hacemos. De pronto siento un impulso y me digo: «A éste tengo que filmarlo.» Puede que sea un tema de percepción; tal vez voy buscando comprender lo incomprensible. Realmente no lo sé. En cualquier caso, me sirve para matar los días. Digamos que es un hecho que no tiene la más mínima importancia; es mi rebeldía personal a aceptar esta estúpida realidad cotidiana.

Lívido recondujo la conversación.

—¿Dices que la has grabado?

—Sí. Es una mujer que, desde que la vi, llamó mi atención. Me pareció que arrastraba consigo algo, una atmósfera extraña, yo qué sé. Un sábado, por casualidad, me la encontré saliendo de Firenze en dirección a Arezzo. Ambos íbamos al mismo lugar. Más tarde me enteré que el accidente que sufrió sucedió muy cerca de la antigua casa de mis abuelos. Ven, quiero mostrarte algo.

El profesor Sabatini lo guió hasta una pequeña sala de reuniones. Al llegar, sacó de un armario un par de cintas y lo invitó a sentarse.

—Aquí están —le dijo—. Cuando las hayamos visto, te explicaré lo que pienso.

Una vez conectado el video, se sentaron. La pantalla se iluminó y apareció Ella bajando de un coche y dirigiéndose con un martillo hasta una casucha en medio del bosque.

Las siguientes secuencias le parecieron a Lívido extrañas y confusas. Le costaba imaginársela de aquella manera. Se había acostumbrado a verla en el contexto pausado de su librería.

—¿Por qué hace todo esto? —preguntó el librero.

—Busca pistas que la lleven a su hija. Está convencida de que sigue con vida. Investiga obsesivamente esta zona y ahora cree que ha encontrado algo importante. ¿Sabes lo que me dijo? Que cuando llegó al almacén de herramientas —señaló la pantalla con la imagen congelada de su alumna golpeando el candado—, la puerta estaba abierta. Pero tú lo acabas de ver. Ha sido ella misma quien a golpes de martillo la abrió. Además, hay otra cosa que me llama mucho la atención y es el tema de su pierna.

El profesor Sabatini volvió a poner en marcha el video.

—Observa.

La imagen mostraba a Ella caminando ágil, sin utilizar ningún apoyo. Con el mando a distancia, el catedrático adelantó la grabación.

—Y ahora.

En la pantalla aparecía caminando con dificultad, mientras se ayudaba del bastón.

—¿Te das cuenta? —Sabatini se acercó al televisor y señaló el bastón—. A veces lo utiliza y a veces no. Su cojera no es algo real. He estado investigando y, después de darle muchas vueltas, he llegado a la conclusión de que sufre un trastorno de personalidad.

—¿Qué quieres decir?

—¿Has leído algo sobre ello?

—No.

—Sé un poco de psicología; es un tema que me apasiona —le aclaró el profesor—. Es posible que sufra un desdoblamiento de la personalidad. A eso se le llama en psiquiatría «trastorno de identidad disociativo». Quién sabe si sea debido a la pérdida; eso no lo sé. Pero lo que sí está claro es que lo que hace una, en este caso, la que va sin bastón, la otra no lo recuerda, y viceversa.

Lívido pensó en el revólver que había visto caer de su bolso y en las últimas frases pronunciadas por ella antes de salir de la librería. ¿Le había oído dos voces? Por una fracción de segundo le había parecido que entre ellos había alguien más.

Deseó que estuviera bien, aunque si no lo estaba, nada iba a cambiar entre los dos. De todas las personas que caminaban por el mundo, ¿acaso existía alguna que se salvara? Cada uno llevaba su rareza a cuestas, y no por ello se le podía tildar de loco. Miró el reloj y se dio cuenta de que le quedaba media hora para regresar. Había decidido que esta vez por nada del mundo dejaría que se le escapara la felicidad.

—Debo irme —dijo Lívido.

—No te molesta que haya sido tan franco, ¿verdad?

—Te lo agradezco.

—¿Estás enamorado?

El librero no contestó.

Aquel hombre abría ventanas por las que se aireaba su alma, agujeros que le ayudaban a liberar su tristeza. Por eso regresaba. Porque sin darse cuenta, él se había ido convirtiendo en un ser imprescindible. ¿Su recalcitrante noción de soledad lentamente empezaba a borrarse?

Al llegar, dejó que fuera su deseo el que timbrara y esperó unos segundos. La puerta de la antigua librería se abrió.

—Hola —le dijo el librero con su voz envolvente—. La esperaba.

Ella levantó los ojos y dejó que su mirada la acariciara. Tenía los ojos gastados pero suaves.

—Hola.

—La otra tarde olvidó su libro y me tomé el atrevimiento de leerlo. Escribió usted aquel capítulo, ¿verdad?

—Sí.

—Es magnífico. Les hizo un gran favor.

—¿Cómo dice?

—Me refiero a los protagonistas. De no haber sido por sus palabras, ahora estarían perdidos.

Ella sonrió; continuaba en la puerta. Al darse cuenta, Lívido la invitó a entrar.

—Lo siento, olvidé que fuera hace frío; pase.

Al entrar, por una fracción de segundo su mano rozó la de él. Tenía la tibieza del *cashmere*. El frío que desprendía su cuerpo había desaparecido.

Caminaron por el pasillo y se detuvieron ante un mueble. El librero sacó de un cajón el libro restaurado y se lo entregó.

—No se imagina cuánto lo disfruté —le dijo.

—¿Quiere quedárselo? —insinuó ella.

—¿Me lo está regalando?

—Es lo mínimo que puedo hacer. Usted ha sido muy amable conmigo dejándome pasear por su librería. Me ha regalado muchas tardes gratas y..., bueno, en el pupitre siempre...

Lívido no la dejó acabar.

—Se equivoca; ha sido usted quien me las ha dado a mí.

—Entonces, ¿acepta que se lo regale?

—Desde hoy me acompañará en mi mesilla de noche. Por cierto, me gusta como acaba la historia. Creo que todos, en el fondo, preferimos los finales felices, ¿no cree? Las personas no estamos hechas para la infelicidad y, sin embargo, el mundo está lleno de infelices. ¡Qué paradoja! Tal vez por eso huimos hacia los libros; buscamos encontrar en ellos lo que nos negamos a sentir nosotros mismos.

La volvió a mirar, pero esta vez sus ojos resbalaron despacio hasta su boca. Nunca la había tenido más cerca; su perfume a incienso lo envolvió. Se dio cuenta de que su lengua había olvidado a qué sabía un beso de amor. Demasiados años; el recuerdo se había cansado de pedir ser recordado.

Tenía sed, sed de beso. Se moría de sed. Se acercó un poco más. Podía sentir en su aliento la oscura y silenciosa humedad de aquel espacio íntimo. La ruta hacia el alma. Placer imaginado del contacto. La punta de su lengua violentando sus labios, rompiendo, abriéndose camino hacia dentro. Penetrando, ocupando, humedad con humedad, saliva con saliva. Quería pasar su dedo por aquellos labios, acariciar sus dientes, sumergirse en ella, pero cuando estaba a punto de hacerlo, se contuvo.

—¿Está segura de que me lo quiere dar? —le preguntó él, tratando de contener el alma que se le salía por la boca.

—Por- - -fa- - -vor —rogó Ella, enhebrando con dificultad las tres sílabas.

Habían estado a un centímetro del beso. Sus alientos se habían abrazado.

—Está bien —dijo él, aturdido—. Muchísimas gracias; es un regalo muy bello. Si me permite... me espera una traducción.

Lívido se retiró. Regresaba al rincón donde se sentía protegido. Allí lo esperaban sus binóculos y lentes. Contemplaría de lejos sus facciones, aquella luz que brillaba en sus ojos cada vez que abría la tapa del pupitre. Se metería en su pecho y respiraría al ritmo de sus ansias. Estaba convencido de que la iba a sorprender. Ahora conocía de memoria sus gustos.

Ella lo vio subiendo por las escaleras y antes de perderlo entre las sombras le gritó:

—¿Bajará?

—Si usted quiere...

—Quiero.

—Pues entonces, lo haré.

—Sigo sin saber cómo sabe mi nombre.

—Se lo diré más tarde.

—¿Y el suyo? ¿Me dirá cuál es el suyo?

—También.

97

Llegó ansiosa hasta el pupitre. La orquídea estaba más bella que nunca y sus pétalos se habían convertido en expectantes lenguas por las que se deslizaban gotas de sangre.
Las velas chisporroteaban y derramaban cera a su alrededor.

¿Qué le esperaba bajo la tapa?

La levantó despacio y esta vez, en lugar de hallar un libro, se encontró en el centro de un pañuelo de seda blanco una extraña flor cerrada que contenía todos los colores
del arco iris. Trató de cogerla pero, al hacerlo, la flor bostezó, se fue abriendo despacio como si se desperezara, y de
forma repentina alzó el vuelo. Era la mariposa más hermosa que jamás había visto en su vida. La siguió con los ojos, y
tras revolotear sobre ella, regresó y se posó en su mano. Sus
alas eran pétalos que recogían desde el azul más suave hasta el rojo más violento. En ellas estaban el amanecer y el
atardecer, el día y la noche, la luz y la sombra, lo brillante y
lo opaco, y la estilizada elegancia de lo efímero y eterno.
Se dejaba observar sin prisas, extendiendo sus alas, orgu-
llosa y convencida de su extraordinaria hermosura.

De repente, Ella descubrió el texto en el pañuelo. Estaba en el sitio que había ocupado la mariposa.

Te propongo
inventarnos de nuevo.
Deshacernos los dos
de lo que fuimos.

Ser viento y tierra,
agua y árbol,
río y piedra.

Y en esta materia inútil
que nos ata,
encontrar
el beso final
que nos libere.

Estaba detrás. Podía sentir el calor de su aliento en su nuca. Acababa de posar sus manos sobre sus hombros. Permaneció quieta, temiendo que aquello no existiera. Las palabras leídas tenían su propia voz...

Te propongo inventarnos de nuevo...

Metamorfosis. Pasar de no ser a ser. Del sufrimiento a la alegría. De arrastrarse a volar.

«Felices los que eligen, los que aceptan ser elegidos...», le susurró Thomas Edward Lawrence.[16]

Metamorfosis. De crisálida a viento.

Sus manos en sus hombros. Un peso que no pesa. Todos sus sentidos en dos puntos. Izquierdo, derecho. Y en el centro del pecho, el corazón cabalgando.

Quieta. Permanecer así eternamente. Sus manos...

«...mientras dentro de sí, la oculta soledad aguarda y tiembla»,[17] musitó desde una estantería Rosario Castellanos.

Metamorfosis. De esperadora suplicante a prestidigitadora triunfal.
Detrás, su espalda recibiendo ese pecho cálido. Su columna vertebral convertida en material inflamable... Arde que te ardiendo...

«En la penumbra dorada de la lámpara cuelgo mi piel...»,[18] le murmuró al oído Cortázar.

Metamorfosis. De abandonada a querida. Querer y poder. Dejar, dejando. El gerundio del verbo... amar, amando.

«... miedo de ser dos caminos del espejo, alguien en mí dormido me come y me bebe»,[19] le dijo desde una mesa Alejandra Pizarnik.

Metamorfosis. Decir adiós a lo que duele, hola al placer. Sus manos hierven en mis hombros. Siento, luego existo. Existo, luego siento.

«Luchamos por fijar nuestro anhelo...»,[20] cuchicheó Cernuda.

Metamorfosis. Las agujas del tiempo. El paso de la muerte a la vida. El peso de sus manos. Los hombros derretidos. Detenerse o seguir.

«Márcame mi camino en tu arco de esperanza y soltaré en delirio mi bandada de flechas...»,[10] le dijo Neruda.

Metamorfosis. Del insomnio al sueño. Del escepticismo a la credulidad. Del no al sí..., al SÍ.

«Cantar, arder, huir, como un campanario en las manos de un loco...»,[10] insistió Pablo.

Sus manos ya no están. ¿Adónde se han ido? Sus hombros huérfanos. Los brazos de él volviendo, aprisionando su cintura. Placer, un placer mayor.

La mariposa escapa de su mano y vuela... vuela hasta posarse en el centro de la orquídea.

99
—

Las velas se consumieron y la librería se sumergió en las sombras. Aquellos brazos continuaban abrazándola.

¿Cómo girarse y quedar frente a frente?

Otra vez sintió su aliento en el cuello y, de repente, su voz le susurró al oído una frase de Salinas.

—«Por ti he sabido yo cómo era el rostro de un sueño...»

—«Sólo ojos» —le contestó ella, continuando el poema.

—«La cara de los sueños mirada pura es, viene derecha, diciendo...»

—«A ti te escojo, a ti, entre todos.»

—«Un sueño me eligió desde sus ojos...»

—«que me parecerán siempre los tuyos.»[14]

Los brazos de Lívido le dieron la vuelta, y quedaron los dos frente a frente, cuerpo a cuerpo, arropados por columnas de libros. Miles de palabras emergieron silenciosas de las páginas, cargadas de sonatas contenidas, y los acompañaron en la oscuridad. Cada libro susurraba una frase para ellos.

Toda la luz estaba en sus lenguas. Fueron ellas quienes los guiaron al encuentro.

Un roce de su boca, apartarse... y volver. Otra embestida suave... un ballet. Su mirada metiéndose en sus ojos, despacio... un respiro contenido. Y otra vez los labios reconociéndose, jugando a entrar. Bocas abriéndose despacio, labios separándose más y más, un poco más, la lengua entrando... su lengua recibiendo; un baile de humedades compartidas; silencio con fondo de quejido suavísimo. Agua tibia, tibia, tibia, penumbra, nadar en otro... dolor dulce; hiel que se convierte en miel. Muerte y resurrección, resurrección y muerte. Orgasmo de bocas y, entre sus piernas, ese temblor de vida. Sueño sin nombre. Principio y fin.

Sus labios eran cálidos y mórbidos. Sus brazos apretaban su cintura. Su cuerpo recibía su cuerpo, su vientre sentía su vientre.

Entre los dos, algo se levanta triunfal... Presencia firme. Lengua contra lengua...

Muerte y vientre

Muerte y vientre

Muerte y vientre

eleva

eleva

eleva

Un beso que la mata, la resucita y la eleva

100

——

«No tengo miedo, no tengo miedo, no tengo miedo», se repitió, al tiempo que metía la llave en la cerradura.

Al entrar, supo que La Otra estaba allí, pero la ignoró. «Quien controla su miedo, tiene poder», lo había leído en alguna parte. Encendió la luz de la habitación, se sirvió un vodka y pulsó el *play* de su equipo de sonido. La voz de Ornella Vanoni inundó la pequeña sala. Se bebió un trago y empezó a cantar con ella... *«Bello amore, amore, amore bello che nessuno può negare...»*[6]

Fue al baño y se lavó la cara. Mientras cepillaba sus dientes, la oyó. Le hablaba desde el espejo.

—¿Dónde estabas?

—A ti qué te importa.

—Pero, vamos a ver, ¿quién diablos te has creído, ah? ¡Respóndeme! ¿Dónde te has metido todo este rato?

—¡Déjame en paz!

—¿Crees que porque dices «déjame en paz» te vas a librar de mí? ¡Estúpida! Seguro que has ido a ver al tonto del librero. ¡Qué romántico! *«Bello amore, amore, amore bello...»*; sólo hay que oírte cantar. ¡Qué cursilada! Ja, ja, ja...

—No pienso hablar contigo.

—Te haces la valiente, pero a mí no me enredas. Soy mucho más lista que tú. Estás cagadita de miedo. Acéptalo:

me tienes miedo. Sabes que, si quiero, acabo contigo. Lo que pasa es que disfruto mucho jodiéndote, para qué voy a negarlo. ¿No has pensado en que puede aparecer Marco en cualquier momento? ¿Qué vas a decirle? ¿Ése es el luto que le guardas, viuda alegre?

—Tus palabras me resbalan.

—Eso es lo que crees. No te dejaré verlo más. De mí no vas a librarte, ya te lo he dicho. Voy a encerr...

Ella salió del baño, corrió hasta la puerta y escapó. Pidió el ascensor, pero al ver que no llegaba decidió bajar los seis pisos por las escaleras. Al llegar a la recepción, se topó con el conserje, que despedía a una pareja.

—Fabrizio —le dijo, agitada—, ¿podría hacerme un favor?

—Lo que quiera, señora.

—Dejé mi abrigo y mi bolso en la habitación. ¿Le importaría traérmelos?

—Con mucho gusto.

En pocos minutos, el conserje regresó con lo pedido y la llave del cuarto.

—Olvidó retirarla —le comentó al dársela—. La necesitará. ¿Quiere un paraguas? Dicen que esta noche lloverá.

—No importa, Fabrizio. Prefiero mojarme.

Al salir, un relámpago lejano astilló el cielo de Firenze. La noche exhalaba un aliento viscoso. Dejó caer sus ojos en el río y se recreó en sus destellos. Arriba estaba la realidad; abajo, el sueño. En la orilla, el creador. En el agua, el soñador. Una serpiente larga y húmeda se movía sinuosa albergando otras vidas: las que se reflejaban. Muros, paredes, ventanas y luces se desplegaban y crecían, se estiraban o acortaban, y aunque dependían de aquello que les daba la vida, llevaban en su interior una música especial. Miró los edificios que provocaban toda esa sinfonía: estaban quietos y aburridos. ¿Adónde iban a parar las sombras cuando no había luz?

Tuvo necesidad de respirar ese mundo que se desperezaba ante sus ojos. Caminar por primera vez en dirección a su centro para hallar su propio reflejo. No quedarse en lo estático y anclado, sino en aquello que podía transformarse.

Pensó en sí misma y en el librero. Ella creaba libros y él los conservaba y protegía. Ambos amaban la palabra y habían llegado a ella por caminos diferentes que al final los habían unido; porque aquel universo de letras contenía el alma del mundo.

Ni siquiera sabía su nombre, pero... ¡qué más daba!

Después de haber compartido tantas tardes soledades y lecturas silenciosas, de haber respirado el mismo aire y tocado con sus manos la penumbra y el sueño de los libros; después de haber vivido entre sus brazos el despertar de su piel con aquel beso inmenso, lo había reconocido como algo muy suyo y ahora quería más, más de todo. Tenerlo cerca, al alcance de su corazón. ¿No era eso el amor?

Sentía que algo se licuaba en su alma. Alegría y miedo. Un cúmulo de contradicciones.

¿Cómo podía tener derecho a pensar en ser feliz si había matado a su marido y tal vez a su hija estrellándose contra aquel árbol? ¿Alguna vez podría perdonarse a sí misma? ¿Cómo quitar de en medio a La Otra?

¿Dónde viviría él?

Mientras se dirigía a ninguna parte, oyó la voz del vagabundo.

—Señora sin nombre...

Ella buscó y lo encontró en una barca junto al puente.

—No debería estar allí —le dijo ella al verlo—. El tiempo anda un poco loco.

—¿Loco? ¡Qué bien! Eso es lo mío. ¿Y usted, qué hace
allá arriba?

—Aquí, matando el tiempo.

—Al tiempo no hay que matarlo, *signora*; ese maldito
condenado nunca muere, ¿no lo sabía? Lo que hay que hacer es engañarlo. Me he dado cuenta de que es tonto, y si le
haces creer que eres feliz, se larga a otra parte. Sólo fastidia
a los tristes.

—Eso no me lo creo.

—Porque no ha hecho la prueba. Hágase la alegre y
verá.

—¿Qué recita hoy?

—Esta noche le tengo preparado el *Paradiso*. ¿Viene?

—Prefiero escucharlo desde aquí.

—Baje, y le prometo que entre los dos le encontrare-
mos sentido al sinsentido. No sé por qué, presiento que usted va buscando algo que no sabe muy bien qué es. Quiere
creer que la vida es una sola cosa, un bloque entero que se
inicia al nacer y acaba al morir, y es o bueno o malo, y hay
unos seres a los que les toca lo bueno y otros a los que les
corresponde lo malo, pero se equivoca. La vida está hecha
de pedacitos sueltos de todos los colores. Cosas que vives,
cosas que sueñas, un poco de lo que te dice el vecino, otro
poco de lo que imaginas; un trozo de pizza, dos capuchinos, una caída y una canción; dos raticos de sol, uno de do-

lor, una zambullida en un mar calmo, una ola despistada que te eleva, otra que te hunde...

Baje y saboreará mi paraíso. Hágame caso. Las cosas buenas nunca se dan cuando se piensan mucho. Déjele espacio a la improvisación. Déjese sorprender, *cara signora*.

Ella dudaba.

—Una cosa es contemplar un plato apetitoso de comida, y otra muy distinta, comérselo. Escuchar el *Paradiso* de Dante en tierra firme, sin navegarlo ni vivirlo, no es lo mismo.

—Quizá tenga razón.

Oyó los primeros acordes con los que el músico templaba el violonchelo y no pudo resistir la tentación.

Descendió por unas escaleras de piedra que la llevaron al improvisado puerto. En el río, la barca esperaba. Allí le aguardaban, iluminados por las antorchas, aquellos hombres que recorrían la noche a lomos de sus sueños. Sintió alegría por lo que iba a hacer. ¿Acaso era eso la felicidad? ¿Pasear por el río y, entre versos ajenos, tratar de embolatar el miedo? ¿Recordar aquel beso vivido?

Se subió a la barca y cubrió sus hombros con una manta que le pasó el cantante.

La noche los aguardaba, expectante, abierta y libre. El barquero empezó a navegar, acompañando con sus remos las palabras del tenor:

La gloria di colui che tutto move
per l'universo penetra, e risplende
in una parte più e meno altrove.

Nel ciel che più della sua luce prende
fu' io, e vidi cose che ridire
né sa né può chi di là su discende;

perché appressando sé al suo disire,
nostro intelletto si profonda tanto,
che dietro la memoria non può ire.

Penetra el universo, y se reparte,
la gloria de quien mueve a cuanto existe,
menos por una y más por otra parte.

Yo al cielo fui que más su luz se reviste
y vi lo que, al bajar de aquella cima,
a poder ser contado se resiste;

pues cuando a su deseo se aproxima
nuestro intelecto, se sumerge tanto
que la memoria ya no se le arrima.[2]

Se dejó ir en aquella voz que acariciaba y regalaba música. Nadie la atormentaba; sólo el recuerdo de lo vivido la arrullaba. La barca los llevaba de la mano, como una madre cuidadosa, por una noche que caía sobre ellos rotunda y húmeda.

De repente, un rayo anunció con su voz ronca la inminente llegada de la lluvia. Las primeras gotas cayeron sobre su cara y una sensación agradabilísima la invadió... ¿Cuánto tiempo hacía que no las sentía? Cerró los ojos y recordó los aguaceros intempestivos de Cali. Las hojas de las palmeras agitadas, bandadas de pájaros huyendo despistados, su hermana Lucía y ella cogidas de la mano en plena tormenta, cantando y saltando empapadas de risa: «Que llueva, que llueva, que la vieja está en la cueva...» Su madre corriendo tras ellas, correa en mano, gritándoles, furiosa: «¡Muérganas de los demontres!, ¡niñitas desobedientes!» Ellas escapando, totiadas de alegría. La lluvia borraba de su cuerpo las huellas de los dedos sucios del abuelo y la unía a Lucía.

A medida que crecía la noche, la borrasca arreciaba. Ya no eran simples gotas las que caían sobre la barca, sino un chaparrón descomunal. A pesar de ello, el violonchelista siguió tocando, acompañando la voz del tenor que desafiaba los truenos con estrofas del *Paradiso*.

Mientras Firenze dormía, la barca subía y bajaba sobre un caudal que empezaba a dominarlos.

—Sería mejor que lo dejáramos —dijo Ella, rompiendo el hechizo—. Esto ya no tiene ninguna gracia.

El tenor no la escuchó. Declamaba enloquecido palabras que subían, se estiraban y desaparecían por las calles solitarias.

—Quiero bajar.

Ni el remero, ni el violonchelista, ni el cantante parecía que la oyeran. Era como si el río los hubiera hipnotizado.

—¡He dicho que quiero bajar!

La barca entró en un remolino y comenzó a girar enloquecida. Las antorchas se apagaron. El cielo se desfondaba sobre ellos, inmisericorde.

101

Eran las dos de la madrugada y Lívido no dormía. Pensaba febrilmente en Ella. Tenía grabada la expresión de su rostro: sus ojos entregándole el alma, sus labios dejándose encontrar. Su cuerpo desmadejado, nadando entre las olas de aquel beso.

La sintió temblar y romperse en sus brazos; reclinar su cabeza sobre su hombro, como una niña desvalida, mientras él acariciaba despacio sus cabellos. Habían permanecido unidos en esa comunión que da la íntima fatiga de un beso saciado y, de repente, como si la esperara alguien o se hubiera acordado de algo urgente, había huido, llevándose consigo el pañuelo de seda y la orquídea.

Antes de marchar, sólo una pregunta: «¿Son míos?»

Ahora, acompañado por el repiqueteo de la lluvia que azotaba con insistencia los cristales de su habitación, trabajaba en la última carta que entregaría a primera hora a *La Donna di Lacrima*. Esta vez lo hacía con la vehemencia y el convencimiento de que era a Ella y no a la mujer de la máscara a quien la dirigía.

Se levantó y al hacerlo notó que esta vez nada le crujió; el frío que le había acompañado durante tantos años se había marchado. Sentía que su sangre circulaba caliente por su cuerpo y que sus pies finalmente entraban en calor.

Dio un último repaso. Había llegado al final. Ya no tenía nada más que transcribir. A lo largo de todos esos meses le había ido copiando, una a una, las páginas que aparecían escritas en el viejo diario, y ahora sólo quedaban hojas en blanco, carcomidas y manchadas de vejez; un párrafo interrumpido en mitad de una página, como si de repente su dueño se hubiera cansado, se le hubiera terminado la tinta o sencillamente hubiera muerto. Una historia inacabada que tal vez completaría ella, como había hecho con el libro restaurado.

Había llegado la hora.

Con el pétalo que incluía completaba el mensaje cifrado: 7, ése era el día. Viernes 7.

Dobló la carta, encendió la vela y lacró el sobre, imprimiendo con fuerza sobre la gota de cera escarlata el sello con la letra L. Mientras lo hacía pensó en la máscara que estaba a punto de terminar; la falsa identidad que iba a cubrir su rostro. ¿Intuiría que detrás de L. se encontraba el hombre a quien ella llamaba librero?

102

Hasta ese *Paradiso* le había sido adverso.

Amanecía sobre Firenze y sus calles continuaban recibiendo el castigo del agua. Ya no veía el río, sólo lo oía de lejos. A pesar del caudal, la embarcación había logrado mantenerse a flote y ahora, tenor, violonchelista y barquero, todos estaban a salvo.

El paseo río abajo se había convertido en una angustiosa travesía que, más que alabar el *Paradiso*, parecía aludir al Diluvio Universal, pues la barca había estado a punto de zozobrar.

Le parecía que llevaba siglos bajo el agua. A pesar del helaje, el recuerdo de aquel beso la mantenía despierta y caliente. La lluvia caía inclemente sobre sus hombros y el cielo, en pie de guerra, preparaba con alevosía el azote de su furia.

No quería regresar al hotel por temor a que La Otra la estuviera esperando. Sin embargo, no tuvo más remedio que hacerlo.

Al llegar, encontró vacía la recepción. Tocó la campanilla y apareció Fabrizio.

—¡Señora Ella! Pero si parece que venga de un naufragio —le dijo, sorprendido—. Permítame un momento.

Se perdió en la oficina y regresó con una toalla.

Ella la recibió y empezó a secarse la cabeza.

—Deme su abrigo; debe estar helada. ¿Quiere que le mande a preparar un buen chocolate? La hará entrar en calor.

—Fabrizio, necesito que me haga un favor y no me pregunté por qué: si en cuatro horas no he salido de la habitación, entre y ayúdeme a salir.

—Usted tiene la llave, señora Ella.

—Ya lo sé. Pero por si acaso.

—¿Es que... quizá... se siente mal?

—Sólo hágalo. No permita que me encierre ella.

—¿Que la encierre... quién?

—Nada, nada, he dicho una tontería, no me haga caso. Y sí, le acepto el chocolate, bien espeso, y que eche humo; ya sabe que me gusta hirviendo... Pero, primero, voy a darme un buen baño caliente, a ver si logro que se me descongele el cerebro.

103

Sólo entrar, La Otra salió a su encuentro y la encerró, pero antes la obligó a llamar al conserje a decirle que no la molestara, que la orden anterior quedaba anulada.

—*Pronto, chi parla?...*

—¿Fabrizio?

—Dígame, señora...

—Por favor, no quiero que me moleste nadie.

—Están a punto de subirle su chocolate. ¿Desea cancelarlo?

—No; dígale al camarero que lo deje en la puerta. Saldré a buscarlo. A partir de este momento, voy a permanecer encerrada algunos días. He decidido continuar con mi novela y necesito paz.

—Pero usted me había dicho que...

—Sé lo que le dije, pero he cambiado de opinión.

—Está bien, señora Ella, si es lo que quiere.

—Ah... y, por favor, si alguien me llamara, aunque lo dudo, no existo. Pienso aislarme del mundo.

—Como guste —le contestó Fabrizio como si fuera una clienta cualquiera; odiaba cuando le hablaba de manera tan autoritaria y fría; no entendía sus cambios de humor. Pasaba de la calidez a la frialdad en pocos segundos. Era como si vivieran en ella dos personas. Cuando estaba así, prefería olvidarla.

—Otra cosa, Fabrizio, además del chocolate, necesito mi botella de vodka y una cubitera con...

—De acuerdo, señora.

Claro que no la iba a molestar. Le enviaría todo el hielo y el vodka del mundo para que se sumergiera entera. ¿Quién diablos se había creído que era? «Fabrizio, tráigame», «Fabrizio, déjeme», «Fabrizio, bájeme», «Fabrizio, súbame»...

Estaba harto de que lo cogiera como a un trapo de la limpieza. Por él, ya podía sepultarse en la habitación, ahogarse en vodka, morir de inanición o en una de sus habituales pesadillas. Se había cansado de irle detrás como un perro faldero. No pensaba aparecer más por allí.

104

Durante una semana no pudo volver a salir. La Otra la tenía secuestrada en la habitación del hotel. La hacía beber,
comer, bañarse, dormir, escribir tonterías, escuchar música
y ver la televisión, pero no la dejaba hablar con nadie ni
asomarse siquiera al balcón.

Había tomado por completo el mando de sus deseos y ne-
cesidades, y hasta la había obligado a no pensar en el librero.
Pero Ella seguía haciéndolo a escondidas, igual que de pequeña, cuando el abuelo la ataba de manos y la cubría con las
sábanas para que nadie se enterara de que era su prisionera.

Mientras su asqueroso dedo la rompía una y otra vez y
le prohibía pensar en otra cosa que no fuera aquella por-
quería, su imaginación creaba animalitos de nubes. Lucía
estaba con ella y jugaban a encontrarlos en el cielo. «¿En
qué piensas? —le preguntaba él mientras sus cochinas uñas
la escarbaban—. ¿Te gusta, mi princesita, me quieres?» Y
ella decía que sí, que le encantaba, que lo quería, porque
lo que en ese instante estaba viendo era un cielo lleno de
elefantes y gatos, perros y ositos, todas las nubes convertidas en el zoológico más bello jamás visto.

Ahora, volvía a sobrevivir de esa manera. Aprovechaba
para perderse en recuerdos porque sabía que de esta forma La Otra la dejaba tranquila.

Ojos cerrados y mente abierta. Cali. Calor y brisa.

Loma de Miraflores... las hermanas nos deslizamos abrazadas en tablas de madera por la hierba. Aire en las mejillas, velocidad, el delicioso olor a sudor niño; me abrazo a Lucía, siento su corazón latir, latir de dicha. La voz de Clara: «¡Agárrense bieeeeeennnn...!» Risas y alegría.

Domingo, paseo a San Antonio. Comemos conos de mora, lengua y lengua, y de a poquitos porque es bendito, hasta llegar al fondo. Miro a Lucía y me regala lo que le queda, ¡qué rico, más helado!

La voz de mamá: «Niñitas, arréglense, que nos vamos a pasear»... «Chupaté-té-té, caminaba-ba una niña una niña en París...» Lucía y yo saltamos y cantamos, «resbaló, se cayó y en brazos del novio...» hasta llegar arriba. Miro la estatua de Belalcázar y papá dice que con su dedo está acusando a Cristo Rey. Pregunto de qué lo acusa, y Lucía me lo dice en secreto.

«...de Año Nuevo y Navidaaaad, Caracol con sus oyentes formula votos fervientes de paz y prosperidaaaad...», cantan en la radio, y papá silba contento. Quiero que el niño Dios me traiga una muñeca, pero tengo que portarme bien.

Olor a sancocho y a cilantro. La leña arde debajo de la olla mientras chapotiamos en el río. Me duelen los pies, porque no me puse los tenis y hay muchas piedras. «¡Miren lo que hago!», grita Clara montada en el columpio de vuelo que papá ha hecho en el árbol; vueltas y revueltas, y la margariteña y la cuzqueña... Y yo me quiero columpiar...

—¿Adónde vas?

—...

—Así que no quieres contestar.

—…

—De aquí no vas a salir nunca, ¿me oyes? No pienso dejarte.

—«*Navidad, Navidad, llegó Navidad, alegría, alegría…*»

—¿Te haces la idiota? He dicho que de aquí no sales.

—«*Navidad, Navidad, llegó Navidad, alegría, alegría…*»

—¿Sigues cantando? ¿No te importa?

Sobre la ciudad continuaba cayendo una lluvia incesante y la Comune di Firenze prevenía a los ciudadanos sobre el posible desbordamiento del río. Las obras de arte que corrían algún riesgo fueron evacuadas y puestas a salvo. Se hablaba de la posibilidad de que se repitiera el desastre de aquel noviembre de 1966 y la gente se preparó para lo peor, pero el Arno resistía sin desbordarse.

Lívido se consumía. Seguía esperándola cada tarde a las siete. Después del beso, no había vuelto a aparecer. Trataba de encontrarle algún sentido a su larga e inexplicable ausencia. Pensaba en todo lo que le había dicho Sabatini, en su trastorno de personalidad, en los libros que había leído de ella, en la pérdida de su marido y de su hija, en el revólver y, sobre todo, pensaba en lo que ambos habían sentido aquella noche.

Releía los libros que sus manos habían tocado, los olía y repasaba con devoción, tratando de imaginarla, buscando entre líneas la clave de su ausencia.

Soñar sin llegar a soñar nada concreto. Sentir sin alcanzar la cima del sentir. Querer sin que aquello le rozara. Necesitaba verla. No podía sufrir más otro sufrimiento. ¿Estaba condenado a la desgracia? ¿Era él el elegido del dolor?

Después de un sinnúmero de conjeturas, al final acabó atribuyéndoselo todo a la lluvia.

Era imposible que la vida lo fuera a castigar dos veces con la misma historia. Llamó a Sabatini con una excusa y al final preguntó por ella; el catedrático le confirmó que tampoco había vuelto a las clases.

Iba a ir, claro que iba a ir. Aunque el cielo se cayera entero sobre él, aunque volviera el fantasma del *Alluvione* sobre Firenze, estaría al día siguiente a las doce del mediodía en el número 46 de la via Ghibellina.

Miró el reloj que colgaba de su chaleco: faltaban catorce horas.

106

Desde la cama veía la lluvia deslizarse extenuada por los cristales.

¿Es que nunca iba a parar de llover?

Había renunciado a cualquier rebeldía; ahora simplemente se limitaba a comer, beber y, cuando podía, a dormir.

Las pesadillas se habían convertido en sus compañeras de viaje y ya no las rehuía. Se dejaba zarandear, revolcar y hundir en ellas y, aunque sentía que moría, sabía que al final el nuevo día acababa por rescatarla.

Se conformaba con lo que le había tocado vivir. Cada vez pensaba menos en nada; el recuerdo del librero aparecía como un amanecer y se fundía entre las nubes. El de Marco y Chiara empezaba a ser una quimera. Ahora se limitaba a que todo la poseyera, la violara, la usurpara y finalmente la dejara.

No tenía fuerzas de nada. Ya no pensaba. ¿Y si se dejaba morir?

No había vuelto a la academia, ni a la librería, ni al ático. Cansancio.

Renunciaba a todo y a sí misma. La cordura y la locura se le habían convertido en una sola cosa. Tenía la impresión de que aquello que vivía estaba sucediendo en otra parte, muy lejos de ella, en un país desconocido. Que el dolor, como el sol en un atardecer, acababa diluyéndose lento en un mar negro y sin fondo.

Finalmente reconocía que la felicidad no había sido para ella. Volvía a la realidad de encontrarse sola con sus miedos, que de tanto asustar ya no asustaban; sin nadie que se dignara salvarla. Pero ahora ya se había resignado.

Estando así, perdida entre los sueños, de pronto una voz familiar la trajo a la realidad. Era viernes y, después de muchos días, Fabrizio entraba con una bandeja.

—¿Sabe qué día es hoy? Hace una semana que no sale de la habitación. Decidí subirle el desayuno personalmente, porque hace tiempo que no la veo. ¿No le importa, verdad? Lleva demasiados días encerrada. ¿No se cansa de estas cuatro paredes?

—¡Fabrizio! No sabe la alegría que me da verlo aquí.

—Me pidió que no la molestara y es lo que he hecho.

—Por favor, Fabrizio, no se vaya, no me deje sola. Necesito salir. Espéreme, quiero irme con usted.

—No se preocupe, señora Ella; aquí me quedo. ¿De qué tiene miedo?

—Alguien me tiene prisionera, Fabrizio. Alguien que se hace pasar por mí. ¿Lo entiende?

De repente, el conserje lo entendió. No sabía qué nombre tenía lo que le pasaba, pero lo que sí estaba claro era que sufría mucho. Aquella mujer le inspiraba ternura. Un minuto después, una voz oscura salió de sí misma.

—Váyase inmediatamente, no lo necesito para nada —le ordenó, déspota.

—No me iré de aquí hasta que venga conmigo la señora Ella —le respondió Fabrizio.

—He dicho que se vaya. ¡Largo, maldita sea, o llamaré a la policía!

—Usted no es la señora Ella, y yo sólo recibo órdenes suyas.

—He dicho que se vaya.

—No me iré sin ella, ¿le queda claro?

La Otra clavó su furibunda mirada en el conserje.

107

No sabía muy bien cómo había llegado hasta allí, pero lo había conseguido.

Estaba en el ático.

A pesar de que La Otra alguna vez había aparecido por ese lugar, confiaba en haberla despistado lo suficiente como para que la dejara en paz, aunque sólo fuera por un día.

Al entrar había leído la carta de L. que, según la fecha, debía llevar tirada en el suelo del recibidor una semana. Encontró el pétalo grabado con el que se cerraba el mensaje cifrado.

VIERNES

7

Durante un rato le costó entender que el viernes 7 era ese día y que sólo le quedaba media hora para arreglarse. El encierro le había hecho perder la noción del tiempo. Su corazón saltó de gozo: L. iría por fin a visitarla, y lo iba a recibir vestida de *La Donna di Lacrima.*

Se duchó, perfumó y maquilló como nunca en su vida; poniendo todos sus sentidos en ello. Mientras lo hacía, huía de La Otra cantando. Necesitaba tener la boca llena de palabras y música para evitar su presencia, por lo menos hasta que él llegara.

Cantar, cantar, cantar... «Larai, larai, larito...», la canción mágica que le servía para ahuyentar al monstruo cuando su madre la encerraba en el cuarto oscuro.

«Había una pastora, larai, larai, larito, había una pastora cuidando un rebañito. Cuidad no venga el lobo, larai, larai, larito, cuidad no venga el lobo, que acecha escondidito...»

A pesar de estar convencida de que L. no podía ser otro que el librero, por dentro se la comía la ansiedad. ¿Y si no lo fuera? ¿Y si su imaginación se hubiera equivocado y se tratara de otro ser estúpido que había utilizado textos ajenos y astucias románticas para atraerla? Prefirió no pensarlo.

«Había una pastora, larai, larai, larito...»

Colocó la orquídea en un florero de cristal largo y fino que rebosaba tinta púrpura y lo dejó sobre la mesilla junto al diván. Llenó todos los botafumeiros con incienso de azahares y encendió una a una las velas de los candelabros. De pronto, el salón se había convertido en un bosque de humo dorado, como si un sol otoñal hubiera decidido evaporarse en el centro de la sala y desparramar su luz por los rincones. Toda la estancia respiraba aquel aire turbador que tanto le gustaba. En las jaulas, los pájaros toh abrían sus elegantes plumajes y esperaban en silencio, mientras los pichojués permanecían atentos.

Todo estaba preparado.

Su corazón empezó a palpitar. El minutero marcó las once y cincuenta, y cincuenta y uno, y cincuenta y dos, y cincuenta y tres, y cincuenta y cinco...

Tic, tac, tic, tac...

Y de repente, las campanas empezaron a sonar. Ding, dong, ding, dong...

Santa Maria dei Fiore, Santa Croce, Santo Spirito, Santa Maria Novella, San Miniato al Monte, Santa Margherita, Santa Trinità, Santa Felicita..., todas celebraban el ángelus.

Oyó el timbre de la puerta y su corazón se desbocó.

Pulsó el mando y esperó.

108

¿Era o no era?

No supo reconocerlo, ni siquiera por la manera como caminaba, pues si el librero lo hacía de forma modosa y lenta, éste, en cambio, parecía enérgico y altivo.

Vestía íntegramente de blanco y cubría su rostro con una máscara veneciana llena de letras. Lo vio moverse por el recibidor y, tras fijarse en la señal que lo invitaba a seguir, se había dirigido al centro del salón.

Antes de sentarse, observó el lugar: los espejos lo miraban inquisidores y el diván aguardaba. Se detuvo tratando de imaginar aquella escena con otros personajes. Ahora él estaba allí, en el lugar que tantos habían descrito.

Esperándola.

109

Dejó que pasaran algunos minutos antes de entrar, y cuando el humo rebasó la sala y las velas rasgaron la penumbra, apareció convertida en poema de piel, arrastrando por el suelo su capa de seda azul. Su cuerpo desnudo, primavera de luz, temblaba de ansiedad y lujuria contenidas, mientras sus labios dejaban escapar bocanadas de humo que olían a canela.

Iba a encontrarse con él, como si asistiera a una cita marcada por el destino y el universo hubiera hecho hasta lo imposible para que aquel momento se cumpliera.

No habló, a pesar de que en su mente las frases se le iban escribiendo y gritaban en sus oídos. Se quedó delante, máscara contra máscara, observándolo. El aire aguantaba con hilos de seda aquel silencio solemne. Parecía que en cualquier momento una vocal iba a lanzarse al vacío para astillarse al final en mil pedazos.

¿Qué decía su máscara?

> *Concédeme los cielos,*
> *esos mundos dormidos,*
> *el peso del silencio,*
> *ese arco, ese abandono,*
> *enciéndeme las manos,*

ahóndame la vida
con la dádiva dulce que te pido.[21]

Aquellas palabras las conocía de sobra: eran de Vilariño. Sólo él podría haberlas elegido.

Esperar...

Esperar...

¿Era él?

Su voz, quería oír su voz.

No.

No era su voz lo que quería sentir. Era su cuerpo, sentir su cuerpo y sus manos y su boca y su abrazo, y que fuera su piel la que le dijera todo. La que revelara su identidad, la que la rescatara de ese precipicio en que caía.

No había tiempo de más. La Otra estaba a punto de regresar y se la iba a llevar.

«Ahora no, por favor, ahora no.»

Aguantar, sí, aguantar. Castigarse con la espera de la felicidad; quizá así La Otra marcharía.

Le indicó que se sentara y esperó. Él permaneció en silencio unos minutos, dejando que aquel instante los bañara, hasta que finalmente habló.

—He venido aquí sin tener muy claro lo que quiero decirte. Tú y yo hemos convertido la vida en un sueño; una quimera. Parecemos sonámbulos; unos niños atolondrados e inexpertos, incapaces de vivir a plenitud. Te he escrito cartas y cartas tratando de despertar una inquietud en ti. Y tú las has recibido. Nos movemos en la manigua del destiempo, tratando de coincidir... y el tiempo va pasando.

»Tenemos miedo de que aquello que soñamos pueda convertirse en realidad, porque si sucediera, si por una equivocación el destino nos trajera la alegría, estamos convencidos de que seguramente no sabríamos afrontarla.

»Tú has fabricado tu sueño, y yo el mío. Sin embargo, ellos nos unen hoy con un hilo invisible. Tememos mostrarnos como somos, quizá porque lo que somos nos da miedo.

»Allí estás, escuchándome. Aquí estoy, hablándote. La vida que vivimos es un completo enigma. Tratamos de armar rompecabezas con nuestros desaciertos, buscando caminar hacia la luz. Pero para alcanzarla, hemos de atravesar las gamas de lo oscuro.

»¿En qué tramo del túnel te encuentras?»

La Donna di Lacrima no contestó. Levantó su mano y puso el dedo índice sobre su boca.

Silencio.

Era necesario el silencio.

Al hacerlo, su capa se abrió, y L. contempló aquel cuerpo desnudo.

Exclamación. Suspiro mayestático sobre vocal abierta. Alfabeto musical. Principio y fin. Alfa y Omega. El último y primer paraíso. Dorada horizontalidad.

Aguantar. Resistir a tocarla por temor a ascender demasiado de prisa del infierno al paraíso.

Una mariposa diáfana se insinúa entre sus piernas. La claridad de su piel que invita a entrar. Una página en blanco donde escribir el gran poema.

Aguantar. Esperar a que su deseo se convierta en grito, en ave fénix...

—Sé quién eres —le dijo, controlando su ansiedad—. Realidad y sueño que encajan perfecto. *La Donna di Lacrima* sólo podías ser tú. Lo supe desde la primera vez que te vi, aunque a mi conciencia le costara reconocerlo. Sabía que detrás de ti estaba un ser brillante, una hoguera por arder, una gota de miel; que has creado este universo ilusorio porque lo cotidiano te marchita. Aquí, el resto del mundo se hace ínfimo y te conviertes en la soberana de tus sueños. Yo lo comprendo. Te niegas a vivir entre los seres que se dejan morir viviendo patrones obsoletos. Generación tras generación, el ser humano se ha ido creando su propia cárcel por tratar de mantener lo que otros establecieron como bueno. ¿Felicidad? ¿Sabes de alguien que cumpliendo su papel a rajatabla la conozca? Te dirán que sí, que ya la consiguieron: estudiaron, se graduaron, tienen pareja, hijos, casa y el futuro asegurado. Una mentira a la que todos juegan.

»De la infelicidad es responsable quien no busca apartarse de las reglas: TENGO QUE, DEBO Y QUÉ DIRÁN.

»Esto que hacemos tú y yo, buscar el QUIERO, PUEDO Y SOY, es nuestra última huida hacia la vida. ¿Lo probamos?

»¿Qué tal si nos quitamos las máscaras de una vez por todas? Y no me refiero a estas que llevamos; hablo de las que portamos en el fondo de nuestra alma, las que no se ven pero están, las que nos han paralizado durante tantos años.

393

»La única manera de vivir a plenitud es asumir lo que somos, independientemente de lo que los demás quieran que seamos.»

La Donna di Lacrima se puso de pie y caminó dos pasos hasta quedar frente a él.

Delante de sus ojos le mostraba su sexo cristalino.

L. se levantó y quedaron uno frente al otro. Mirada contra mirada. El diamante azul resplandecía sobre la máscara de ella. Las palabras escritas en la de él escapaban...

cielos   *manos*

    silencio   *vida*

        arco

enciéndeme   *ahóndame*

    pido

Estaba cada vez más cerca. Sus rostros se respiraban. Podía sentir su aliento tibio. La mano de L. se acercaba... ¿a su boca? No, no era a su boca... ¿Iba a tocar su pelo?... De repente, sus dedos tiraron del lazo y la máscara cayó. El diamante se desprendió y rodó por el suelo hasta detenerse bajo una de las jaulas.

El aleteo de un pájaro palpitó en el salón.

Ahora le tocaba a Ella. Su mano buscó entre los rizos de L. la cinta que aguantaba su máscara y las palabras cayeron astilladas a sus pies.

Allí estaban con sus rostros desnudos.

Ojos contra ojos, ojos en ojos, ojos dentro de ojos.

Las bocas se rozaban... las lenguas esperaban.

Respirarse, respirarse sin prisa hasta absorberse enteros. La vida convertida en fragancia.

Vista, olfato, gusto, oído...

...tacto...

Rozar sus labios. La lengua entra a tientas en ese espacio silencioso y profundo y escribe una palabra: «DESEO.»

Y la de ella responde mojada y deliciosa: «TE ESPERABA.»

La capa azul abierta en dos: sus senos se empinan y reciben unas manos ansiosas que le escriben: «SED DE BESARTE.»

Ellos responden: «BEBE DE MÍ LA VIDA.»

Su lengua roza su alma: «EN TI ME QUEDO.»

La de ella le contesta: «NO TE VAYAS DE AQUÍ.»

Piel contra piel, una lucha frontal hasta el espejo. Los cuerpos se reflejan y multiplican. Decenas de parejas desnudas. Piernas y brazos mezclándose. Un nudo. Las ropas caen. Y aquel deseo erguido entre los dos que busca...

Las manos atadas por las suyas. Él en su espalda. Lo siente, busca y entra, y la posee... Al fin, un vacío lleno.

Los pájaros se revuelven en las jaulas, un aleteo desenfrenado, explosión de luz y vida. Necesitan escapar, volar, elevarse hasta la cima del mundo. Palpar la muerte y la vida en un instante. Cantan enloquecidos, vuelan, rompen las ventanas, estallido de cristales... y escapan.

110

Después de muchos días, la lluvia se detenía.

Millares de pájaros toh cubrían el cielo de Firenze y lo pintaban de azul con sus plumajes. A lo largo del Arno, una niebla con olor a azahares invadía todos los rincones y se colaba en los Uffizi. Simonetta Vespucci resucitaba del cuadro y buscaba a su amor: Juliano de Medici. Se encontraban.

Todas las voces se silenciaban; sólo había espacio para el canto de los toh y los pichojués, y el concierto de campanas al vuelo de las iglesias florentinas.

Bajo el Ponte Vecchio, un tenor continuaba recitando el *Paradiso* de Dante Alighieri.

La vida acababa de regalarle un instante. Ésa era la felicidad. Había tocado el cielo entre las piernas. Amor y lujuria juntos. Ahora, se podía morir.

¡Maldita sea!, La Otra volvía y se dirigía a Lívido con una voz cavernosa.

—¡¡¡Vete!!!

Después del episodio del ático, Lívido esperó algunos días, pero al ver que ella no había vuelto a la librería decidió ir en su busca. Como no le abría, y temiendo lo peor, forzó la puerta. Se la encontró a oscuras, con los ojos perdidos, acurrucada en la esquina del salón entre los pájaros toh y los pichojués, tiritando de frío y con las ropas sucias y el pelo enmarañado.

La había bañado y vestido y, aunque le costó convencerla porque parecía estar muy lejos, finalmente se la había llevado a vivir con él a la via del Crocifisso.

Allí llevaba dos meses.

Por la academia se enteró de que el ático no era su única residencia; también tenía una habitación en el Lungarno Suites, un hotel situado a orillas del río, en la via Lungarno Acciaiuoli. Hasta allí fue y, una vez el conserje lo puso al tanto de lo sucedido, pagó la cuenta y recogió todas sus pertenencias.

Sabía que estaba muy enferma. Que si la quería no sólo iba a convivir con ella, sino también con aquel ser oscuro que se había ido adueñando de su cuerpo y la martirizaba. Pero la amaba; la amaba con toda su alma y sentía que por primera vez era útil e indispensable para alguien. Otro ser, mucho más frágil y desvalido que él, lo estaba necesitando de verdad.

A veces la oía mantener largas discusiones consigo misma; monólogos en los que argumentaba, insultaba, cantaba hasta caer exhausta y rendida a la evidencia de que La Otra era más fuerte. Cuando eso ocurría, prefería no enfrentarse y esperar.

Otras, la oía repetir y repetir el nombre de su hija, abrazada a un conejo de peluche que le había traído del hotel: «Chiara, Chiara, Chiara, Chiara...»

Trataba de permanecer con ella el mayor tiempo posible y la entretenía leyéndole los libros que sabía que le gustaban; aquellos que le había visto ojear en sus visitas a la librería, porque había descubierto que haciéndolo ahuyentaba a La Otra.

Cuando estaba bien, el piso se inundaba de luz; era capaz de reír a carcajadas, contándole divertidos cuentos que se inventaba para él. Gozaba explicándole cómo era su país; lo paseaba por paisajes inimaginados, ríos caudalosos y mares de siete colores, guaduales y palmeras, frailejones y cafetales; la cueva de los Guácharos, la laguna de la Cocha, el parque Tayrona, el cabo de la Vela, los silleteros de Medellín, los Llanos Orientales, Mompós. Se dejaba guiar por entre los verdes selváticos; lo llevaba a navegar por el Amazonas y a nadar a Juanchaco y Ladrilleros. Leían y releían hasta aprender de memoria el mapa colombiano. Le hablaba de los indios wayúus, los guambianos, los yaguas, los chibchas y los muiscas, y después de tanto viaje imaginado acababan rendidos de amor, besándose y amándose con una mezcla loca de pasión y ternura; exhaustos de pieles, bocas, lenguas, sexos y caricias.

—¿Sabías que existen palabras perezosas? —le había dicho una tarde.

—¿Qué quieres decir con eso?

—Que las pones en un texto, no hacen el trabajo que les has encomendado y terminan desertando. ¿Jugamos a nombrarlas? Tú dices una y yo otra. ¿De acuerdo?

—De acuerdo.

—NADA.

—TODO.

—SIEMPRE.

—NUNCA.

—VERDAD.

—MENTIRA.

—JURO.

—OLVIDO.

—No sé —le dijo preocupada— a veces tengo la impresión de no ser real; de ser un personaje que algún escritor creó en una novela y que estoy a punto de morir.

—Si eso fuera verdad, entonces tendríamos que morir juntos, pues yo hago parte de la misma historia.

—Por si acaso, he decidido no dejarme matar, Lívido. ¿Me ayudarás a conseguirlo?

—Claro que te ayudaré. La única manera de salvarnos es pactar con el sueño del escritor; hacernos amigos de él, seguir sintiendo. Mientras nos amemos, la historia no se acaba.

—¿Estamos soñando?

Ella empeoraba.

Lentamente iba asumiendo una actitud derrotista y el cansancio la llevaba a no luchar. Había días enteros en los que La Otra ocupaba su cuerpo y la maltrataba. Y algunos en los que parecía cansarse y la dejaba en paz. Entonces, con sólo mirar sus ojos, Lívido sabía que Ella estaba de nuevo con él y aprovechaba para amarla y colmarla de caricias y abrazos.

Cuando esto ocurría, le gustaba creer que por fin había logrado rescatarla de las garras de aquella enfermedad. Pero en cuanto acababan de hacer el amor aparecía La Otra vociferando y maldiciendo, y lo obligaba a apartarse amenazándole con hacerle daño.

Una tarde, Lívido visitó a Sabatini y terminó confesándole lo que estaba viviendo. Le dijo que la amaba con locura, que le era imposible vivir sin Ella y que necesitaba salvarla como fuera. El profesor, además de recomendarle a dos prestigiosos psiquiatras, terminó dejándole las filmaciones que le había hecho por si le eran de alguna utilidad en el análisis del caso.

—Date prisa o un día no volverás a verla —le dijo al despedirse.

¿Dónde estaba el revólver?

Lo había guardado en uno de los cajones del escritorio, pero no lo encontraba. Pensó en Ella y se asustó. ¿Por qué no había cerrado la puerta con llave? ¿Cómo había podido ser tan imbécil de haberse descuidado? Se había marchado hacía tres horas y no regresaba.

Salió a buscarla sin tener muy claro adónde dirigir sus pasos. La imaginó perdida a merced de La Otra y se asustó.

La lluvia continuaba azotando Firenze y la gente se había ido acostumbrando a vivir sin sol. Ni siquiera Dios parecía asomarse a ese cielo cansado de aguantar el peso gris del agua. Por las calles todo parecía normal. La misma rutina de paraguas y frío.

Fue hasta el hotel y le preguntó a Fabrizio, quien le aseguró no haberla vuelto a ver desde el día en que la ayudó a marchar.

Bordeó el río imaginando la ruta que podría haber hecho hasta llegar a la academia. En la secretaría preguntó por ella y también le dijeron que no había ido.

Un presentimiento empezó a golpearle el corazón.

Tenía que encontrarla cuanto antes. Cada segundo empezaba a contar.

Y de repente, la vio a lo lejos.

Estaba sentada en el muro del Ponte Vecchio, detrás del busto de Benvenuto Cellini, rodeada por un grupo de turistas que reían como si presenciaran un espectáculo de circo.

Ella y La Otra se peleaban. Una voz grave y cavernosa era replicada por otra suave y limpia.

—Maldita bruja, ¿qué te has creído? ¿Acaso me pediste permiso para irte a vivir con ese ratón de librería? ¡Qué poco gusto tienes!

—No te atrevas a mencionarlo. Lo quiero, y esta vez no lograrás quitármelo, ¿me has entendido?

—Cuántas veces tengo que decirte que no estás en condiciones de exigir nada, ¿ah?

—¡Vete de una vez! ¡Largo de mi vida! No me das miedo. No estoy sola, maldita sea. YA NO ESTOY SOLA.

—Si eso es verdad, dime... ¿dónde anda ahora tu angelito de la guarda? ¡Va, no me hagas reír! No mereces que te quiera nadie: acuérdate que mataste a tu hija y a Marco.

—¡Cállate!

—Eres una asesina.

—¡Mi Chiara está viva!

—Ja, ja, ja, ja. Pues entonces, dedícate a buscarla en lugar de ir fornicando.

—TE VOY A MATAR.

Lívido fue apartando a la gente hasta acercarse a Ella.

—No te me acerques —le gritó La Otra al verlo—. Esto es entre Ella y yo, ¿me has entendido?

—Por favor, Lívido, no me dejes —dijo Ella.

—«Por favor, Lívido, no me dejes.» ¡Qué vergüenza!

El librero se dirigió a La Otra y trató de engañarla.

—No tengo intención de acercarme a Ella. Aquí, entre nos, es muy sosa. En realidad, me gustas tú. Por eso estoy aquí.

—Eso está muy bien. Empezamos a entendernos.

—Prefiero las mujeres fuertes y enérgicas.

—Pues ésa soy yo.

—¿Quieres tomarte un café conmigo?

—Me encantaría, adoro el café.

—Lívido... —dijo Ella—. ¿Qué haces?

—Largo de aquí. Vete a buscar a Chiara, ¡furcia! —dijo La Otra.

Lívido la cogió por el brazo y se la llevó a un bar. Descubrió que La Otra también necesitaba afecto y que, además, si no te enfrentabas y dejabas que hablara, su agresividad disminuía y podía ser encantadora.

Le fascinaba el arte y la música, odiaba depender de alguien y le encantaba demostrar que era autosuficiente.

Caminaron protegidos de la lluvia por el paraguas, y sin que se diera cuenta acabaron en la consulta del psiquiatra.

Era la cuarta vez que la llevaba.

116

El enfermero se la llevó y Lívido se quedó en la sala de espera.

—Señora, siéntese, por favor —le dijo al entrar en la consulta—. En un momento, el doctor la atenderá.

La Otra se había ido y ahora estaba Ella. Mientras esperaba, se dedicó a observar.

Sobre el escritorio, el hombre había dejado un expediente. Ella lo abrió y miró hacia la puerta. Al comprobar que nadie venía, decidió leerlo.

```
Paciente: Ella Bonaventura.
Edad: 37 años.
Diagnóstico: 1-. Trastorno de identidad diso-
              ciativo. Dos personalidades:
              1. Ella.
              2. La Otra.
              En la infancia sufrió abusos
              sexuales.
           2-. Parafrenia. Afirma haber te-
              nido marido y una hija, muer-
              tos o desparecidos en acci-
              dente: Marco y Chiara.
           ¿Una familia inexistente? Comprobar.
```

Mientras lo leía, su corazón dio un vuelco. ¿Una familia inexistente?

¡NOOOOOOOOO! Chiara existía, claro que existía. La había sentido en su vientre, la había tenido entre sus brazos al nacer. La había arrullado, alimentado, cuidado y visto crecer.

En la pantalla del ordenador parpadeaba una imagen congelada. La miró y se reconoció. Era ella en medio del bosque. ¿En dónde estaba? Pulsó el *play* y dejó que la imagen continuara. Entonces se vio pero no se reconoció. No recordaba haber hecho la acción que aparecía en la pantalla.

Estaba con un martillo violentando la puerta del almacén donde había encontrado el zapatito de Chiara.

¿Qué hacía?

¡Dios! Cojeaba, no cojeaba. Y ahora, llevaba el vestido de flores de Chiara y lo metía dentro del almacén...

De repente se dio cuenta de todo y corrió al baño.

Cerró la puerta con llave. Enfrente, el espejo le reflejó la imagen de La Otra.

—¡Mala madre! —le gritó—, has olvidado a Chiara.

—He venido a matarte. Te dije que te iba a matar, y es lo que voy a hacer. ¡Mírame!

—No te atreverás, siempre has sido una cobarde.

—He dicho que me mires.

Se miró al espejo, sacó el revólver de su bolso y, tal como le había enseñado el hombre de la tienda, le apuntó directo al corazón.

118

¡¡¡PUMMM!!!

119

Un disparo.

Había oído un disparo.

Era Ella.

Corrió hasta el baño, pero encontró la puerta cerrada. Le dio varias patadas hasta que cedió.

Entonces la vio y su alma se derrumbó.

Estaba tendida, entre los cristales astillados del espejo, sobre un charco de sangre.

—¡ELLAAAAA!

Levantó su desmadejado cuerpo y lo abrazó. Su rostro estaba plácido y en sus labios se dibujaba una tenue sonrisa. Jamás la había visto tan bella.

Empezó a acariciar con la punta del dedo índice su rostro; estaba húmedo. Por su mejilla se deslizaba lenta una gota brillante...

Su primera lágrima.

Lloraba por todo.

Cuando Lívido la amaba, cuando reía, cuando soñaba, cuando escribía, cuando se perdía y encontraba.

Era una sensación nueva que le fascinaba. Tenía mucho llanto contenido; treinta y siete años sin lágrimas.

Ahora podía pensar en su pasado y exorcizar todos sus dolores refugiándose en las lágrimas. Pasaba tardes enteras llorando, y le gustaba. Se tocaba la cara para comprobar que aquella humedad que brotaba de sus ojos era verdad. Un río que limpiaba.

La bala había rebotado en el espejo, hiriéndola. Ahora era sólo una cicatriz en el hombro izquierdo.

¿Habían existido Chiara y Marco? Para ella, definitivamente sí.

¿Dónde estaban?

El tiempo lo diría. Seguiría buscando a su niña hasta el final de sus días, aunque todos se empeñaran en convencerla de que era una utopía. Que aquellos nombres estaban inscritos en el cementerio de San Miniato al Monte y pertenecían a otra historia: la de una escritora que había perdido a sus seres queridos aquel 4 de noviembre de 1966, en el *Alluvione*.

Volvía a escribir; las palabras fluían como un río. Lívido

le había regalado el viejo diario y ella lo había restaurado. En sus páginas estaba el sueño de su padre..., y el de ella. Las letras la abrazaban. Estaba viva. Podía escribir, podía soñar...

Ella Bonaventura

La Donna di
Lacrima

A E
ACCADEMIA EDITORIALE

Para Lívido,
que me salvó de mí

CAPÍTULO 1

Llevo dos horas muerta y todavía nadie se ha enterado. Los sirvientes duermen y mi padre no regresa de su viaje a Venecia. ¡Mejor! Con él aquí hubiese sido mucho más difícil. Me veo tendida sobre una cama regia, de brocados y vaporosas sedas, y parece que sueño. Un cuerpo abandonado a la bienaventuranza del descanso. «La princesa duerme».

Nunca me había visto así, tan tranquila y tan quieta. Sí, se podría decir que soy hermosa; una joven y bella doncella que no entendió la vida. ¿Qué quienes me mataron? No pienso decirlo ahora, sería una solemne estupidez. No leerías la historia y yo quiero que lo sepas todo, palabra por palabra. Esa será mi venganza.

La muerte me ha regalado una palidez nívea que hace juego con las sábanas. Me acerco a mí y observo mi mano, está crispada. Si no fuera por ello, mi cuerpo no delataría ningún sufrimiento. Mi rostro está sereno, mis ojos duermen y en la comisura de mis labios hasta se intuye una sonrisa. Me pregunto si hice bien tragándome el diamante o hubiese sido mejor haber muerto bebiéndome la pócima que Allegra consiguió para mí en el mercado. No sé por qué pienso ahora en eso, si ya elegí. Dicen que los venenos hacen que la gente se retuerza de dolor y soy, bueno, era, un poco cobarde. Me cuesta hablar en pasado. Es lo que pasa con los que acaban de morir: que al final te haces un lío con los tiempos de los verbos.

No me dolió. He de decir que los primeros segundos fueron incómodos y angustiosos, pues la sensación de ahogo me produjo un pánico ciego que me pedía abrir la boca y con mis dedos extraer la piedra cuanto antes; pero ya era tarde. En medio de mi desesperación, me dio por imaginar aquel hermoso diamante azul en la oscuridad de mi garganta y sentí pena porque no lo vería nunca más. El corazón empezó a irme muy deprisa, y de repente se paró. Después, todo fue fácil. Bucear hacia el abismo sin resistirse. ¿Qué dónde quedó la última carta? La quemé. Ahora me arrepiento, ya nadie sabrá lo que decía a no ser que yo lo cuente. Y eso lo resolveré más adelante. Algo bueno tenía que tener la muerte; te da la potestad de decidir sobre casi todo. Ahora que ya no estoy, sé que mi historia, la que voy a contarles, tendrá principio, mitad y final.

LAS GRACIAS

Esta novela nació en Firenze, en un helado invierno de 2004, mientras saboreaba un dry martini en el Harry's Bar. La puerta se abrió y una ráfaga de viento helado trajo a una enigmática mujer. Durante unos minutos me dediqué a observarla, y mientras lo hacía emergió de la nada esta historia. Tuve la convicción de que su vida era triste y que andaba perdida y resignada a su ostracismo. Aunque quizá nunca lo sepa, quiero darle las gracias porque durante años fue mi inspiración y acompañó mi solitario trayecto de escritura.

Quiero agradecer al Istituto per l'Arte e il Restauro Palazzo Spinelli de Firenze, en especial a la profesora Antonella Brogi, por hacerlo todo tan fácil y enseñarme el maravilloso arte de restaurar.

Al profesor Maurizio Copedé, responsable del Gabinetto Scientifico Letterario G. P. Vieusseux y una de las primeras autoridades mundiales en restauración de libros, por abrirme sus puertas, resolver mis dudas y compartir conmigo sus recuerdos del *Alluvione* de 1966.

A todo el personal del Lungarno Suites, donde viví dos profundos meses de aprendizaje.

Al hotel Sant Cugat H&R, donde durante meses cuidaron y protegieron mi silencio, y estuvieron pendientes de que me sintiera a gusto. Sin ese encierro hubiera sido imposible vivir intensamente la historia y llegar al final.

A Maika y Marian Bakaikoa, maravillosas sicólogas y amigas, que me ayudaron a desatar el nudo y me aconsejaron y acompañaron en todo el trayecto.

A mi hermana Cili, que a pesar de lo inmisericorde de la hora, las seis de la mañana, escuchó cada día y a larga distancia mis interminables lecturas y dudas, y me infundió ríos de amor, ánimo y fuerza.

A mi hermana Patri, por regalarme siempre su amor y su alegría y levantarme cuando caigo.

A mi hermana María del Socorro, la amorosa madre de todos sus hermanos.

A mi hija Ángela, que convirtió en una inmensa lágrima azul esta historia. Gracias por tu maravillosa cubierta, Angie.

A mi hija María, por leerme con vehemencia, y con sus sensibles ojos de cineasta, convertir mis palabras en fotogramas de una gran película.

Y por último y primero, a Joaquín, mi compañero de vida y sueños... por TODO.

CITAS LITERARIAS

1. «Opera proibita», Cecilia Bartoli, 2005.
2. *La Divina Comedia*, Dante Alighieri, Editorial Seix Barral, 2004. (Traducción de Ángel Crespo.)
3. «Yo no vivía, sólo soñaba que vivía», Nathaniel Hawthorne.
4. *Lo bello y lo triste*, Yasunari Kawabata, Emecé Editores, 2002. (Traducción de Nélida M. de Machain.)
5. *Madame Bovary*, Gustave Flaubert, Alianza Editorial, 2006. (Traducción de Consuelo Bergés.)
6. «Bello amore», Ornella Vanoni, 1995.
7. *Voces Reunidas*, Antonio Porchia, editorial Pre-Textos, 2006.
8. *Hojas de hierba*, Walt Whitman, Visor libros, S. L., 2008. (Traducción de Francisco Alexander.)
9. *Poesía vertical*, Roberto Juarroz, Emecé Editores, 2005.
10. *Veinte poemas de amor y una canción desesperada*, Pablo Neruda, Alianza Editorial, 2004.
11. «A tu lumbre náufraga», Salvatore Quasimodo.
12. *Libro del desasosiego*, Fernando Pessoa, Editorial Acantilado, 2003. (Traducción de Perfecto E. Cuadrado Fernández.)
13. «El paisaje es un estado del alma», Henri Fréderic Amiel.

14. *Poesías completas*, Pedro Salinas, Editorial Seix Barral, 1981.

15. *El Principito*, Antoine de Saint-Exupéry, Publicaciones y Ediciones Salamandra, S. A., 2008. (Traducción de Bonifacio del Carril.)

16. «Felices los que eligen, los que aceptan ser elegidos», Thomas Edward Lawrence.

17. «Amor», Rosario Castellanos.

18. *Salvo el crepúsculo*, Julio Cortázar, Editorial Alfaguara, 1994.

19. «Árbol de Diana», Alejandra Pizarnik, 1962.

20. *La realidad y el deseo*, Luis Cernuda, Alianza editorial, 2009.

21. *Poesía completa*, Idea Vilariño, Editorial Lumen, 2008.